DANDO o QUE FALAR

CB060105

MERYL WILSNER

DANDO O QUE FALAR

Tradução de Helen Pandolfi

ROCCO

Título original
SOMETHING TO TALK ABOUT

Copyright © 2020 *by* Meryl Wilsner

Todos os direitos reservados.

Nenhuma parte deste livro pode ser reproduzida no todo
ou em parte sob qualquer forma sem a permissão do editor.

Imagens de miolo: Freepik

Direitos para a língua portuguesa reservados
com exclusividade para o Brasil à
EDITORA ROCCO LTDA.
Rua Evaristo da Veiga, 65 – 11º andar
Passeio Corporate – Torre 1
20031-040 – Rio de Janeiro – RJ
Tel.: (21) 3525-2000 – Fax: (21) 3525-2001
rocco@rocco.com.br|www.rocco.com.br

Printed in Brazil/Impresso no Brasil

Preparação de originais
ISIS PINTO

CIP-BRASIL. CATALOGAÇÃO NA PUBLICAÇÃO
SINDICATO NACIONAL DOS EDITORES DE LIVROS, RJ

W718d

Wilsner, Meryl
    Dando o que falar / Meryl Wilsner ; tradução Helen Pandolfi. - 1. ed. - Rio de Janeiro : Rocco, 2025.

    Tradução de: Something to talk about
    ISBN 978-65-5532-509-6
    ISBN 978-65-5595-320-6 (recurso eletrônico)

    1. Ficção americana. I. Pandolfi, Helen. II. Título.

24-94895
                              CDD: 813
                              CDU: 82-3(73)

Meri Gleice Rodrigues de Souza - Bibliotecária - CRB-7/6439

Este livro é uma obra de ficção. Nomes, personagens, lugares e incidentes são produtos da imaginação de Meryl Wilsner ou foram usados de forma fictícia. Qualquer semelhança com pessoas reais, vivas ou não, estabelecimentos comerciais, acontecimentos ou locais é mera coincidência.

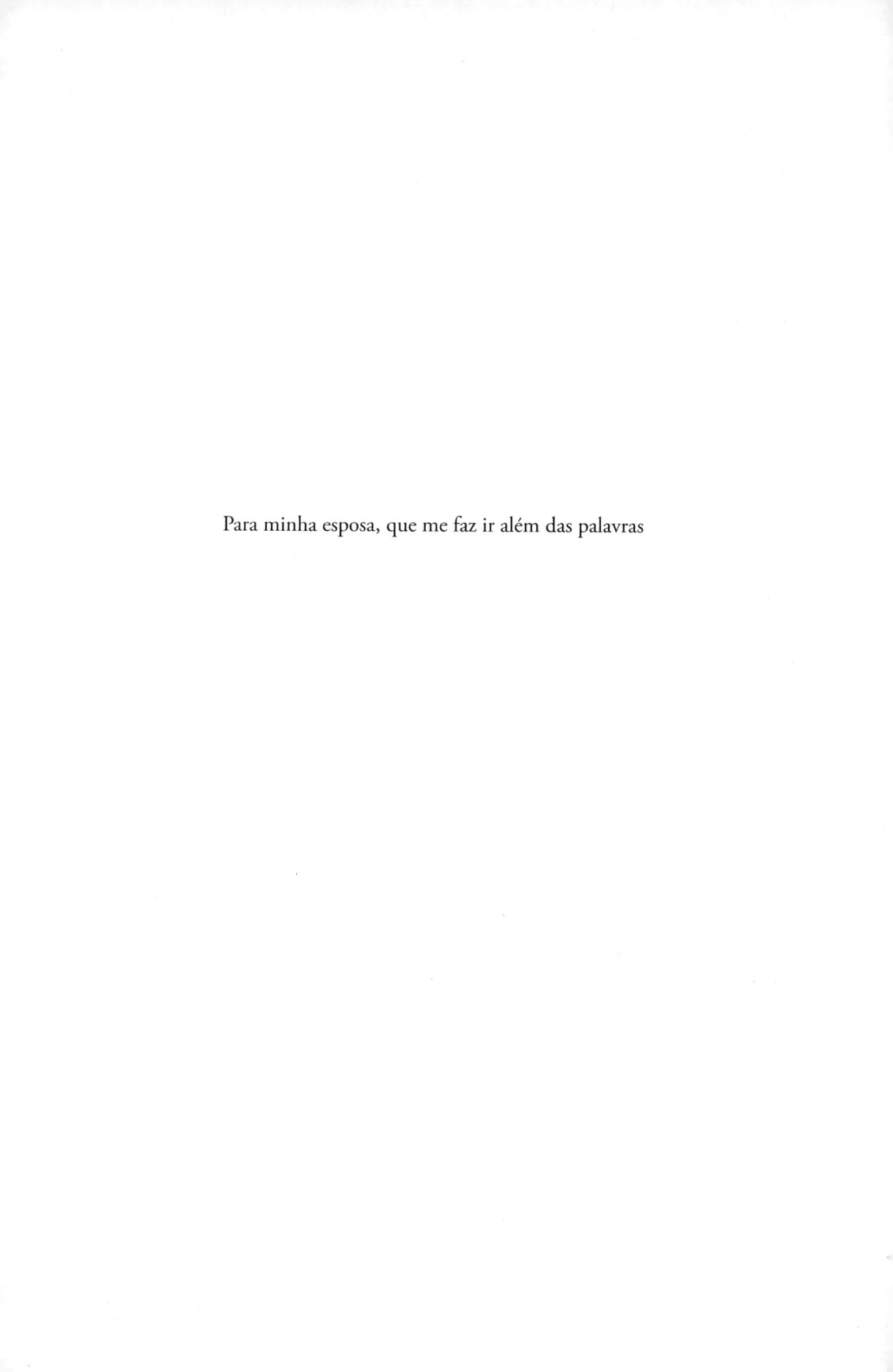

Para minha esposa, que me faz ir além das palavras

Um

Emma

"Jo Jones está sendo considerada para o próximo Silver", dizia a manchete na tela. E logo abaixo: "Mas será que deveria estar?"

Emma bufou, descendo a barra de rolagem da matéria pela quinta vez. Não era do seu feitio passar a manhã lendo colunas de fofoca sobre a chefe, mas, no início daquela semana, Jo tivera uma reunião com o estúdio responsável pela produção do novo filme do Agente Silver, e Emma queria saber como as coisas tinham ido. Como assistente de Jo, ela sabia quais compromissos estavam na agenda dela, mas não o que resultava deles.

A matéria não esclarecia muita coisa. Jo parecia ser uma das opções, mas aparentemente era vista como uma péssima escolha. Ela não tinha experiência em roteiro de longas-metragens, muito menos em filmes de ação como aquele. As pessoas esqueciam que ela tinha sido a *showrunner* da melhor série de drama da TV por cinco anos consecutivos. É claro que *Inocentes* não tinha explosões ou cenas de luta — a não ser em um episódio da segunda temporada —, mas era *boa*. Era entretenimento de qualidade. Os Emmys de Jo estavam de prova.

Mas nada daquilo parecia suficiente para o autor da coluna. Ele não disse com todas as letras que o motivo era o fato de Jo ser uma mulher sino-americana, mas a matéria era uma ladainha interminável sobre como ele tinha medo de ela ter um olhar brando demais e não conseguir captar a essência norte-americana de Silver. Emma revirou os olhos. Aquilo não fazia sentido algum. Jo nascera e fora criada naquele país da mesma forma que ele.

Emma não tinha intenção de falar sobre a coluna para Jo. Embora pudesse ser bom para ela saber o que andavam dizendo, seria também uma distração desnecessária que só a deixaria magoada, nada mais. Emma não iria importuná-la com aquilo. Jo tinha coisas mais importantes a fazer.

O clique-claque dos saltos de Jo soou pelo corredor. Emma fechou a aba do navegador depressa e ficou de pé, colocando uma mecha do cabelo longo atrás da orelha. Quando Jo apareceu, ela já estava a postos com um café e um sorriso.

— Obrigada — disse a chefe, aceitando o latte sem parar de andar. Aquilo não pareceu um bom sinal, assim como o cabelo preso em um rabo de cavalo tão alto e apertado que parecia estar doendo. — Desmarque tudo que temos para hoje à tarde.

Emma parou de prestar atenção nas escolhas de penteado de Jo e pegou o tablet na mesa.

— Pode deixar, chefe — respondeu, abrindo a agenda de Jo e a seguindo até sua sala. Como grande parte da tarde estava reservada para a escrita, Emma só precisaria cancelar uma reunião com um produtor associado. — O que vai acontecer?

— Temos uma prova de vestidos.

Emma parou diante da mesa de Jo e inclinou a cabeça, confusa.

— Você precisa de mim para provar roupas?

— Seria ideal — respondeu Jo, tomando um gole do café —, já que é para *você*.

Ela colocou a bolsa sobre o tampo de vidro da mesa e se abaixou para pegar o notebook.

— Para mim?

— Você vai comigo ao SAG Awards no domingo — anunciou Jo, sentando-se. — Então vai precisar de um vestido.

Emma estava acostumada a prever o imprevisível naquele trabalho. Em seus nove meses como assistente, tivera de lidar com paparazzi, correspondências ofensivas, filmagens que se estendiam por toda a madrugada e fãs que amavam Jo desde sua primeira aparição na TV, aos treze anos, quase três décadas antes. Emma também a acompanhava em eventos, mas isso geralmente queria dizer festas no estúdio ou pré-estreias. Ou seja, trabalho. Nada parecido com o *SAG Awards*.

— Eu vou com você ao SAG Awards? — Emma soou mais estridente do que pretendia.

Jo arqueou uma sobrancelha.

— Foi o que eu acabei de dizer.

Emma acenou brevemente com a cabeça.

— Hum. Mas por quê?

— Não quero ter que ficar falando sobre o bendito filme — explicou Jo, fazendo um gesto, como se fosse algo sem importância.

E lá se ia a tentativa de Emma de protegê-la dos boatos sobre o Agente Silver.

Talvez ela não devesse insistir, mas Jo sempre dizia que ela deveria fazer perguntas caso não entendesse alguma coisa.

— Mas como vou ajudar nisso?

— Pode intervir quando começarem a falar sobre o assunto — respondeu Jo. — Você vai ser meu escudo.

Certo. Fazia mais sentido. Emma tinha cumprido aquele papel em várias ocasiões, embora nunca em uma premiação com um tapete vermelho e um monte de gente famosa. Mas, se ganhasse pontos no trabalho com aquilo, ela toparia.

Emma tinha gostado de seus três anos como assistente de produção no departamento de cenografia.

Mas ser assistente de Jo era melhor.

Claro, ela tinha de comprar café e buscar roupas na lavanderia, mas também era responsável por agendar reuniões com os bambambãs da TV, solucionar problemas e amansar egos. Emma ajudava Jo a montar equipes de produção e precisava conhecer a personalidade de cada um para saber quem trabalharia bem em grupo. Ela fazia um pouco de tudo. Só não participava de decisões sobre o roteiro, o que não era um problema.

Emma gostava de saber como tudo funcionava. Conhecia cada etapa do processo. Cinco anos antes, ela praticamente tinha sido jubilada no curso de cinema, e agora estava sendo convidada para acompanhar a chefe no SAG Awards.

Talvez esse fosse o próximo passo em sua carreira, uma oportunidade de conhecer pessoas, de fazer contatos que a ajudariam quando deixasse aquele emprego. Ela preferia assistir à premiação de pijama no sofá da irmã, mas poderia ir com Jo. Não seria tão ruim.

— Tudo bem. Eu vou ao SAG Awards com você.

Jo olhou para ela, séria.

— Não vai me envergonhar se vir algum ator de que gosta, não é?

— Não, sra. Jones — garantiu Emma prontamente. — É claro que não.

— Mesmo se for Lucy Liu? — questionou Jo.

O levantar de sobrancelha que acompanhou o comentário deixou claro para Emma que Jo estava brincando. Emma normalmente brincaria também, mas estava um pouco lenta naquela manhã.

— Mesmo se for ela.

— Está bem — respondeu Jo. — A prova é à uma hora.

Jo abriu o notebook. Era um sinal de que Emma estava dispensada, e sabia disso, mesmo assim demorou para sair da sala.

Então estava decidido. Emma ia ao SAG Awards. Com Jo. Dali a dois dias. Beleza. Tudo normal.

Ela mandou um e-mail para o produtor cancelando a reunião da tarde, mas não conseguiu parar de pensar na premiação e na prova do vestido. Sentindo que precisava desabafar com alguém, enviou uma mensagem para a irmã convidando-a para sua casa naquela noite. Então guardou o telefone e se concentrou no trabalho.

Jo conduziu Emma pela loja em um passo determinado. Era uma butique só para clientes com hora marcada. Quando Emma mencionou o nome da chefe no telefone naquela manhã, a agenda vespertina da loja, que estava completamente lotada, de repente ficou livre como que em um passe de mágica. Enquanto andavam, Emma mantinha os olhos fixos à frente, tentando não deixar transparecer quanto se sentia deslocada. Algumas daquelas roupas deviam custar mais do que dois meses de seu aluguel.

Ela seguiu Jo até o provador nos fundos da loja. Havia três espelhos e um pequeno tablado diante deles, um sofá logo ao lado e vestidos pendurados em cabides na parede oposta. Uma mulher alta de pele negra e cabelos trançados presos em um coque alto estava à espera delas e sorriu ao vê-las chegar.

— Jo Jones, em carne e osso — disse a mulher, inclinando-se para beijar as bochechas de Jo.

— Victoria. Como estão as coisas? Como foi o casamento?

— Belíssimo — respondeu Victoria. — Tudo foi perfeito do começo ao fim, até o presente, que foi caro demais vindo de alguém que nem conhece meu filho.

Jo respondeu com um gesto sutil de cabeça.

— Mas chega de conversa — disse Victoria. — Sei que quer partir logo para a prova.

Jo não discordou.

— Essa é Emma — apresentou ela.

Victoria apertou a mão de Emma, olhando-a de cima a baixo.

— Jo me disse que você era morena e alta, mas, menina, você é muito mais do que isso.

— Obrigada? — respondeu Emma. Ela tinha a intenção de agradecer, mas acabou soando como uma pergunta.

— Aceita uma bebida? — sugeriu Victoria. — Champanhe? Vinho? Água?

Emma nunca estivera em uma loja onde alguém oferecesse bebidas para os clientes. Ela recusou, e Jo, em resposta, ergueu o copo térmico de inox que levava para cima e para baixo. Emma costumava enchê-lo para a chefe e sabia que o conteúdo geralmente era café ou água.

— Está bem então. Vamos aos vestidos! — anunciou Victoria. — Separei alguns para vocês, mas podemos ver outros se não gostarem desses.

As três se viraram para os vestidos pendurados, e Emma engoliu em seco; todos eram mais elegantes do que qualquer coisa que ela já usara na vida. Havia um vestido preto decotado com uma saia bufante, um vestido sereia de um vermelho tão vibrante como o do batom de Jo, um vestido sem alças de cintura bem marcada cor de café com leite e um vestido branco de tecido esvoaçante com flores enormes e coloridas nas laterais.

Jo soltou um grunhido descontente.

— Eu pedi especificamente para que não... — Ela não terminou a frase. — O vestido preto não é do estilo que solicitei, V.

— Relaxa um pouco, Jo. Deixe a menina decidir por conta própria. — Victoria voltou-se para Emma. — Gostou daquele, querida?

Emma deu uma olhada para Jo depois virou-se para os vestidos outra vez.

— Todos são lindos.

— Então vá experimentar. — Victoria conduziu Emma até o provador e pendurou o cabide com o vestido preto em um gancho de metal. — Você vai ficar linda. Se precisar de ajuda, é só me chamar.

Emma suspirou. Com o elástico de cabelo que levava no pulso, fez um coque rápido. Certo. Beleza. Vestido número um. Ela tentou vesti-lo sem tirar o sutiã, mas não deu certo, então o tirou. O decote a deixou um pouco desconfortável. Estava bonita, isso sem dúvida, mas aquele não deixava de ser um evento profissional para o qual aquele vestido não parecia apropriado.

Ela tentou alcançar o zíper para poder vestir as próprias roupas sem sequer mostrar o vestido para Jo e Victoria, mas alguém bateu à porta antes de ela começar a se despir.

— Quer ajuda, querida? — perguntou Victoria.

— Não — respondeu Emma. — Não, está tudo bem...

Aparentemente não havia escolha, Emma teria de mostrar como ficou. Ela amassou a saia para conseguir passar pela porta do provador, e, assim que saiu, Victoria ficou maravilhada e apressou-se em levar Emma até os espelhos. Jo, sentada no sofá, ergueu os olhos do celular e imediatamente voltou a baixá-los. Emma quis cobrir o peito com uma das mãos, estava se sentindo muito exposta.

— O que achou? — perguntou Victoria.

Emma olhou para si mesma diante dos três espelhos.

— Hum... meio decotado demais para mim? — balbuciou ela. — Não que haja algum problema com vestidos decotados. Eles não são *indecentes* nem nada assim, mas acho que não fazem meu estilo, sabe? É que eu não... Eu não sou...

Victoria riu.

— Está bem, Jo, você estava certa. Decotes mais fechados então.

Pelo espelho, Emma espiou Jo, que levantou a mão em um gesto silencioso que dizia "O que eu te falei?" sem sequer tirar os olhos do celular.

— Eu sempre estou certa, V.

Victoria deu risada e revirou os olhos.

— Certo, vamos experimentar o próximo — disse ela, entregando o vestido vermelho para Emma. — Ah, acho que tenho algo de que vai gostar. Um instante.

Ela se afastou, e Emma voltou para o provador. Quando se esticou para abrir o zíper, viu a etiqueta com o preço no vestido. Sem pensar muito, abriu a porta do provador.

— *Jo* — chamou ela. Emma normalmente não chamava a chefe pelo nome, mas aquela situação definitivamente era uma exceção.

Sua inquietação provavelmente foi nítida, porque Jo apareceu ao lado dela em um piscar de olhos.

— O quê?

— O vestido custa *cinco mil dólares* — sussurrou Emma.

Ela não queria que Victoria ou os outros funcionários percebessem que ela não poderia nem sequer estar provando aquelas roupas.

Jo revirou os olhos.

— Por isso que Victoria trouxe esse. Deve estar tentando ganhar uma comissão maior.

— Não posso bancar um vestido assim — disse Emma.

— Bom, não é você que vai pagar. E não ficou bom em você, de qualquer forma.

De fato, não tinha ficado, mas ouvir Jo dizer aquilo a deixou irritada por alguma razão. Ela endireitou a postura e, apesar de Jo estar com seus famosos sapatos de salto, ainda era alguns centímetros mais alta do que a chefe.

— É. Não ficou bom em mim mesmo.

Jo comprimiu os lábios.

— Não parece ser alguém que está atrás de aprovação, srta. Kaplan — observou Jo, embora Emma não estivesse buscando aprovação alguma. — Você mesma disse que o vestido era decotado demais.

Mas Jo achava a mesma coisa, aparentemente. Ela tinha sido contra aquele vestido desde o início. Emma ficou feliz ao ver que sua chefe a conhecia a ponto de saber que ela se sentiria mal usando um vestido como aquele em um evento de trabalho. Não que ela fosse se sentir confortável em algum lugar com um vestido que custasse *cinco mil dólares*.

— Não conseguiria comprar esse vestido nem se ele fosse um terço do preço — disse Emma. — Eu sei que essa loja é cara, mas talvez haja alguma peça mais barata.

— Como eu já disse, você não vai pagar nada.

Jo deu meia-volta e sentou-se de novo no sofá, pegando o telefone.

Emma ruborizou ao entender o que ela quis dizer.

— Não, sra. Jones — protestou ela —, não posso aceitar.

— E como você vai arranjar uma roupa apropriada para o SAG Awards? — questionou Jo, arqueando as sobrancelhas. — Seja razoável, Emma. Eu te pago bem, mas não tão bem assim. Bryce Dallas Howard talvez ache sensato usar um Neiman Marcus da coleção passada, mas não quer dizer que vou permitir que minha assistente seja vista com um desses.

A figura de Jo se destacava contra o sofá de cor de creme. Cabelo preto, roupas mais pretas ainda. Emma se perguntou como seria o vestido dela para o SAG. O estilo de Jo no dia a dia tendia a variar entre tons de cinza e era simples, sem extravagâncias. Nos eventos, porém, ela era um acontecimento. As pessoas ainda comentavam sobre o vestido azul-claro sem alças e com bolsos que ela usara no Emmy anos atrás. Emma teria de encontrar algo extraordinário para não destoar de Jo no tapete vermelho.

— Por que ainda está vestindo isso? — perguntou Victoria, voltando com um vestido azul-royal pendurado no braço.

A cor era tão incrível que as mãos de Emma quase se estenderam automaticamente em direção ao tecido.

— Não consigo abrir o zíper — explicou Emma.

— E você não podia ter ajudado a menina? — resmungou Victoria, dirigindo-se a Jo.

Ela pendurou o vestido que segurava ao lado dos outros e se aproximou para ajudar Emma.

— Quero aquele — afirmou Emma, apontando para o vestido azul.

Agora que a peça estava ali, pendurada, ela podia vê-la direito, desde a gola canoa alta até a cauda ligeiramente mais longa atrás.

— Pode experimentá-lo depois do vermelho — disse Victoria.

Mas Emma não desviou o olhar do vestido azul.

— Mas eu *amei* aquele.

Victoria riu, mas trocou os vestidos.

O simples gesto de tirar o vestido do cabide fez com que Emma se apaixonasse ainda mais. O tecido era macio e suave, frio ao toque, e as costas eram quase inteiramente abertas a não ser por duas faixas que se cruzavam em um X. O zíper ficava na lateral, então ela conseguiu abri-lo e se vestir sozinha. O caimento era perfeito. Emma passou as mãos pelos quadris e não conseguiu conter o sorriso. Quando saiu do provador, Victoria exclamou, alegre. Jo, por sua vez, se limitou a encará-la em completo silêncio. Emma sentiu-se estranhamente poderosa. Seu sorriso aumentou.

— Agora, sim, querida. Na mosca — disse Victoria. — E eu ainda nem vi a parte de trás. Dá uma voltinha.

Emma riu.

— Me deixa ir até os espelhos primeiro.

Emma sorriu para seu reflexo. Estava tão bonito quanto imaginava. Ela se virou de costas para o espelho e gostou mais ainda. Era mais aberto do que normalmente preferia, mas não tinha importância, pelo menos o decote não era na frente. Ela soltou o cabelo e o deixou cair em ondas desordenadas sobre os ombros. Victoria assobiou.

— O que achou?

— Eu amei — respondeu Emma.

— Jo?

Emma olhou para a chefe pelo espelho. A chefe a observava sem piscar e Emma não sabia dizer se aquela era uma reação boa ou ruim. Em vez de responder, Jo voltou-se para Victoria.

— Ela vai precisar de um salto alto.

Emma reprimiu um suspiro. Queria a opinião de Jo sobre o vestido. Mas ela tinha razão: a barra estava arrastando no chão. Sem saltos, Emma tropeçaria.

— Mas ficou lindo, não acha? — insistiu Victoria, mas Jo não cedeu.

— Contanto que Emma esteja confortável.

— Desisto — disse Victoria. Virando-se para Emma, ela perguntou: — Quanto você calça? Vou procurar os sapatos. Não troque de vestido ainda.

— Não preciso experimentar outro — disse Emma. — Quero esse.

Victoria assentiu.

— E quanto você calça, mesmo?

— Trinta e oito.

Victoria desapareceu outra vez. Na pressa para provar o vestido, Emma se esqueceu de dar uma olhada no preço. Quando encontrou a etiqueta, viu que aquele custava dois mil e quinhentos dólares. Era barato, se comparado ao outro, mas ainda assim sua chefe gastaria muito dinheiro com ela. Porém, Jo *tinha* muito dinheiro e podia fazer o que bem entendesse com ele. Emma não tinha razões para recusar um vestido elegante e de que gostara.

— Não posso aceitar — disse ela mesmo assim. — Não quero que gaste tanto comigo em um vestido que só vou usar por uma noite.

Jo olhou para ela.

— Pode, sim — disse Jo. — Estou convidando você para ir, Emma. Não vou fazer você pagar.

— Jo, eu... — Emma suspirou.

Ela queria o vestido e já nem estava tão nervosa por ter que ir à premiação. A prova do vestido também tinha sido melhor do que esperava, então talvez o SAG Awards fosse igualmente tranquilo. Mas a ideia de fazer Jo gastar dois mil e quinhentos dólares com ela causava um aperto desagradável em seu peito.

— Você não quer ir? — perguntou Jo em voz baixa, sem olhar para Emma.

Emma respondeu sem hesitar, provavelmente devido ao hábito de querer agilizar as coisas para sua chefe.

— Não, eu quero, é que...

— Então está decidido — interrompeu Jo. — Vai ser esse vestido, né? É lindo.

Emma fez que sim com a cabeça e sorriu.

— Sim, chefe.

○

Depois de Emma ter tirado algumas fotos no espelho, elas compraram o vestido e mais um par de saltos com os quais Emma teria de praticar o fim de semana inteiro para conseguir andar. Ainda estavam na metade do dia, mas Jo pediu a Chloe, sua motorista, que levasse Emma até o carro no estacionamento.

— Mas, sra. Jones, ainda estão filmando. Não precisa de mim no set?

— Eu sobrevivo por algumas horas — respondeu Jo. — Até porque já vou monopolizar o seu domingo. Apareça na suíte que reservou para mim antes da cerimônia, por volta das dez, onze horas. Cabelo, maquiagem, joias, cuidaremos de tudo lá. Seu vestido estará lá para que não precise se preocupar com ele no fim de semana.

Emma nem tinha parado para pensar em como se arrumaria para o evento. Ela mordeu o lábio inferior e assentiu.

— Tenho o Producers Guild Awards amanhã — informou Jo, embora, é claro, Emma já soubesse disso. — Não vou passar pelo tapete vermelho dessa vez e imaginei que o SAG seria mais… — Ela fez uma pausa. — *Divertido* para você. Estaremos com o elenco, então você não vai se sentir deslocada.

Claro. Dividir a mesa com pessoas conhecidas amenizaria o fato de Emma estar com um vestido de dois mil e quinhentos dólares, cabelo, maquiagem e joias, tudo pago pela chefe. A verdade era que o PGA seria melhor para Emma, tanto em relação a networking quanto a não precisar estar em um tapete vermelho, mas Jo precisava dela no SAG, então ela iria ao SAG.

— Tudo bem — concordou Emma em voz baixa. — Vejo você lá.

Ela agradeceu a Chloe e, pela primeira vez em anos, foi para casa antes do fim das filmagens do dia.

Mandou outra mensagem para a irmã, Avery, reforçando o convite para que a visitasse depois de fechar a confeitaria e pedindo a ela que fosse com Cassius, o mais carinhoso dos três rottweilers dela.

○

— Você sabe que a Billie e a Roz vão ficar com ciúme porque só o Cassius foi convidado, né?! — disse Avery assim que chegou.

— Vou levá-las ao cachorródromo no fim de semana que vem para compensar — prometeu Emma, fazendo carinho em Cassius antes mesmo de abraçar a irmã.

Avery dava os melhores abraços. Ela sempre dizia que era porque era gorda, e, portanto, fofinha, e Emma não discordava, mas achava que também tinha algo a ver com a quantidade de amor que emanava da irmã.

— Como foi o dia de vocês? — perguntou Emma.

— Foi bom — respondeu Avery, deixando as chaves na mesa ao lado da porta. — A confeitaria ficou lotada. E os gêmeos estão fora de controle. Ainda bem que não vou cuidar deles esta noite. Vamos pedir comida?

— Já pedi comida tailandesa. Está vindo.

— Daquele restaurante?

— Daquele.

— Te amo.

— É, eu sei — disse Emma, acomodando-se no sofá e dando um tapinha no assento ao lado. — Isso quer dizer que o Cassius pode ficar no sofá comigo?

Avery balançou a cabeça.

— Eu literalmente nunca deixei o Cash subir nos móveis.

— Ele literalmente sobe sempre que fica comigo — murmurou Emma.

— Há?

— Nada, nada — respondeu Emma, fingindo inocência e dando risada quando Avery estreitou os olhos.

— Que seja.

Ela se sentou ao lado de Emma e tirou a bandana que usava na confeitaria, depois passou os dedos pelos cabelos castanhos que iam até o ombro.

— E aí? Ainda vamos ver o SAG lá em casa domingo? Dylan já foi formalmente notificado de que vai ficar responsável pelas crianças a noite toda.

Emma soltou um riso nervoso. Claro que aquele seria o primeiro assunto da noite.

— Então... — começou Emma.

Avery inclinou a cabeça, atenta, e Emma decidiu arrancar logo o band-aid.

— Jo precisa de alguém para ajudá-la quando perguntarem a ela sobre o projeto do Agente Silver. Não sei se você viu aquela coluna de fofoca sobre como ela aparentemente não é boa o bastante para roteirizar o filme ou *sei lá*. — Emma revirou os olhos. — O negócio é que ela precisa de mim lá, então vai me levar para a cerimônia.

— Cerimônia?

— A cerimônia do SAG Awards.

Avery ficou em choque.

— Você vai ao SAG Awards?

Emma fez que sim com a cabeça.

— Isso é fantástico!

— É, acho que sim.

— Fala sério, Em! Vai ser legal pra caramba. Só é meio estranho que sua chefe esteja levando você sendo que, tipo... Não é ela que não leva acompanhantes para uma premiação desde que era adolescente?

Emma ruborizou imediatamente.

— Meu Deus, Avery, não vai ser, tipo, *um encontro*.

— Ah, você entendeu — respondeu Avery, encarando a irmã. — Mas, ao mesmo tempo... meio que é o que vai parecer.

— Só porque ela está indo com uma mulher todo mundo vai achar que ela é lésbica? Qualquer um que me conheça vai sacar que sou assistente dela. E o restante das pessoas nem vai ligar.

— Bom, se você diz. — Avery deu de ombros. De repente, seus olhos se arregalaram. — E *o que* você vai usar?

Emma estremeceu. Ainda achava incômodo que Jo tivesse comprado o vestido e sabia que a irmã iria pensar a mesma coisa.

— Hum... um vestido. Eu comprei hoje.

— Você comprou um vestido para o SAG hoje? Como assim, passou numa loja depois do trabalho? Mas não são nem sete horas.

— Não. Comprei hoje à tarde.

— Jo deixou você tirar a tarde para comprar um vestido?

— Não exatamente. — Emma suspirou. Era melhor desembuchar de uma vez. — Jo me levou até uma loja e comprou um vestido para mim.

Avery encarou a irmã. Emma tentou não inventar desculpas porque sabia que sua chefe podia fazer o que quisesse com o próprio dinheiro. Além do mais, o que Jo dissera era verdade: não faria sentido convidar Emma e ainda fazê-la pagar para ir.

— Quer ver uma foto? — disse Emma, pegando o celular na mesinha de centro. — Ela ficou com o vestido e vai levar quando formos nos arrumar. Disse que não quer que eu me preocupe com nada.

— Também vão se arrumar juntas?

— Vamos — respondeu Emma, forçando um ar despreocupado. — Ela sempre se arruma em uma suíte presidencial. E faz sentido que eu vá. Quer dizer, eu não sei como arrumar meu cabelo ou que maquiagem usar para um evento como esse.

— Cara... — disse Avery. — Você arranjou uma namoradinha.

— O quê?

— Você super é a namoradinha dela! — Avery ergueu os dedos e foi abaixando conforme listava seus argumentos. — Ela compra mimos chiques para você. Ela leva você para fazer coisas fora do horário de trabalho. Ela quer te exibir em público.

Emma pegou uma almofada e a jogou no rosto da irmã.

— Quanta asneira!

— Será?

— Sim! — exclamou Emma. — Eu não sou a *namoradinha* da minha chefe. Ela provavelmente nem é *queer*.

— Só porque ela não saiu do armário não quer dizer que...

— Tá bom — interrompeu Emma. — Nós estamos falando sobre o SAG, não especulando sobre a sexualidade de Jo. Ela só me convidou porque não quer lidar com perguntas sobre o filme.

— Talvez ela não devesse estar fazendo o filme se não quer lidar com perguntas sobre ele.

— Ei! — exclamou Emma, ainda sentida com a matéria que insinuava que Jo não era boa o bastante. — A gente nem sabe se ela *de fato* vai fazer o filme.

Incomodado com o volume da conversa, Cassius apoiou a cabeça no colo de Emma, que soltou o celular para coçar atrás das orelhas dele. Ela sabia que seu rosto estava corado.

— Você adorou a ideia de ser a namoradinha da sua chefe — constatou Avery. — Já que tem uma quedinha por ela e tal.

Emma desistiu e escorregou até o chão para abraçar Cassius, que imediatamente soltou todo o peso do corpo sobre ela.

— Eu não tenho uma quedinha por ela — contestou.

— Em, praticamente a parede inteira do seu quarto era dedicada a ela quando você era mais nova.

— Eu colocava fotos de mulheres inspiradoras na minha parede! — refutou Emma. — Tinha uma foto de Maya Angelou também. Você acha que eu tenho uma quedinha por Maya Angelou?

Avery deu de ombros.

— Eu tenho uma quedinha intelectual por Maya Angelou.

— E o que seu marido acha disso?

— Ele tem uma quedinha intelectual por ela também. Por que acha que a gente se casou?

— Olha — começou Emma —, é claro que eu acho Jo incrível e brilhante, mas é uma "quedinha" no sentido de que ela é minha mentora, uma inspiração. Não uma quedinha de verdade. É tipo o que eu sentia pela professora Allister na faculdade.

— Ou… — disse Avery, arrastando a palavra — … talvez você goste de mulheres mais velhas.

— *Não gosto.*

Avery fez uma expressão que deixava claro que não acreditava na irmã. Emma continuou acariciando a barriguinha de Cash.

— A mamãe é uma idiota, sabia?

— Mostra o vestido, então. Prometo que não vou mais te zoar por ter uma quedinha pela própria chefe.

— A mamãe perdeu a chance de ver o meu vestido, não perdeu? — Emma continuou a falar com Cassius. — Sim, ela perdeu. Porque ela é uma… Ei!

Avery se esticou e pegou o celular de Emma no sofá.

— Em. — Os olhos dela se arregalaram ao ver a tela. — *Em!*

Emma apoiou o queixo no topo da cabeça de Cassius e tentou não ficar vermelha.

— É bem bonito, não é?

— Emma, você ficou *maravilhosa*. Meu Deus, vou ver você na TV? Vai estar no tapete vermelho e tudo mais?

— Ah, não, não vou aparecer — disse Emma. — Eles só mostram celebridades e coisas assim. Obviamente.

— Tá, mas, se eles mostrarem Jo, você vai estar ao lado dela! Talvez apareça.

Emma gelou ao pensar na possibilidade de estar diante de todas aquelas câmeras. Pensou em suas bombinhas de asma — na que ficava em sua bolsa e na que ficava na mesa de cabeceira — e se perguntou se poderia levar uma delas. Mas ela não tinha uma bolsa nem nada parecido, como iria levar qualquer coisa? E que tipo de coisas as pessoas levavam para o SAG? Ela estava longe de estar preparada para aquilo.

— Calma. — Avery a tranquilizou, fazendo carinho no braço de Emma. — Vai dar tudo certo. Você só apareceria quando Jo estivesse chegando, não é? Naquele momento em que todas as celebridades chiques passam pelo tapete vermelho para tirar fotos. Mas os acompanhantes só saem nas fotos se forem famosos. Ou, por exemplo, se forem a mãe de alguém, porque aí é bonitinho. Provavelmente você vai entrar por outro lado, com os outros plebeus.

Emma revirou os olhos para a irmã, mas sentiu-se grata pela distração.

— Pelo menos sou menos plebeia do que você — brincou ela —, que vai assistir à premiação de pijama no sofá.

— *Touché.*

Tirando as câmeras, seria bom. Em Hollywood, a coisa mais importante era quem você conhecia. Ser vista com Jo Jones seria muito útil quando fosse a hora de deixar de ser assistente dela, e a exposição que Emma conseguiria comparecendo a um evento tão repercutido como o SAG não faria mal.

Tudo ia dar certo.

Dois

Emma

Emma ficou dez minutos parada no corredor em frente à porta da suíte. Exatamente às 10h30 bateu à porta, que se abriu imediatamente. Diante dela surgiu um homem baixo de cabelos escuros bem rentes nas laterais e de comprimento maior em cima. Ele deu um sorriso e fez um gesto para que ela entrasse.

— Então você é a famosa Emma? — perguntou ele.

— Meu nome é Emma, sim. Mas de famosa não tenho nada.

O rapaz a conduziu até a sala. O espaço era enorme e tinha dois andares. De um lado, havia uma escada em espiral da qual Emma, desastrada como era, pretendia ficar longe. Logo depois havia uma porta fechada, que ela supôs levar a um quarto, e do outro lado da sala ficava a sala de jantar. A sala de estar tinha janelas que iam do chão ao teto, dois sofás, uma poltrona enorme, um piano — sabe-se lá o porquê — e uma *chaise* próxima a uma das janelas, onde Jo estava sentada, muito serena, enquanto alguém fazia suas unhas. Ela era a personificação do luxo com seu roupão cor-de-rosa de seda. Jo sorriu, e Emma acenou em resposta, mas imediatamente deixou o braço cair ao lado do corpo, pensando que parecera muito idiota.

— Jo nunca trouxe outra pessoa para receber nossos cuidados. Você é famosa, sim — afirmou o homem. — Meu nome é Jaden. Trabalho com Kelli, que você já deve conhecer.

Emma a conhecia porque já falara com ela pelo telefone para marcar compromissos. Ela fazia a maquiagem de Jo para eventos midiáticos.

— Oi, Kelli aqui — apresentou-se a mulher sentada à mesa de produtos de beleza. — É um prazer te conhecer em pessoa.

— Igualmente — respondeu Emma com um sorriso.

Kelli era muito mais velha do que Emma imaginava. Ela soava muito jovem ao telefone, mas era possível ver as ruguinhas no canto de seus olhos por trás da maquiagem impecável.

— Assim que Mai terminar as unhas de Jo, é sua vez — explicou Jaden. — Já sabe como vai querer seu cabelo?

— Hum... — balbuciou Emma. Ela tinha pesquisado alguns penteados no Google no dia anterior, mas imaginou que já teriam escolhido algo para ela. — Acho que solto?

— Ótimo.

Emma sentiu-se como uma boneca. Jaden brincava com o cabelo dela, jogando-o por cima de um dos ombros, depois por cima do outro; segurando uma metade presa para cima, depois a outra, sempre parando para avaliar cada ajuste no penteado. Depois Kelli se aproximou com suas paletas de maquiagem, posicionando cada uma ao lado do rosto de Emma para avaliar qual ficava melhor com seu tom de pele. Alguém apareceu com um copo de água, mas sumiu antes que ela pudesse perguntar o nome. Jo sempre estava deslumbrante nos eventos, então Emma confiava naquelas pessoas, mas ela mesma nunca tinha sido produzida daquela maneira.

Em dado momento, as coisas acabaram se acalmando. Mai veio fazer as unhas dela enquanto Kelli maquiava Jo. Emma deixou Mai escolher a cor do esmalte e ficou em silêncio durante todo o processo, falando apenas quando alguém fazia alguma pergunta. Queria dizer a Jo que ela tinha sido injustiçada no Producers Guild Awards na noite anterior, mas não sabia como tocar no assunto.

— Não tinha dito que ela era tagarela? — perguntou Kelli.

Emma olhou para ela.

— Normalmente, ela é. — Era a primeira vez que Jo falava desde que Emma chegara.

— Ela disse que você falava pelos cotovelos — contou Kelli, voltando-se para Emma.

— O que aconteceu com o sigilo entre esteticista e cliente? — indagou Jo.

Kelli revirou os olhos.

— Você não é obrigada a conversar, claro — disse Kelli a Emma. — Mas também não precisa ter medo de falar.

— Eu não tenho medo de falar — protestou ela, surpresa ao pensar que Jo falava sobre ela com outras pessoas. — Mas também não sou tão falante assim.

Sem abrir os olhos para não atrapalhar Kelli, que aplicava sua sombra, Jo acenou com a mão para Emma.

— Você sempre está cercada de um bando de assistentes.

— Porque eu sou *legal* — apontou Emma, tentando soar amigável. — E quando eles querem reclamar dos chefes mandões...

— Cuidado com o que vai dizer — alertou Jo, mas seu tom era descontraído.

— ... eu sou um ombro amigo — continuou Emma. — É sendo legal que se consegue as coisas.

Jo revirou os olhos, e Kelli ralhou com ela.

— Se não quiser que eu fure seu olho com o pincel, é melhor ficar quieta!

Dali em diante as coisas ficaram mais descontraídas, já que Emma parecia ter caído na graça dos profissionais e Jo estava relaxada. Ela não era grosseira no trabalho nem nada, mas estava sempre concentrada e muito séria, então Emma não estava acostumada a vê-la tão despreocupada. Ela tentou relaxar também, mas, sempre que pensava na cerimônia e no tapete vermelho, seu coração disparava.

Para tentar manter a calma, ela começou a puxar assunto com a equipe. Kelli cuidava da maquiagem de Jo para eventos havia mais de vinte anos. A mãe de Mai fez as unhas de Jo para o Emmy a que ela foi quando tinha *catorze anos*, no ano em que Emma nasceu.

Quando as unhas de Emma estavam quase secas, o almoço chegou. Mai a obrigou a se servir por último só por precaução.

Enquanto esperava, Emma ficou com água na boca. Havia várias opções de aperitivos: espetinhos de salada caprese, rolinhos primavera e três sabores diferentes de brusqueta.

— Aquilo é enroladinho de salsicha? — perguntou Kelli, servindo-se. — Jo, o que aconteceu com seu paladar sofisticado?

— Eu adoro enroladinhos de salsicha! — exclamou Emma.

— Os enroladinhos são kosher. Acho que são de carne bovina — observou Jo.

— Que delícia! — disse Emma.

Ela não seguia uma dieta kosher e teria comido mesmo se fosse uma salsicha normal, mas foi muito atencioso da parte de Jo ter levado a possibilidade em consideração.

Kelli abriu um sorrisinho sugestivo, e Emma deu de ombros. Enroladinhos de salsicha eram um aperitivo delicioso, kosher ou não, sofisticado ou não.

Quando Emma finalmente se serviu, quis comer um pouco de tudo e seu prato ficou abarrotado. Quase não coube tudo que queria comer, e ela ainda pretendia fazer uma segunda viagem para se servir da sobremesa.

— Sra. Jones, sem querer incentivar o nepotismo — começou Emma —, mas minha irmã tem uma confeitaria. Da próxima vez, você precisa pedir minicupcakes.

— Ah, é? — disse Jo, que tinha um total de zero enroladinhos no próprio prato.

— Aham — afirmou ela. — Farinha & Afeto, em WeHo.

— Fale com o pessoal que cuida dos fornecedores amanhã — comentou Jo. — Veja se conseguimos cadastrar ela.

Emma sorriu com a boca cheia de rolinho primavera.

◎

Depois de almoçar, Jaden começou a cuidar do cabelo de Emma. Ele não parou de falar nem por um segundo. Quando finalmente se afastou para procurar um produto em sua maleta, Emma se virou para Jo, que estava fazendo as unhas dos pés.

— E você disse que a tagarela era eu?

Todos riram, exceto Jaden, que não ouviu ou pelo menos não pareceu se importar. Depois de encontrar o produto que procurava, ele voltou e retomou o relato da briga que a irmã tivera com sua mãe no começo da semana.

Depois do cabelo veio a maquiagem. No dia a dia, Emma passava só um pouco de rímel e hidratante labial, talvez uma base, caso estivesse com uma espinha inflamada. Por isso ficou com um pouco de medo de Kelli e de sua coleção de líquidos, pós e pincéis. Mas ela foi gentil e explicou tudo que ia fazer antes de começar, como se no fundo soubesse que Emma precisava entender quais eram os próximos passos.

Quando chegou a hora de Kelli maquiar seus olhos, Emma ficou surpresa com quanto se sentiu confortável, ali em um quarto de hotel com sua chefe e todos aqueles profissionais de beleza, arrumando-se para uma premiação. Ela estava com a bombinha de asma na bolsa — e ainda não sabia como poderia levar itens pessoais para a cerimônia —, mas não estava se sentindo ansiosa por enquanto, então talvez nem precisasse dela. Kelli terminou de passar o que quer que fosse nas pálpebras de Emma e disse:

— Pode abrir.

Ela obedeceu. Quando o fez, se deparou com Jo do outro lado da sala, só de cinta modeladora e sutiã. Emma imediatamente fechou os olhos de novo. Kelli pigarreou.

— Pode abrir os olhos.

Ela os abriu novamente, dessa vez esforçando-se para *não olhar* para Jo. De repente toda sua tranquilidade evaporou. Ela agradeceu pelas camadas de base e todos os outros produtos que Kelli tinha aplicado em seu rosto; graças a eles, talvez o rubor em seu rosto não fosse perceptível. Kelli parecia concentrada demais nos olhos de Emma para notar.

Não que Emma tenha visto algo que não deveria. Ela teria visto mais se Jo estivesse de biquíni, por exemplo. Mas... era muita coisa mesmo assim. E não que Avery estivesse certa, porque não estava — Emma não tinha uma queda por Jo —, mas era *inegável* que sua chefe era uma mulher bonita, com pele sedosa e pernas surpreendentemente longas para uma pessoa tão delicada. Emma estava um pouco desconcertada, só isso. Ela agradeceu aos céus quando Kelli pediu a ela que fechasse os olhos de novo.

Quando a maquiagem ficou pronta, Jo já estava fora de seu campo de visão. Emma suspirou de alívio.

— Seu vestido está naquele quarto — disse Kelli, apontando para a porta à direita. — Vou trazer as joias depois que Jo terminar de escolher as dela.

Emma nem tinha pensado em joias e resolveu deixar isso de lado naquele momento, simplesmente foi se vestir. Ela só foi entender o que "joias" significavam quando Kelli e Jaden entraram enquanto ela ajustava o zíper do vestido.

— São peças Martin Katz. Emprestadas — explicou Kelli.

Emma conseguiu apenas encarar a caixa aberta. Ali provavelmente havia centenas de milhares de dólares em diamantes. Ela quase se sentou na beirada da cama, sentindo-se aliviada por ainda não estar de salto alto.

— Eu... — balbuciou ela, sem saber o que dizer.

Jaden levou a mão à caixa de diamantes e escolheu uma pulseira.

— Coloque essa aqui — indicou ele. — Não vai precisar de um colar com essa gola alta. Vamos escolher alguns brincos também.

Jaden estendeu a pulseira cravejada de pequenos diamantes enfileirados, mas Emma apenas a olhou, boquiaberta.

Kelli finalmente intercedeu.

— Está tudo bem, é só o nervosismo do primeiro tapete vermelho — disse ela, colocando a pulseira em Emma.

Não era "nervosismo de primeiro tapete vermelho", tinha mais a ver com o fato de que aquela pulseira provavelmente custava mais do que todo o guarda-roupa de Emma, do que todas as roupas que ela já tivera *somadas*. E se ela a perdesse? E se um diamante se soltasse e caísse? Ela poderia ajudar Jo. Ela poderia ser boa no que fazia. Mas em hipótese algum poderia usar aquilo.

Então Jaden pegou um par de brincos em forma de gota.

— Sim ou sim? — brincou ele.

— Pessoal, eu não posso... — começou Emma.

— Pode, sim — disse Kelli gentilmente. — Coloque-os.

— A gente não passou horas fazendo sua maquiagem para você ficar com medo de usar algumas pedrinhas e não ficar perfeita, querida — complementou Jaden.

Ouvir aquilo facilitou as coisas. Ela tinha de usá-las — seria uma desfeita não o fazer depois de todo o trabalho que tiveram para produzi-la. Então ela tentou se concentrar nisso em vez de pensar no valor da joia.

E ela estava realmente muito bonita. Depois de colocar os brincos, Emma calçou os sapatos de salto alto e deu uma olhada no espelho de corpo inteiro. Até então, estivera receosa, com medo de parecer deslocada em meio a todas as celebridades glamorosas no tapete vermelho, mas não estava deixando absolutamente nada a desejar. Seu cabelo caía em ondas castanhas perfeitas sobre um dos ombros, a pulseira equilibrava o visual e os brincos reluziam.

— Vocês arrasaram.

— Arrasamos, mesmo — respondeu Kelli. — Mas sua beleza facilitou bastante as coisas.

Emma revirou os olhos, sorrindo.

Eles voltaram para a sala, e Jo estava lá, só que agora não usava apenas o sutiã e a cinta. Já estava com seu vestido, o que era *ainda pior*.

Ela parecia uma princesa — não, uma rainha. Deslumbrante.

Emma ainda não tinha visto o vestido de Jo e ficou impressionada com quão lindo era: amarelo, um lindo amarelo-narciso brilhante. Ainda havia muita pele à mostra no modelo sem alças, com decote em forma de coração, e o cabelo preso em um coque. Em torno de seu pescoço, fios de diamantes caíam em cascata até a altura das clavículas. A parte de baixo do vestido ia até um pouco abaixo dos joelhos, e, embora Jo ainda estivesse descalça, Emma tinha certeza de que havia um par de saltos de quinze centímetros, sua marca registrada, em algum lugar esperando por ela.

— Está linda, sra. Jones — elogiou Emma, esquecendo-se completamente da própria aparência.

Jo sorriu, aceitando o elogio com um aceno de cabeça.

— Sua bolsa está na mesinha perto da porta — disse ela. — Tem álcool em gel, maquiagem para retoques e absorventes, só por via das dúvidas.

— Nossa, você me salvou — murmurou Emma. — Eu não tinha ideia de como ia levar minhas coisas.

Emma foi guardar a bombinha de asma e o celular na bolsa indicada por Jo, mas parou onde estava quando sua chefe pigarreou.

— Você está bonita — comentou ela.

O rosto de Emma pegou fogo. Ela olhou para o chão e sorriu.

— Ah. Obrigada. Já estamos de saída?

— Sim, mas não precisa se apressar — respondeu Jo. — Se demorarmos um pouco, talvez seja possível entrar mais depressa.

Emma assentiu como se tivesse alguma ideia de como seria chegar a uma cerimônia de premiação de Hollywood.

O trajeto pareceu interminável por boa parte do caminho, mas de repente elas chegaram. Emma saiu do carro tomando cuidado com o vestido longo e com os saltos, que ainda pareciam altos demais mesmo depois de muita prática. Logo do lado de fora já havia câmeras e pessoas gritando, e ela não sabia para onde olhar nem para onde ir. Jo estava bem ao lado com um sorriso ensaiado e lançou um breve olhar na direção de Emma.

— Está esperando o quê? — indagou Jo. — Vamos, ande.

Jo foi direta como de costume porque aquela situação era normal para ela. Mas Emma não se mexeu tanto assim, apenas se afastou para deixar a chefe ir na frente, o que era, em parte, um comportamento respeitoso esperado de uma assistente e, em parte, porque ela não tinha ideia do que estava fazendo.

Emma estivera tão à vontade na suíte. O ambiente descontraído fez com que ela se sentisse em um dia de spa, e não se arrumando para uma premiação. Mas o evento era uma loucura. Quem assistia pela TV não fazia ideia de quantas pessoas realmente estavam na cerimônia. Havia pessoas organizando o trânsito, pessoas organizando o trânsito de *pedestres*, fotógrafos com câmeras caríssimas, fãs tirando fotos com seus respectivos celulares. De repente o assessor de Jo surgiu de uma tenda cheia de pessoas andando em direção a elas para cumprimentá-las. Amir deu um oi breve para Emma antes de se concentrar em Jo, que deixou claro que não estava dando nenhuma entrevista. Emma, por sua vez, se concentrou em não tropeçar nos próprios pés. Ao redor, tudo era barulho e agitação, e ela chegou à conclusão de que preferia estar no sofá de Avery.

Mas não podia deixar que ninguém percebesse. Ela precisava convencer a todos de que pertencia àquele lugar, porque um dia isso seria verdade. Emma tentou sustentar um sorriso discreto no rosto enquanto seguia Jo.

Mas, em dado momento, a hipótese de Avery sobre o tapete vermelho provou-se correta: Emma não pôde mais seguir ao lado de Jo e ficou longe dos fotógrafos, enquanto Jo seguiu pelo tapete, parando a cada poucos metros e posando para fotos. A cerimônia em si começaria dali a vinte minutos, então as pessoas estavam se dispersando e Jo avançava depressa. Emma levava a bolsa de Jo e a acompanhava de perto, sem andar à frente dela. Todos estavam focados nas pessoas famosas, não nos acompanhantes desinteressantes que tinham ido com elas. Emma não estava mais sob os holofotes e pareceu mais fácil andar sobre os saltos sem tanta pressão para que estivesse perfeita e graciosa.

Mas ela não estava tão tranquila, porque, embora tivesse prometido a Jo que não iria ficar animadinha vendo ninguém… Bom, ela não ia causar um tumulto, realmente não ia, mas Annabeth Pierce estava pouco à frente de Jo no tapete vermelho e Emma talvez estivesse encarando a atriz descaradamente. Pelo menos um pouco. Ela amava todos os filmes de Annabeth desde que ela estourara na mídia, pouco mais de cinco anos antes. Ela estava com um vestido branco e elegante que tinha uma estampa brilhante na frente. Emma mal prestou atenção em Jo até Annabeth sair do tapete vermelho e se dirigir à entrada do teatro.

Quando finalmente voltou o olhar para a chefe, Emma estreitou os olhos. Jo parecia tensa, desconfortável. Seu sorriso era engessado. Não um sorriso automático, típico de fotografia, mas um que dizia: "Se eu sorrir, talvez isso passe mais rápido." Suas bochechas estavam tensas, e seus olhos, mais abertos do que o normal, como se ela estivesse se esforçando para não franzir a testa.

Emma ouviu uma voz vinda do meio da multidão. Não sabia dizer se era um fotógrafo ou um fã, mas a pessoa estava gritando alguma coisa sobre o Agente Silver. Então outra voz perguntou se Jo estava preocupada com o fato de a chuva de críticas ter começado antes mesmo de qualquer comunicado oficial. Jo se dirigiu para a última área de fotografia no tapete vermelho, e as pessoas continuaram gritando e perguntando sobre o filme.

Emma não tinha ido para isso? Para ser um escudo, para impedir que as pessoas perguntassem sobre o Agente Silver? Jo apoiou a mão na cintura, com uma expressão mais parecida com uma careta do que com um sorriso. Emma avançou sem pensar. Ela se dirigiu até o tapete vermelho onde estavam todas as celebridades, mas Jo não a notou até que ela estivesse a apenas um metro de distância. De repente, Emma não soube qual deveria ser seu próximo passo.

O sorriso de Jo não vacilou.

— O que está fazendo aqui? — perguntou ela, cerrando os dentes.

Emma deu mais um passo à frente.

— Era para eu ser um escudo.

Só então ela se deu conta da quantidade de câmeras apontadas na direção das duas. As pessoas continuaram gritando, perguntando qual era o nome dela, lhes pedindo que sorrissem. Toda exposição era desagradável, só que aquela pareceu ser muito mais. Emma sentiu um bolo na garganta e deu um passo para trás, pronta para voltar correndo para a segurança do caminho anônimo, mas Jo a segurou pelo braço.

— Fique e sorria por um segundo para que eles tirem uma foto — instruiu ela. — Não vá fazer nada esquisito.

Emma estava se esforçando *ao máximo* para sorrir como uma pessoa normal.

— Não me deixe cair de cara no chão. Não sei andar direito com esse salto.

— Faz sentido — disse Jo. — Você é uma amazona.

Emma se retesou, e Jo segurou seu braço com mais firmeza.

— Quis dizer que você é alta — explicou ela. — Comparada comigo? Claro que você é uma amazona.

Alguém surgiu do nada e ajeitou a saia do vestido de Emma, desaparecendo igualmente depressa.

— Enfim — continuou Jo. — As amazonas são mulheres guerreiras da mitologia. Foi um elogio, Emma.

Emma sorriu de forma genuína, sem pensar muito.

— Não eram as amazonas que matavam todos os que ousavam invadir as terras delas?

Jo olhou para Emma com um sorriso sugestivo.

— Viu só como era um elogio?

Emma deu risada, e Jo sorriu em resposta, então as duas avançaram pelo tapete. Jo soltou o pulso de Emma e pousou a mão em sua lombar, conduzindo-a em direção ao teatro. Emma tinha sobrevivido ao tapete vermelho, por um momento tinha até se esquecido de onde estava. Tentou não pensar no número de fotos dela que agora existiam e no toque suave do polegar de Jo em suas costas nuas.

O celular de Emma vibrou dentro da bolsa. Ela se perguntou se Avery já teria visto todas as fotos dela, se teria aparecido na cobertura do tapete vermelho.

— Vamos? — disse Jo, fazendo um gesto em direção à porta.

Emma colocou o celular no modo "Não Perturbe" e a acompanhou.

Três

Jo

Uma ligação do assessor antes mesmo de ela chegar ao estúdio nunca era um bom sinal. Jo fechou a divisória de privacidade entre ela e Chloe e atendeu.

— Bom dia, Amir.

— Oi, bom dia — disse ele do outro lado da linha. — Já viu o que estão falando da sua gracinha no tapete vermelho ontem?

Amir não perdia tempo com papo furado. Jo preferia assim.

— Não estou sabendo de nenhuma "gracinha" — retrucou ela, um pouco irritada.

— Está todo mundo achando que você e sua assistente estão namorando.

Jo deixou escapar uma risada.

— Estou falando sério — disse Amir. — Precisamos pensar em como vamos abordar o assunto.

— Amir. — Ela tentou não soar como se achasse a sugestão ridícula, afinal ele só estava fazendo o próprio trabalho. — Não há nada a ser abordado.

— O boato vai ganhar força — avisou Amir. — E não precisamos dar mais motivos para pensarem que você não deveria estar no projeto do Agente Silver.

Amir nunca escondia nada dela ou fazia grandes rodeios para dar a própria opinião, isso Jo tinha de admitir.

— Eu não falo sobre minha vida amorosa — explicou Jo. — E vou ser anunciada oficialmente como roteirista e produtora do Agente Silver na quinta-feira, isso vai bastar para fazê-los esquecer qualquer outra coisa.

— Como você não está saindo com sua assistente — disse Amir, de maneira mais desconfiada do que Jo gostaria —, tecnicamente não se trata da sua vida amorosa. Seria só uma pequena declaração negando tudo, nada de mais.

— Judy certamente explicou para você antes de sair que eu não faço esse tipo de coisa.

Judy fora assessora de Jo desde seus treze anos. A decisão de não fazer comentários sobre a própria vida amorosa foi baseada na concepção de que nenhuma adolescente precisa desse tipo de escrutínio público. Jo envelhecera, mas a política de "sem comentários" continuava firme e forte, mesmo depois de Judy ter se aposentado dois anos antes.

— Sra. Jones, você não precisa de mais mídia negativa neste momento — argumentou Amir. — Uma declaração breve resolveria tudo.

Amir obviamente não podia vê-la, mas Jo balançou a cabeça mesmo assim.

— Uma declaração breve depois de quase trinta anos sem declaração alguma não resolveria nada — rebateu ela. — Você deveria saber disso melhor do que eu.

Amir suspirou. Jo deduziu que era porque ela estava certa.

— Talvez Emma pudesse...

— Não envolva Emma nisso. — Ela o interrompeu.

— Ela já está envolvida. E grande parte do que está sendo dito não é muito lisonjeiro.

As mãos de Jo tremeram de nervoso. Pensar em Emma sendo vilipendiada pela mídia quase a fez concordar com a declaração de Amir.

— Não faça nada — ordenou ela, por fim. — Vai passar.

Amir suspirou outra vez, mas não a contrariou. Eles encerraram a ligação quando Chloe chegou ao estúdio.

Emma estava de pé com o café de Jo em mãos e, pela expressão em seu rosto, já tinha ficado sabendo dos boatos. Sem pensar muito, Jo decidiu fingir que não vira nada.

— Obrigada — disse ela, pegando o café.

Emma a seguiu, o que não era estranho. Ela sempre atualizava Jo com um resumo da agenda do dia logo pela manhã. Mas, naquele momento, enquanto Jo guardava a bolsa e pendurava o casaco, Emma simplesmente ficou ali, parada, torcendo os dedos.

— Precisa de alguma coisa? — perguntou Jo.

— Hum... — começou Emma. — Sra. Jones. — Ela fez uma pausa. — Por acaso viu o TMZ hoje de manhã?

— Não, não vi — respondeu Jo, falando a verdade.

— Bom... é que... — Emma respirou fundo. — As pessoas estão comentando... Estão se perguntando por que você me levou à cerimônia ontem à noite.

— Ah, é?

Jo sabia que deveria ter facilitado as coisas para Emma, mas estava achando divertido vê-la tentando se explicar.

Emma decidiu que era melhor falar de uma vez. Ela soltou os braços na lateral do corpo e endireitou a coluna.

— Estão falando que estamos em um relacionamento — alegou.

Jo comprimiu os lábios.

— Bom, isso é novidade — disse ela. — Talvez seja a primeira vez que duas mulheres juntas não são rotuladas como "grandes amigas".

Emma reagiu com um sorriso acanhado. Se fosse qualquer outro assunto, ela riria e responderia com alguma brincadeira.

— O que vamos fazer? — perguntou ela.

— O que vamos fazer? — repetiu Jo.

Emma encolheu os ombros, inquieta.

— Como vamos lidar com isso?

Jo repetiu o que dissera a Amir pouco antes.

— Nunca dei satisfação sobre a minha vida amorosa. E não vai ser agora que farei isso.

Como um peixinho de aquário, Emma abriu e fechou a boca, mas nada saiu.

Jo abriu o notebook. Talvez ela devesse ler o que as pessoas estavam dizendo.

— Mas, Jo… — começou Emma. — Mas, sra. Jones, isso é inapropriado. Não pega bem que as pessoas digam isso. De nós duas.

Jo acenou com a mão.

— Eu jamais teria paz se me aborrecesse toda vez que dizem que eu estou indo pra cama com alguém que não deveria. Só deixe a poeira baixar. Daqui a pouco ninguém mais estará falando sobre isso.

— Acharam meu Instagram — contou Emma. — Ganhei *nove mil seguidores* de ontem para hoje.

Jo não conseguiu segurar uma risada.

— Aproveite a fama.

— Eu *não quero* aproveitar fama alguma — retrucou Emma. — Não quero ficar conhecida como a garota que está tendo um caso com a chefe! Temos que fazer *alguma coisa*.

Antes de abrir o site do TMZ, Jo desviou a atenção do notebook e olhou fixamente para Emma.

— Em quase três décadas de carreira, eu nunca comentei sobre a minha vida amorosa — disse ela. — E não pretendo fazer agora só porque está com vergonha de ter sua imagem associada à minha dessa forma. Foi por isso que não quis ficar ao meu lado no tapete vermelho?

Jo não pretendia fazer aquela pergunta e tinha deduzido que Emma desaparecera porque tinha ficado nervosa. Mas, assim que perguntou, Emma ruborizou e tropeçou nas próprias palavras, ansiosa para refutar a acusação. Era melhor distrair Emma do que deixá-la entrar em pânico.

— Não, claro que não, sra. Jones — balbuciou ela. — É que…

— O quê, srta. Kaplan?

— Jo. — Emma engoliu em seco. — Você é uma mulher incrível. É que… Eu só não estou acostumada a estar sob os holofotes assim.

Jo tinha um nível de fama e prestígio que fazia com que as pessoas tendessem a dizer exatamente o que ela queria ouvir. Isso com certeza era ainda mais forte quando se tratava de seus funcionários, mas, por alguma razão, ela acreditava em Emma quando ela a elogiava. Emma parecia ser sincera e genuína com todo mundo, mas principalmente com a chefe. Mas a ideia era ridícula. Ela provavelmente só era boa no que fazia, em deixar a chefe feliz. Jo decidiu não pensar muito naquilo.

— Você vai sobreviver — disse ela. — Se a gente deixar isso de lado, não dou nem uma semana para que as pessoas se esqueçam disso.

Então ela abriu a matéria no navegador e respirou fundo ao ver a foto.

— Bom, conseguiram uma foto e tanto. Preciso admitir — disse Jo.

Emma se aproximou para ver a foto também. Foi algo bem normal, e, mesmo assim, Jo ficou nervosa. Ela revirou os olhos para si mesma mentalmente.

— É — concordou Emma em voz baixa. — Deve ter sido quando você disse que eu era uma amazona.

Não exatamente o momento em que Jo disse isso, mas sim o momento seguinte, quando as duas estavam rindo juntas. Jo segurava o pulso de Emma, que, por sua vez, estava ligeiramente inclinada em direção a ela, olhando em seus olhos, em vez de para qualquer uma das câmeras. O nariz de Emma estava franzido por causa de um sorriso, e Jo sorria também, olhando para ela. Era como se estivessem em uma bolha só delas e não houvesse mais ninguém no mundo. Jo se lembrava daquele momento, mas não tinha percebido que as duas estavam tão… Bom, ela não podia dizer que não sabia de onde as especulações tinham surgido.

— Usar joias combinando não ajudou muito — apontou Jo.

Emma deu um passo para trás.

— Nós usamos joias combinando?

— Sua pulseira e o meu colar formavam um conjunto, mas achei que seria exagero usar os dois.

Emma foi até o outro lado da mesa de Jo, estarrecida.

— Por que me deixou usá-la? — questionou ela, olhando para a chefe.

Jo refletiu sobre a resposta.

— Você estava bonita.

Emma encarou o chão, com as bochechas coradas. Era verdade, ela estava linda, mas, além disso, Jo sabia que Emma não estava confortável com tudo aquilo. Ela não queria piorar as coisas fazendo com que a assistente trocasse as joias que tinha escolhido.

— Talvez seja melhor não deixar seus perfis públicos nas redes sociais — sugeriu Jo.

Emma assentiu.

— Sim. Já estão privados.

— Bom, está tudo certo. — Jo fechou o navegador, e Emma se endireitou. — Vou passar a manhã escrevendo. Não vou atender nenhuma ligação, a menos que seja uma emergência.

— Está bem — disse Emma, indo em direção à própria mesa. — Fecho a porta? — perguntou por cima do ombro.

Jo hesitou.

— Sim, por favor.

Jo sempre escrevia com a porta fechada para evitar distrações, então não entendeu por que tinha hesitado. Emma não precisava ser vigiada. Os boatos eram absurdos, não afetariam sua rotina de trabalho. E, mesmo que afetassem, ela era capaz de lidar com tudo aquilo. Até então, tinha segurado muito bem as pontas. Jo não precisava se preocupar com ela.

Emma fechou a porta. Jo sabia que deveria começar a escrever, mas abriu o navegador novamente mesmo assim. Não costumava acessar sites de fofoca, mas, por algum motivo, estava interessada.

Ao que parecia, Emma e elas estavam namorando, confirmando o que Amir dissera naquela manhã. Nenhum dos sites dizia ao certo quando o relacionamento tinha começado, e alguns até afirmavam que as duas eram namoradas desde o começo. Vários postaram outras fotos das duas juntas, no set de filmagem ou em eventos do estúdio, como se o fato de estarem uma perto da outra fosse prova de um relacionamento. Mas a foto do tapete vermelho era um destaque unânime, e Jo conseguia entender o porquê. Ela mesma estava quase convencida de que havia alguma coisa acontecendo ali.

Ela se permitiu ficar dez minutos na internet antes de fechar tudo e abrir o arquivo do roteiro. O primeiro rascunho do final do filme estava quase pronto. Jo entrelaçou os dedos e esticou os braços à frente, com as palmas para fora. Hora de colocar a mão na massa.

Jo estava começando a pegar no tranco quando seu celular tocou. O identificador de chamadas a fez revirar os olhos, ainda que afetuosamente. Claro, ela deveria ter imaginado que aquela ligação viria.

— Alô?

— Quer me explicar o que está acontecendo?

— Estou bem também, Ev, obrigada por perguntar.

Evelyn soltou uma risada sarcástica do outro lado da linha.

— Como se você fizesse tanta cerimônia quando me liga!

Era verdade. Jo tinha a tendência de começar uma ligação com a melhor amiga dizendo: "Você não vai acreditar no que esse imbecil fez." Evelyn sempre fora sua pessoa favorita para desabafar.

— Não tem nada *acontecendo* — afirmou Jo, recostando-se na cadeira.

— Ah, não, claro que não. Você só levou alguém como acompanhante para uma premiação, nada de mais. E esse alguém por acaso era sua assistente. Uma assistente muito atraente, por sinal, que parecia ter nascido para um tapete vermelho.

— Claro que parecia. Eu comprei o vestido para ela.

— Está falando sério?

Jo quase se desconcertou ao ouvir a incredulidade na voz de Evelyn, mas era melhor não titubear.

— É óbvio que estou — respondeu. — Acha mesmo que eu a deixaria escolher um por conta própria? Ou que eu a obrigaria a comprar um vestido que provavelmente só seria usado uma vez?

— De que outra forma poderia ter resolvido isso? Hum... Deixe-me pensar... — Ela fingiu refletir por um instante. — Ah, já sei! Você poderia não ter convidado ela. Assim, ela não teria que comprar um vestido que provavelmente só seria usado uma vez!

— Só está com ciúme porque nunca levei você.

Evelyn riu.

— Não faço questão de ir a uma premiação com você desde que a gente era adolescente.

Evelyn e Jo cresceram juntas em Chinatown, Los Angeles. Evelyn era a única pessoa além da família de Jo que não começara a tratá-la de forma diferente depois da fama. Os mais jovens da comunidade agiam como se Jo de repente fosse outra pessoa, e os mais velhos torciam o nariz para o fato de ela ter adotado um nome artístico, como se fosse sua culpa que Hollywood não aceitasse bem o nome Jo Cheung. Mas Evelyn foi diferente. Quando Jo contou que tinha conseguido o trabalho que a lançou para o estrelato, Evelyn respondeu apenas com um "Maneiro" e continuou dando as cartas para jogarem *Big Two*.

Jo olhou para a porta fechada. Ela tinha certeza de que Emma já ouvira muitas de suas conversas ao telefone, desde vozes exaltadas com a emissora ou, pior ainda, com seu pai. Então baixou a voz:

— Eu não queria ter que lidar com os comentários sobre o projeto do Silver — confessou ela. — Nem com os burburinhos sobre a minha capacidade de prosperar na indústria. Eu não queria falar com ninguém, precisava de uma espécie de escudo, e Emma cumpriu esse papel muito bem.

Evelyn deixou passar a rara demonstração de vulnerabilidade da parte de Jo.

— Admitir que levou a moça para ser seu "escudo" não melhora muito as coisas — comentou ela. — Você a levou só para não ter que lidar com pessoas de quem não gosta. Ou seja, ela não entra nessa categoria.

— Sim, Evelyn, eu gosto da minha assistente. Parece que você me pegou no pulo.

— Ai, meu Deus — disse Evelyn. — Acabei de me dar conta de que faz um tempo que você não me manda por engano uma mensagem que deveria ser para ela, mas, se começarem a trocar mensagens sexuais, por favor, preste atenção e mande para o contato certo.

— Pelo amor de Deus. — Jo suspirou, pressionando a ponte do nariz com o polegar e o indicador.

Mas Evelyn tinha razão sobre as mensagens enviadas por engano. Isso acontecia com mais frequência do que Jo gostaria, geralmente quando ela tirava as lentes de contato e não estava prestando atenção na tela do celular, já que os nomes "Emma" e "Evelyn" vinham um seguido do outro na lista de contatos.

— Ela estava linda, Jo — disse Evelyn.

— Isso é inegável — concordou Jo. Emma já estava linda quando chegou; a equipe de Jo quase não teve trabalho. — Ela tem vinte e sete anos e parece a Mulher-Maravilha. E, sim, eu gosto mais da companhia dela do que de estar cercada de atores arrogantes e prepotentes, principalmente em uma noite criada justamente para celebrar essa prepotência. E todos os outros presentes eram pseudojornalistas buscando um furo para conseguir engajamento.

Evelyn ficou em silêncio por um momento, e Jo pensou que finalmente tivesse se dado por vencida. Então ela disse:

— Quando sua ficha cair e você descobrir por que estavam se olhando daquela forma, promete me ligar?

— Bom, parece que não vou te ligar nunca mais então — brincou Jo.

Evelyn desligou o telefone sem responder, e Jo voltou a se concentrar no roteiro.

Inocentes era sobre um grupo de advogados que se dedicava a absolver pessoas condenadas injustamente. Foi a segunda série de TV de Jo e era ainda mais bem-sucedida que a primeira. O final da quinta temporada estava se aproximando, e Jo estava pronta para se aventurar em novos projetos. Ela adorava aqueles personagens, mas sentia que já os conhecia demais. Não havia muito a ser explorado, não havia novos desafios.

Então ela voltou as atenções para uma franquia de filmes de ação com seis décadas de história. Os filmes do Agente Silver eram diferentes de tudo o que ela já tinha feito. O anúncio de Jo como roteirista estava marcado para quinta-feira, mas os comentários sobre como as pessoas achavam que ela fracassaria já estavam por toda parte. Jo jamais admitira estar apreensiva, principalmente porque *morrendo de medo* seria a expressão mais apropriada para descrever o que estava sentindo, mas ela sabia que não conseguiria se superar a menos que desafiasse os próprios limites.

Jo imaginava que sair da equipe de *Inocentes* traria uma sensação semelhante à que os pais sentem quando os filhos partem para a faculdade. Seria como se seu bebê de repente crescesse e já não morasse mais sob seu teto. Ela já tinha delegado muitas de suas tarefas à coprodutora executiva, Chantal, em quem Jo confiava. Sabia que ela era mais do que capaz de cuidar das tarefas do dia a dia.

Além disso, Jo gostava do fato de Chantal estar sempre disposta a dar um passo atrás quando ela aparecia no set. Chantal tomava conta de tudo enquanto Jo estivesse ausente, mas, quando ela chegava, cedia a direção sem grandes problemas. Naquele dia, ela acenou com a cabeça para Jo, balançando seus cachos bem definidos. Jo fez um gesto para que ela continuasse; queria observar um pouco, espairecer a cabeça depois de tanto tempo encarando um monte de letrinhas.

Emma estava a seu lado, trabalhando em alguma coisa no tablet. Normalmente, a assistente era cumprimentada por todos que passavam quando estava no set. Daquela vez, no entanto, a presença dela causava reações muito mais discretas. Antes que Jo pudesse ponderar sobre aquilo, Chantal pediu um intervalo de cinco minutos para ajustes de iluminação, e Tate, um dos protagonistas, se aproximou.

— E aí? Já terminou de escrever o episódio final? — perguntou ele.

Jo se segurou para não revirar os olhos. Como ator, Tate só receberia o roteiro semanas mais tarde, depois de ter passado por várias revisões e reescritas, mas ele gostava de se antecipar.

— Não sei como eu consigo escrever alguma coisa — respondeu Jo, casualmente. — Já que Emma e eu aparentemente passamos tanto tempo dando amassos no meu escritório.

Tate deu uma gargalhada alegre e estrondosa, e a equipe riu junto, embora com menos entusiasmo. Emma ficou vermelha como um tomate.

— Boa sorte com isso — disse Tate, seu sorriso de dentes muito brancos em contraste com a pele bronzeada. Ele olhou para Emma e deu uma risadinha. — Tudo bem aí, Emma?

— Odeio você — retrucou Emma. Depois virou-se para Jo e disse: — Vou buscar mais café, sra. Jones.

Ela pegou o copo da mão de Jo e se afastou. Jo não se deu ao trabalho de avisar que o copo ainda estava na metade.

— Pega leve com ela — aconselhou Tate.

— Ela vai ficar bem — disse Jo, fazendo um gesto, como se não estivesse preocupada com a forma como tudo aquilo poderia afetar Emma. — Seu intervalo está quase acabando.

Menos de um minuto tinha se passado, mas Jo não queria mais falar com ele.

— O seu também — avisou Tate antes de se afastar.

Jo tentou ficar na dela durante o tempo que passou no set. As pessoas estavam trabalhando, e ela estava lá apenas para espairecer, mas conseguia sentir os olhares, embora todos disfarçassem quando ela olhava de volta. Algumas daquelas pessoas acreditavam nos boatos, o que era lamentável. Não que Jo tivesse a intenção de fazer algo a respeito, mas era lamentável mesmo assim.

Emma não tinha voltado com a bebida que fora buscar, e, por mais que Jo não quisesse admitir, Tate tinha razão: ela precisava escrever. Então voltou para a sua sala. Emma a encontraria depois.

Mas Emma não precisaria encontrá-la, porque já estava na própria mesa quando Jo voltou.

— Seu café, sra. Jones — avisou ela, oferecendo a bebida sem fazer contato visual.

Jo pegou o copo e percebeu que precisava resolver a situação.

— Me desculpe se deixei você desconfortável — disse ela. — Precisamos levar esse tipo de coisa na brincadeira. E Tate me entregou de bandeja uma oportunidade de fazer isso.

— Está tudo bem — respondeu Emma.

Jo poderia ter encerrado a conversa ali, mas era culpa de Emma o fato de ela estar nessa situação.

— Se isso deixou você chateada, não está tudo bem. Não vou fazer esse tipo de brincadeira de novo.

Emma encarava os papéis sobre a mesa.

— Obrigada.

— Eu garanto que as pessoas vão se esquecer disso — afirmou Jo. — Elas sempre esquecem.

Emma não olhou para cima. Era nítido para Jo que ela não acreditava naquilo.

— Você pelo menos se divertiu? — perguntou Jo. — Já que agora tem que lidar com tudo isso, espero que a noite pelo menos tenha sido agradável.

— Eu me diverti, sim — respondeu Emma com um sorriso suave, finalmente fazendo contato visual.

— Que bom. Estou feliz por ter te levado comigo.

E ela estava, mesmo. Antes e depois de convidar Emma, Jo tinha pensado que talvez não devesse fazer isso.

A mãe de Jo a acompanhara em todas as premiações de sua carreira até ser diagnosticada com câncer. Quando tinha vinte anos, Jo não pôde estar nos tapetes vermelhos e precisou assisti-los do hospital. Sua mãe se foi antes de Jo completar vinte e um anos. Desde então, ela nunca mais levara ninguém a uma premiação. Seu irmão mais novo estava sempre ocupado, e seu pai não se interessava por aquele tipo de coisa.

Jo sabia que a imprensa falaria algo caso Emma fosse ao evento como sua acompanhante, mas ela ignorou esse fato porque já estava de saco cheio dessas premiações. Embora tivesse orgulho do próprio trabalho, aquelas cerimônias muitas vezes serviam apenas como manobras políticas e os prêmios raramente iam para as pessoas que mereciam. Tudo aquilo não passava de uma desculpa para que as pessoas pudessem beber e celebrar a si mesmas. Jo pensara em convidar Emma mesmo antes da especulação sobre a franquia do Agente Silver. A companhia de sua assistente era muito melhor do que a de qualquer um daqueles artistas bêbados.

— Por que...? — arriscou-se Emma. Ela olhou para baixo, depois para Jo de novo. — Por que você me convidou? Sei que eu deveria ser um tipo de escudo para as conversas sobre o Agente Silver, mas, além daquele momento no tapete vermelho, ninguém falou com você sobre isso. E minha intervenção claramente foi catastrófica.

Jo suspirou.

— Porque eu estava cansada de levar cantadas de pessoas que imaginavam que eu estava interessada só por estar sozinha.

O que era verdade. Por não estar acompanhada, ela não tinha como evitar conversas com pessoas com quem não queria falar.

Jo massageou as têmporas e continuou:

— Mas eu imaginei que as notícias seriam "Jo Jones é tão obcecada por trabalho que levou a própria assistente para uma premiação", e não "Jo Jones está namorando a própria assistente".

— Você sabia que as pessoas iriam comentar? — perguntou Emma.

— Elas sempre comentam.

Jo lidava com a imprensa, com jornalistas e pessoas que não deveriam poder se intitular como tal desde que era adolescente. Ela deveria ter imaginado que as coisas sairiam do controle.

— Se alguém deixar você desconfortável, me avise, por favor — acrescentou Jo. — Deixe que eu cuido disso.

Emma meio que revirou os olhos.

— Sim, chefe — disse ela. — Mas está tudo bem.

— Todas as perguntas devem passar pelo Amir — avisou Jo. — E todas as declarações, até as declarações de "nada a declarar", devem ser feitas pelo meu assessor.

— Claro — concordou Emma. — Mas por que *eu* faria qualquer declaração?

— Só estou falando para garantir.

Se Emma ainda não tinha se dado conta de que os repórteres poderiam descobrir seu número e seu endereço, Jo não ia preocupá-la com isso. Ela realmente acreditava que o boato morreria depressa e que Emma nem sequer seria importunada.

Na manhã seguinte, no entanto, descobriram o número do ramal de Emma. Jo pediu a ela que deixasse o telefone fora do gancho; qualquer um que realmente precisasse falar com ela encontraria outras formas de entrar em contato.

Emma estava ansiosa depois de ter sido pega de surpresa com as ligações.

— Eu realmente não entendo por que não podemos dizer que isso não é verdade — disse ela.

Jo tomou um gole do café, lembrando-se saudosamente de quando Emma começou a trabalhar como sua assistente e de como tinha medo de falar sem ser solicitada.

— E se eu quiser sair com alguém, mas essa pessoa achar que estou saindo *com você*?

Jo revirou os olhos.

— Se um homem não acreditar quando você disser que esses boatos não são verdadeiros, ele provavelmente não vale a pena.

— Eu não quis dizer *um homem* — retrucou Emma. Quando Jo pestanejou, ela ficou sem graça. — Digo… talvez um homem. Mas não necessariamente.

Jo acenou com a cabeça uma vez.

— Tanto faz. Qualquer pessoa que esteja interessada em você deve confiar na sua palavra. Além disso — completou ela, tentando levar a conversa para outra direção que não a sexualidade de Emma —, qualquer declaração vai inflamar ainda mais essa história, e não a fazer desaparecer. Como eu já disse, nunca falei sobre minha vida amorosa em quase trinta anos de carreira em Hollywood. Dizer algo agora faria com que esse boato parecesse diferente dos demais, e isso certamente não vai resolver o problema das ligações.

Emma fez uma careta.

— A ausência de qualquer declaração vai fazer com que parem de ligar — garantiu Jo. — Mesmo o menor dos comentários levaria a perguntas que precisariam ser esclarecidas, a pedidos de mais informações. Mas, quando eles sabem que nunca vão conseguir nada, acabam deixando você em paz.

Jo tinha razão, quer Emma acreditasse ou não.

— Você era um bebê e eu já estava nessa indústria, Emma.

Então Emma suspirou e começou a atualizar Jo sobre seus afazeres do dia, aparentemente cansada de falar sobre aquele assunto.

Jo recebeu um telefonema do irmão enquanto almoçava.

— Jojo, está de segredinhos comigo?

— Você sabe que eu detesto esse apelido, Vinny — respondeu Jo. — E não, não estou.

Vincent riu.

— Não mesmo? Porque parece que você está namorando!

— Não acredite em tudo que lê por aí.

— Tá bom, tá bom. — Ele riu. — É que criei expectativas. Cheguei a pensar que você finalmente tinha encontrado alguém capaz de te aturar.

— Mas ela me atura mesmo — disse Jo.

— Talvez você *devesse* estar namorando com ela.

Jo não se deu ao trabalho de responder a provocação.

— Esses boatos movimentaram bastante minha vida social — disse ela. — Evelyn ontem, hoje meu irmão. Acho que já posso esperar uma ligação do papai mais tarde.

— Não — disse Vincent. — Ele vai me ligar depois pedindo os detalhes.

— Claro.

Jo torcia para que assim fosse. Ela falara com o pai pela última vez no Natal e preferia não ter que fazer isso novamente até o Natal seguinte. Não queria lidar com a desaprovação do pai, mesmo que por algo fictício.

— Como estão os meninos?

Os sobrinhos de Jo tinham cinco e nove anos e eram duas de suas pessoas favoritas no mundo. Ela mesma nunca quis ter filhos, mas adorava os do irmão. Mesmo quando estava ocupada, dava um jeito de comparecer aos jogos de beisebol, festas de aniversário e qualquer outra ocasião importante para eles.

Vincent começou a falar sobre as crianças, e Jo acabou prolongando o almoço.

Os boatos realmente movimentaram a vida social de Jo. Evelyn telefonou de novo naquela noite e, mais uma vez, não começou a ligação com um "alô".

— Você está na *Us Weekly*.

— A essa altura da minha vida, não acho que sair em uma revista mereça um telefonema de celebração — comentou Jo, enquanto colocava os talheres do jantar na lava-louça.

— Você e sua *namorada* saíram na *Us Weekly* — esclareceu Evelyn, antes de começar a ler a matéria pelo telefone. — Está imperdível. "E a lista dos bem-vestidos não estaria completa se não mencionássemos o casal do momento, Jo Jones e Emma Kaplan." E escreveram entre parênteses: "A assistente dela! Shhhh!" Eles dizem que ela é sua assistente com um ponto de exclamação, mas depois colocam um *shhhh* como se fosse um segredo compartilhado com os leitores.

— Você tem mesmo que ler isso para mim?

— Com certeza — insistiu Evelyn. Ela continuou: — Blá-blá-blá. Papo de estilistas. Depois diz: "Dá para acreditar em como essas duas se olham? Mesmo no tapete vermelho, estão focadas demais se derretendo uma pela outra para se dar ao trabalho de olhar para as câmeras."

Jo ligou a lava-louça, mas estava com vontade de desligar o telefone.

— "Jo não soltou o pulso de Emma nem por um momento, como se não suportasse ficar longe dela" — continuou Evelyn. — "Mas é claro que não parece haver muita chance de isso acontecer. Vejam como Emma está se inclinando para mais perto."

— *Por favor*, pode parar?

Evelyn riu.

— Odeio você — disse Jo.

— Odeie a *Us Weekly* — rebateu Evelyn. — Eu sou só a mensageira.

— Parece que você está se divertindo muito transmitindo essa mensagem.

Ela se serviu de uma taça de vinho tinto, certa de que precisaria daquilo se a conversa continuasse.

— Na verdade, você deveria odiar a si mesma.

— Ah, valeu — respondeu Jo. — Um conselho de ouro da minha melhor amiga.

— *Aiyah*, o que você tinha na cabeça? — perguntou Evelyn. — Você passa mais de vinte anos sem levar ninguém para essas premiações e de repente leva sua assistente. Teria sido motivo de fofoca mesmo se não tivesse ficado encostando nela.

Jo massageou o nariz.

— Pensei que os boatos seriam mais sobre como sou viciada em trabalho a ponto de levar minha assistente do que qualquer outra coisa. — Ela dissera a mesma coisa à Emma, e era a verdade. — Não imaginei que tirariam uma foto nossa daquele jeito.

— E como foi que isso aconteceu?

Jo suspirou.

— Emma achou que o fato de eu tê-la convidado para servir de distração significava que deveria invadir o tapete vermelho quando me questionassem sobre o Agente Silver.

— Você a treinou para ser um cão de guarda ou ela já veio adestrada?

— Não fale assim da minha assistente.

Evelyn riu.

— Sabe muito bem que isso só explica por que ela estava do seu lado. Mas e a maneira como você a estava segurando? Ou como vocês estão se olhando?

— Ela quase saiu correndo quando viu todas as câmeras — explicou Jo. — Eu a segurei para que ficasse ali e a fiz rir para acalmá-la. Foi só isso.

Jo sabia que tinha sido só isso, mas havia uma cópia da foto na primeira gaveta da sua mesa para qual ela não conseguia parar de olhar. Não sabia o porquê.

Por fim, Evelyn disse:

— Uma hora a poeira vai baixar.

— Eu sei — disse Jo.

— Como Emma está lidando com isso?

Jo soltou uma gargalhada.

— Ela está lidando com isso saindo do armário.

— Quê?

Jo contou o que acontecera, para a alegria de Evelyn.

— Muito me surpreende que ainda não tenham encontrado evidências de relacionamentos passados dela com outras mulheres — disse ela. — Seria um prato cheio.

— Nem brinque com isso — respondeu Jo. — Esses boatos precisam morrer, não trazer mais coisas à tona.

— Claro, é verdade. — Evelyn ficou em silêncio por um momento. — Mas, já que ela é bissexual, talvez você devesse tirar proveito desses boatos e dar em cima da Mulher-Maravilha.

— É inapropriado até sugerir isso — rebateu Jo, sem disfarçar seu aborrecimento. — E você deveria saber disso, já que é *advogada*.

— Mas você gosta dela. E você não costuma gostar de muita gente.

— Sim, eu gosto dela — disse Jo. — Emma é inteligente, competente, gentil e *minha funcionária*. Gostar dela não quer dizer nada. Eu gosto de você, também, embora não o tempo todo.

Evelyn riu outra vez e finalmente mudou de assunto.

Quatro

Jo

Na quinta-feira, Jo convocou uma reunião com toda a equipe após o almoço. Emma andou ao lado dela rumo ao estúdio, estranhamente silenciosa. Jo poderia ter contado para ela sobre o projeto do Agente Silver antes de falar para todo mundo, mas não fez isso. Chantal já sabia que ficaria com *Inocentes* quando Jo fosse para o projeto seguinte, mas, além dela, a notícia permaneceu um segredo.

Jo foi breve no anúncio. Ainda continuaria trabalhando em *Inocentes* por meses a fio, não havia razão para prolongar a conversa.

— Vou roteirizar e produzir o próximo filme do Agente Silver — contou ela.

Tate deu um grito animado, e os demais acompanharam a celebração com uma breve salva de palmas, intercalada com gritos de parabéns. Jo deu uma olhada para Emma; ela estava radiante.

— Não fiquem tão animados — avisou Jo. — Ainda não estão livres de mim. O cronograma ainda não foi definido, mas provavelmente vou continuar aqui pelo menos até o meio da próxima temporada. As coisas não vão mudar da noite para o dia, só estou contando para vocês agora porque merecem ficar sabendo por mim, não pela imprensa. E também para que possam dar os parabéns a Chantal, que passa a liderar a série após a minha saída.

Jo puxou mais uma rodada de aplausos, depois liberou todos para que voltassem ao trabalho.

Emma parecia animada ao caminhar com Jo de volta ao escritório. Mesmo depois de Jo sentar-se à mesa, ela continuou de pé à porta, sorrindo e abraçando o tablet.

— Chefe.

Jo abriu um sorriso.

— Emma.

— Chefe — repetiu ela. — Então você vai mesmo fazer isso!

— Sim, eu vou.

— Isso é... — Emma abriu os braços e ficou na ponta dos pés, parecendo prestes a saltitar como uma criança na manhã de Natal. — Isso é maravilhoso.

Jo não pôde deixar de rir.

— Não é nada mau, não é?

— Não vejo a hora de ver a sua versão do Silver — disse Emma. — Quando eu era criança, tive uma fase em que li todos os romances do universo da franquia do agente secreto. Eu me fantasiei de Clara Hayes, de *A queda de Silver*, por três anos seguidos no Halloween. — Ela ruborizou ligeiramente. — Talvez eu tenha ficado um pouco obcecada. E agora, com você escrevendo, provavelmente vou ficar de novo.

Foi a vez de Jo de ficar vermelha, ainda que só um pouco.

— Fico feliz pelo entusiasmo — disse ela. — Mas também precisamos falar sobre o que essa mudança significa pra você.

Emma inclinou a cabeça como sempre fazia quando estava confusa.

— Pra mim?

— Qual o próximo passo depois deste emprego? — perguntou Jo.

— O quê? — Emma deu um passo para trás.

— Eu sempre tento ajudar as carreiras dos meus assistentes de alguma forma — comentou Jo. — Não sei exatamente quando vou sair de *Inocentes*, ou quando você gostaria de sair, mas é algo que precisamos discutir.

— Chefe, eu... — Emma engoliu em seco. — Eu gosto do que eu faço.

— Eu não insinuei o contrário.

— É que eu... Eu não sei qual é o próximo passo.

Normalmente, naquele ponto da relação profissional, Jo já sabia o caminho que seus assistentes desejavam traçar em suas carreiras. Eles geralmente não conseguiam esconder as próprias metas e ambições, já que usavam aquele cargo como ponto de partida para outras coisas. Jo não se importava, mas gostava do fato de isso ser diferente com Emma, que parecia se importar mais em se empenhar naquele emprego do que em partir para o trabalho seguinte. Ela sabia que Emma seria bem-sucedida em qualquer coisa que quisesse fazer se mantivesse o mesmo foco que tinha como sua assistente.

— Pense nisso — disse Jo.

Emma assentiu com um gesto curto. A conversa claramente a pegou de surpresa. Seu orgulho radiante tinha se transformado em ansiedade. Era bonitinho, na verdade, a forma como ela demonstrava *sentir* as coisas. Jo tinha aperfeiçoado sua expressão blasé havia muito tempo. Mas com Emma era diferente, todos os seus sentimentos estavam sempre estampados no rosto.

Ao longo do fim de semana, a maior parte da cobertura sobre o anúncio de Jo e o filme do Agente Silver foi positiva. Na segunda-feira, no entanto, Jo e Emma saíram do estúdio juntas a caminho de uma reunião e deram de cara com um monte de câmeras. Emma recuou um passo em direção a Jo e pôs um braço na frente dela. Era a postura protetora que sempre adotava quando estavam em meio a uma multidão, fosse de fãs ou de paparazzi, mas Jo sabia que aquilo seria combustível para os sites de fofoca. Era tarde demais para fazer qualquer coisa; eles obviamente tinham conseguido uma boa foto e mesmo assim os flashes continuavam.

Era uma situação muito parecida com a do tapete vermelho: Emma estava lá como uma espécie de distração enquanto os paparazzi se esgoelavam para fazer perguntas sobre o filme do Agente Silver. Daquela vez, no entanto, muitas das perguntas diziam respeito a Emma também.

— Tem algo a dizer sobre o comentário de que você se envolveu com filmes de ação e com sua assistente porque está tendo uma crise de meia-idade?

Jo revirou os olhos por trás dos óculos escuros.

— O anúncio sobre o Agente Silver foi uma cortina de fumaça para desviar as atenções do escândalo com sua assistente?

Quando Jo e Emma estavam a apenas alguns metros do carro, tão perto que Emma já tinha baixado o braço, um paparazzo perguntou:

— O que diz diante da afirmação de que você é, conforme diz uma fonte, "uma mulher passando por uma crise de meia-idade que se apaixonou pela assistente"?

Emma se atrapalhou e quase tropeçou, mas Jo a pegou pelo cotovelo e a puxou para que continuasse andando.

— Não reaja, srta. Kaplan — murmurou ela.

Por fim, elas conseguiram entrar no carro sem mais incidentes.

Emma esperou até que se afastassem do estúdio para virar-se para Jo.

— Eles... Eles disseram que uma "fonte" falou aquilo sobre você?

Jo deu de ombros.

— Até onde sabemos, a fonte pode ser um turista na Rodeo Drive. Não é motivo para preocupação.

— Mas como eles simplesmente dizem uma coisa dessas?

Jo olhou para Emma, que emudeceu e ficou corada.

— Você já lidou com paparazzi antes — disse Jo. — Por que estão te incomodando tanto agora?

— Normalmente tenho que espantar paparazzi *porque eles gostam de você*, não porque estão sendo tão babacas! — respondeu Emma, frustrada.

Jo tentou segurar o riso.

— Você não tem que defender minha honra.

Emma não respondeu imediatamente. Ela se virou para olhar pela janela e cruzou as mãos no colo. Em voz baixa, disse:

— Bom, sua honra merece ser defendida.

À noite, Evelyn ligou para cutucá-la mais uma vez. Jo começou a desconfiar de que ela tinha ativado uma notificação para quando seu nome e o de Emma aparecessem juntos na internet. Era meio irritante, mas ela não falava com a melhor amiga com tanta frequência havia anos, então não se importou tanto assim.

No entanto, Jo começou a ficar pensativa. No dia seguinte, já no set, ela se deteve quando estava prestes a encostar em Emma.

Elas estavam voltando para o escritório, e Jo travou segundos antes de tocá-la gentilmente nas costas como fazia na intenção de guiá-la em certa direção ao caminharem juntas. Mas aquilo era normal, não era? Jo nunca tinha se preocupado com isso, mas de repente se viu diante da equipe inteira e teve a impressão de que alguns dos assistentes amigos de Emma estavam de olho nas duas.

Sem entender, Emma inclinou a cabeça para Jo, que repreendeu a si mesma mentalmente e concluiu o gesto, direcionando-a para o corredor que levava a suas salas.

A forma como ela tinha passado a pensar duas vezes antes de cada interação entre as duas era terrível. Jo temia estar passando dos limites, temia fazer algo inapropriado.

Depois, temia estar cedendo, deixando que uma fofoca afetasse seu comportamento. Queria poder se concentrar *no trabalho*. As filmagens da temporada de *Inocentes* estavam se aproximando do fim, e Jo já estava colocando a mão na massa com o roteiro do Agente Silver; não precisava de distrações como aquelas.

Mas era inevitável, os boatos *eram* uma distração. Cada matéria venenosa, fofoca anônima ou post no X deixavam Jo com vontade de atirar alguma coisa na parede. E Emma ficava ainda mais furiosa.

— Eu entendo por que você não quis dizer nada sobre o namoro. — Ela percebeu o que disse e apressou-se em consertar. — Quer dizer, suposto namoro. Sobre o fato de não estarmos namorando. Eu entendo que você não queira responder a esse tipo de coisa, mas todo o resto é ridículo! Essas insinuações de que você está passando por uma crise de meia-idade e por isso quer fazer o Agente Silver, sendo que claramente não passa de machismo e xenofobia. Que grande tragédia que um personagem masculino consagrado seja escrito por uma mulher. Imagina só se ele começar a ter sentimentos que não sejam vontade de transar e de distribuir socos? Deus me livre!

Emma tinha levado o café para Jo no meio da manhã e ficado na sala para reclamar.

— E vai saber por que Jo Jones foi se interessar por um filme! — continuou Emma. — Provavelmente é porque ela conquistou tudo na televisão. Talvez ela queira se desafiar a fazer algo novo, algo em que será ótima, por sinal. Literalmente todos que já trabalharam com você sabem como é incrível, e enquanto isso tem um bando de zé-ninguém na internet dizendo... dizendo... *questionando* seu talento!

Jo pressionou os lábios para não dar risada. A indignação de Emma era encantadora. Jo já não queria mais atirar nada na parede.

— Como consegue não responder quando estão dizendo coisas assim? — perguntou Emma. — Como você deixa eles acharem que estão certos?

— Quem importa de verdade sabe que eu consigo — disse Jo.

Ela esperava estar certa.

Emma olhou para ela por um momento.

— Entendi — respondeu. Depois: — Bom, preciso trabalhar.

Quando Emma saiu correndo da sala de Jo, ela não deu muita importância para isso. Mais tarde, se lembraria daquele momento e pensaria que gostaria de ter dado, porque isso evitaria alguns problemas.

Três dias depois, Chantal apareceu à porta de Jo no horário de almoço.

— Pode entrar — convidou Jo, jogando uma embalagem de sanduíche no lixo.

Chantal passou pela porta aberta e a fechou. Aquela conversa não estava na agenda de Jo, o que significava que só poderia se tratar de uma má notícia. Mas ela não fez perguntas; sabia que Chantal iria direto ao ponto.

— A *Celeb Online* publicou uma matéria — contou Chantal. — Com depoimentos dos seus funcionários sobre como você é ótima.

— Fiquei sabendo.

Amir tinha ligado para Jo logo de manhã, parabenizando-a por ter repensado sua política de não fazer declarações públicas. A matéria trazia cinco funcionários atuais e dois ex-funcionários, sem citar nomes, exaltando as virtudes de Jo. Todos garantiam que ela faria um ótimo trabalho nos filmes do Agente Silver. A satisfação na voz de Amir não se abalou nem quando Jo explicou que não tinha nada a ver com aquilo.

— Mas soube que tem uma parte dois? — perguntou Chantal. Jo estava mesmo esperando pelo "mas". — É sobre o fato de Emma ter sido a responsável por organizar a matéria. Imaginei que você gostaria de ser avisada com antecedência.

Amir certamente não acharia a matéria uma boa ideia quando ficasse sabendo dessa parte. Jo passou a mão pelo cabelo.

— O que ela tem na cabeça? — indagou, mais para si mesma do que para Chantal. Mas Chantal respondeu mesmo assim.

— Quando Emma falou comigo sobre isso, tentei lembrá-la de que não devemos falar com a imprensa.

Jo olhou para Chantal, que estava de braços cruzados.

— Ela falou com você antes? — respondeu Chantal com um aceno de cabeça. — Você poderia ter me dito alguma coisa.

— Eu achei que você tivesse tirado essa ideia da cabeça dela. E também não quero me meter na sua vida. Só fiquei sabendo da outra matéria porque ouvi alguns assistentes falando sobre isso.

Jo suspirou. As intenções de Emma tinham sido boas, mas também ingênuas. Ela não deveria estar dando munição aos sites de fofoca, falando com repórteres sobre como a chefe era ótima... ainda que a ideia deixasse Jo com um quentinho no coração.

Chantal continuou parada de braços cruzados em frente à mesa de Jo, olhando para ela atentamente.

— Fala logo o que está passando na sua cabeça — disse Jo.

Ela relaxou os braços.

— Quando foi que eu deixei de falar algo para você?

Era verdade. No primeiro trabalho de Jo, Chantal vivia batendo de frente com ela. A maioria das pessoas achava que as duas se odiavam, mas, na percepção de Jo, Chantal era alguém que não tinha medo de dizer quando ela estava errada. Agora, mais de uma década depois, *Inocentes* era a única série de TV que tinha duas mulheres não brancas no comando. Jo e Chantal tinham chegado até ali sendo transparentes uma com a outra. Mesmo assim, Jo insistiu:

— Tem certeza?

Chantal encolheu um ombro.

— Se eu acreditasse nessa baboseira que estão dizendo, talvez eu fizesse algum comentário, mas conheço você, sei que não faria isso.

Jo soltou um suspiro de alívio. Pelo menos Chantal ainda estava do seu lado.

— Pode pedir a ela que venha aqui, por favor?

Chantal assentiu e foi embora, deixando a porta aberta para que Jo pudesse ouvi-la dizer a Emma que a chefe queria falar com ela.

Emma se levantou, mas ficou parada à porta, hesitando antes de entrar.

— Chantal disse que você queria falar comigo.

— Entre — disse Jo. — Porta aberta.

Com tudo o que estava acontecendo, ela não queria que ninguém pensasse que ela e Emma estavam trancadas sozinhas no escritório fazendo sabe-se lá o quê. Emma ficou parada com as mãos entrelaçadas diante do corpo, encarando o chão. Ela claramente sabia do que aquela conversa se tratava.

— Onde você estava com a cabeça? — Jo imaginou que ficaria com raiva, mas não havia nada além de decepção em sua voz.

Emma suspirou.

— É que eu pensei que... — começou ela. — Eles não estão te dando a mínima chance, simplesmente dizem que você não vai conseguir, sem nenhum embasamento. Pareceu fácil demais desmontar esse discurso. Eu sabia que qualquer um que já tivesse trabalhado para você ou com você ou qualquer um que te conhecesse poderia me ajudar a fazer isso. Sabe o Phil, que trabalha na cenografia? Ele já morou com um cara que é jornalista. Achei que seria uma boa solução.

— E como exatamente descobriram que você organizou a matéria?

— Não sei! — lamentou Emma, choramingando. Jo tentou não achar aquilo bonitinho. — Eu fui superdiscreta. A única coisa que fiz foi dar o pontapé inicial, perguntando pra algumas pessoas se elas topariam falar sobre você. Eu nem fui citada no texto! Nem nunca falei diretamente com o jornalista. Ele não deveria saber que fui eu quem organizou tudo.

Jo ouvia, atenta.

Se Emma não tinha falado com o repórter, de onde surgira a segunda matéria?

Jo queria interrogá-la, descobrir quem eram as pessoas que sabiam que ela tinha sido a responsável por organizar tudo, mas Emma parecia um filhotinho com o rabo entre as pernas.

— Então você não só conspirou com outros funcionários pelas minhas costas e passou por cima do acordo de não falar com a imprensa, como também estava ciente de que estar envolvida nisso era uma péssima ideia.

Emma baixou a cabeça.

— Chantal também disse que era uma péssima ideia — contou Emma. — Sinto muito. Eu deveria ter escutado.

Aquilo deu à imprensa mais motivos para atacar Jo. Ela já não era apenas "uma mulher passando por uma crise de meia-idade que se apaixonou pela assistente", era alguém que não conseguia lidar com os próprios problemas. Como daria conta de um filme do Agente Silver se não conseguia nem mesmo impedir que seus funcionários falassem pelas costas dela?

— Sim, deveria — concordou Jo. — Os boatos do nosso suposto relacionamento vão se prolongar ainda mais agora. Assim como a convicção de que não sou capaz de fazer meu próprio trabalho.

Emma se exaltou.

— *Mas você é!* — exclamou ela. — Esse é o ponto!

— Como eu já disse, as pessoas que precisam acreditar nisso já acreditam — salientou Jo. — Meu contrato já foi assinado pelas pessoas que importam. Tudo o que você conseguiu foi fazer com que elas repensem essa decisão.

Emma franziu a testa, e sua boca se curvou para baixo.

— Me desculpe, chefe — lamentou ela. — Eu prometo que não vai se repetir.

Jo já sabia disso pelo jeito abatido com o qual Emma entrara em seu escritório. Ela foi tomada pelo impulso de confortar a assistente, que na verdade merecia estar recebendo uma bronca colossal. Mas a confiança inabalável que Emma tinha em Jo significava muito, na verdade, mesmo que ela tivesse enfiado os pés pelas mãos.

Ela pensou em dizer à assistente que sua indiscrição não teria sido um problema tão grande se não fosse por um agravante: a segunda matéria. Se Emma não falara com o repórter, alguém devia ter vazado a informação. Acontecera um vazamento real, não apenas uma boa ação de sua assistente para tentar melhorar sua imagem. Isso era algo com que Jo teria que lidar em algum momento.

Mas ela não queria que Emma se preocupasse. Isso só faria com que se sentisse mais culpada ainda, e ela nitidamente era um poço de culpa.

De repente, Jo se pegou dizendo:

— Mas fico feliz mesmo assim — começou ela. — Em saber que você acredita que vou fazer um bom trabalho no filme.

O tom pareceu mais sério do que ela queria que parecesse.

— Eu *sei* que vai — respondeu Emma.

Talvez Jo devesse ter permitido que ela fechasse a porta no fim das contas.

Como Jo já previra, a tentativa equivocada de Emma para ajudá-la tinha saído pela culatra. Os boatos se alastraram feito incêndio, e as matérias passaram a assumir um tom cruel. A emissora agendou uma chamada com Jo para a semana seguinte. Ela sabia que não seria coisa boa, e, de fato, eles iniciaram a conversa dizendo:

— Queríamos conversar com você a respeito desses boatos.

Enquanto um dos executivos falava, Jo silenciou seu microfone.

— Emma! — chamou.

A porta estava fechada, mas Emma apareceu no instante seguinte.

— Sim, chefe?

Jo apontou para o telefone, onde o rapaz estava fazendo de tudo para evitar dizer a palavra *lésbica*.

— Isso também é do seu interesse — afirmou Jo. — Se quiser participar.

— Parece um pouco inapropriado — continuou John ou Dave, ou qualquer que fosse o nome dele; Jo não conseguia se lembrar de jeito nenhum. — Uma assistente e uma *showrunner*.

Emma arregalou os olhos e se sentou na poltrona. Jo levou o dedo aos lábios pedindo silêncio e, em seguida, abriu o microfone.

— Concordo que seria inapropriado se houvesse algo entre nós, mas não há.

— E por que simplesmente não dá uma declaração esclarecendo isso?

— Nunca dei declarações sobre minha vida amorosa — disse Jo pelo que parecia ser a quadragésima vez. — Fazer isso agora seria de mau gosto. E ofensivo, já que esta é a primeira vez que há um boato duradouro sobre mim e outra mulher.

Jo pensou em dizer que eles estavam sendo homofóbicos, mas a mera sugestão provavelmente já bastaria. Emma comprimiu os lábios, apoiando a palma das mãos nas coxas.

— O boato está afetando nossos índices de audiência? — perguntou Jo, como se não soubesse a resposta.

Talvez estivesse afetando sua reputação pessoal, mas o programa estava indo bem, com uma média de dois décimos acima do que no mesmo período do ano anterior.

— Bem, não, mas...

Enquanto Josh ou Dan continuou falando sobre os possíveis problemas que aquilo poderia acarretar, Jo revirou os olhos para Emma, que deu um sorriso triste.

— Talvez você possa sair com outra pessoa — sugeriu Jake. — Escolher um cara legal, um restaurante bacana e...

— Vou fingir que você não me disse para sair com um homem para despistar os boatos de que tenho um relacionamento com outra mulher — disse Jo. — Boatos esses que não estão atrapalhando nossos índices de audiência nem nossos anúncios.

A linha ficou em silêncio por um momento. Então outra pessoa se manifestou.

— Não, Jo, o que acho que o Don quis dizer foi...

— Excelente — disse Jo, interrompendo-os outra vez. — Se me derem licença, tenho muito trabalho. Imagino que vocês voltarão a entrar em contato caso a fofoca comece a causar problemas reais, certo?

— Sim. Certo. Obrigado.

Jo murmurou alguma coisa e encerrou a ligação.

Então apoiou os cotovelos sobre a mesa e afundou o rosto nas mãos.

— Vou matar esse cara — disse.

Emma fez um barulho que soava como uma risada reprimida.

— Chefe...

— Como ele tem *coragem*...

— Você sempre disse que os executivos da emissora eram uns idiotas — lembrou Emma.

Jo levantou a cabeça para olhar para ela.

— Sim, mas nunca chegou a esse ponto.

Emma deu de ombros.

— Eles estão preocupados com a reputação da emissora. Faz sentido.

— A reputação da emissora? — Jo a encarava. — Ele estava sendo um babaca homofóbico, isso sim. Que se foda a preocupação dele.

Emma concordou com a cabeça.

— Se alguém deveria estar preocupado com a própria reputação, essa pessoa é *você* — continuou Jo. — É você que todo mundo pensa estar indo para a cama com a própria chefe.

Emma ficou vermelha, mas Jo estava falando sério. Ela tinha afirmado não saber qual seria o próximo passo em sua carreira, mas o que aconteceria quando estivesse pronta para sair de *Inocentes*? Qual seria o peso daquela fofoca para outros empregadores em potencial? E como tudo aquilo afetaria a importância da carta de recomendação de Jo?

— Talvez faça sentido que eu seja vista com outra pessoa — observou Jo.

— Não — disse Emma no mesmo instante.

Jo olhou para ela. Suas bochechas estavam coradas novamente.

— Quero dizer que... — balbuciou Emma. Ela fez uma pausa e respirou fundo. — O cara da emissora foi um idiota só de ter sugerido isso. E você definitivamente não precisa fazer isso por minha causa.

— Seria simples — disse Jo. — Eu sairia para jantar com alguém uma ou duas vezes, só para os paparazzi desencanarem.

— Se já tem planos, é claro que não seria um problema — comentou Emma, esfregando as mãos nas coxas. — Mas a minha solução supostamente simples foi o que resultou nessa ligação da emissora. Nem sempre as coisas funcionam como esperamos.

Jo teve de concordar.

— Mas seja como for, você não precisa fazer nada disso por minha causa — continuou Emma. — A fofoca já não faz mais tanta diferença para mim.

Ela deu um sorriso desconfortável, e Jo respondeu com um sorriso gentil.

— Só tive uma conversa esquisita com a minha mãe pelo telefone — contou ela. — A típica mãe judia, sabe como é. Ela ficou entusiasmada com a ideia de que a filha dela estava namorando. Inclusive aprovou a nossa relação. E, na verdade, ficou um pouco decepcionada quando eu expliquei que era mentira.

Jo deu risada, em parte para agradar Emma, e tentou não pensar no fato de que não era apresentada aos pais de uma garota desde os seus vinte anos. Ela não saíra com muitas pessoas desde então, já que tinha ficado famosa demais e estava no armário havia muito tempo para correr esse tipo de risco.

— Se você diz.

— Sim.

Elas se entreolharam por um instante. Então Emma respirou fundo.

— Queria pedir desculpas outra vez, chefe — disse ela. — Pensei ter tudo sob controle... com a matéria. Obviamente não tinha. Eu só... — Ela interrompeu o contato visual. — Odeio que estejam falando essas coisas. Todo mundo que conhece você sabe que vai fazer um ótimo trabalho.

— Como as pessoas podem saber? Eu nunca fiz isso antes. Nem eu sei se vou conseguir.

— Jo... — disse Emma em voz baixa.

Jo não tinha a intenção de admitir aquilo em voz alta. Não tinha contado nem para Evelyn que estava tão apreensiva. Ela fez um gesto no ar, como se tentasse apagar a última coisa que tinha dito.

— Mas é bobagem — disse ela. — É só um frio na barriga.

— Claro... — Emma se interrompeu por um momento, mas então continuou: — Todo mundo se sente assim às vezes. É compreensível, principalmente quando se trata de algo tão novo e quando se tem a imprensa inteira e uma emissora em cima de você. Mas se existe alguém capaz de tirar isso de letra é você. Desculpe o jeito de falar, mas você é muito foda. Não existe a mínima chance de não ser incrível fazendo isso, como sempre é.

Jo se sentiu mais relaxada. Emma parecia acreditar nela o bastante pelas duas, o que era completamente diferente em relação ao que a maioria das pessoas estava escrevendo sobre ela.

— Quando eu me esquecer disso... — Jo fez uma pausa, temendo não conseguir pedir ajuda daquela forma. — Pode me dar esse lembrete?

— Sempre que for necessário — prometeu Emma.

Jo acreditou nela.

— Acha que consegue trabalhar daqui hoje?

— Claro, chefe — respondeu Emma. — Só um minuto.

Ela desapareceu e voltou pouco depois com o tablet, sorriu para Jo e voltou a se sentar na poltrona, concentrada no próprio trabalho. Jo deduziu que ela já estivesse acostumada com aquilo. Não costumava pedir a Emma que trabalhasse ali com ela, somente em casos extremos, ou seja, quando Jo perdia o fio da meada ou não conseguia acertar o tom de um diálogo. E essa era justamente umas dessas situações, Jo estava fazendo ajustes de última hora no roteiro do último episódio. Ela pensou que já tivesse terminado, mas havia uma cena que não estava muito boa e que por algum motivo não conseguia resolver. Nunca soube ao certo de que forma a presença de sua assistente a ajudava. Talvez fosse o foco dela? Emma era muito determinada. Tê-la ali, silenciosamente executando as próprias tarefas… Algo naquilo fazia com que os problemas de Jo parecessem pequenos. Não havia desculpas, ela só precisava botar a mão na massa. E foi o que fez.

O GLAAD Media Awards aconteceu no início de abril e foi o primeiro evento público de Jo desde o SAG. Ela nem sonhou em levar Emma por razões óbvias. Chegou a pensar em pedir a Evelyn que fosse de Nova York para Los Angeles, mas Jo provavelmente seria rotulada de *mulherenga*, além de lésbica, então não pareceu uma boa ideia.

O GLAAD não era tão ruim quanto outras premiações. Não era considerado uma premiação tão prestigiosa, o que, na opinião de Jo, fazia com que fosse um pouquinho mais suportável. Só que era mais do que isso, na verdade. Estar em um ambiente com tantas pessoas jovens, assumidas e *orgulhosas* deixava Jo com o peito apertado de um jeito bom. Ela ainda não se assumira publicamente apesar de todas as fofocas sobre ela e Emma. Jo incluía pessoas da comunidade LGBTQIAPN+ em suas séries e deixava que a imprensa especulasse, mas, como seu assessor gostava de repetir, ela jamais dava declarações sobre a própria vida amorosa. Ela tinha pensado em sair do armário uma vez, quando tinha dezenove anos, e se assumiu para os pais primeiro.

A mãe a aconselhou a pensar na própria carreira, e o pai pediu que ela nunca mais tocasse naquele assunto.

E assim ela o fez. Na maior parte do tempo, Jo não se importava. Momentos como aquele, porém, em que ela estava no GLAAD com tantas mulheres de mãos dadas, faziam com que seu coração doesse um pouco.

De qualquer forma, ela foi sozinha.

Não fosse por toda aquela confusão, o SAG teria sido a melhor premiação a que Jo tinha comparecido em anos. A preparação antes do evento foi tranquila, elas chegaram tarde o bastante para que Jo conseguisse fugir das entrevistas e o jantar foi delicioso. Emma não tinha sido apenas uma distração, e sim uma ótima companhia. No fim da noite, Jo não estava exausta e ansiosa para voltar logo para casa e dormir; pelo contrário, ela sorria quando deixou Emma em casa.

Jo queria que o GLAAD fosse parecido, que ela conseguisse se divertir. Mas tudo a lembrava do SAG. Enquanto Kelli e Mai a arrumavam, enquanto atravessava o tapete vermelho... Jo pensou em Emma. Também não ajudava o fato de que toda sua equipe de preparação no hotel e os fotógrafos do evento não parassem de perguntar sobre "sua namoradinha".

Ela tentou ignorar, tentou manter um sorriso no rosto. Sem nenhum escudo, tinha que conversar com todos que falassem com ela, mas não tinha problema; Jo sabia que o GLAAD era melhor do que as outras cerimônias. O problema era que aquela noite estava exigindo mais energia mental do que ela tinha para oferecer.

E então, quando Jo estava quase chegando ao limite, prestes a ir embora para casa, *Inocentes* ganhou o prêmio de Melhor Série de Drama, e ela precisou fazer um discurso.

O elenco todo subiu ao palco com ela para aceitar o prêmio, e Jo foi até o microfone enquanto todos ainda se abraçavam atrás dela.

Jo tinha um discurso pronto. Depois de ganhar o prêmio por três anos consecutivos, ela sabia o que dizer, sabia a quem agradecer. Mas não o fez.

Em vez disso, falou:

— Esta é minha premiação favorita. Este é o prêmio que sempre terei mais orgulho de ganhar. Eu escrevo ficção, mas essas histórias são reais. São importantes.

São nossas histórias, pensou ela enquanto as pessoas a aplaudiam, mas não disse em voz alta. Aquele momento não era dela.

— Há muitas pessoas que trabalham nessa série a quem eu gostaria de agradecer, mas hoje quero agradecer a *vocês* — disse Jo. — Obrigada a todos vocês, por serem tão fortes em um mundo que, às vezes, parece preferir fingir que vocês não existem. Obrigada por demonstrarem orgulho diante de pessoas que acham que vocês deveriam ter vergonha. Obrigada por estarem aqui neste mundo. Por terem sobrevivido. Vocês são minha inspiração.

Todos bateram palma novamente quando a equipe saiu do palco em meio a abraços, sorrisos largos e apertos de mão. Jo desejou que Emma pudesse estar lá também.

Cinco

Emma

— Parabéns pelo prêmio! — exclamou Emma, entregando o café para Jo na segunda-feira seguinte ao GLAAD.

— Obrigada — disse Jo, indo direto para sua sala. — Está tudo certo para sexta?

Emma nunca tinha visto Jo aceitar bem um elogio; ela simplesmente os ignorava.

— Sim, tudo certo — respondeu Emma, acompanhando a chefe. — Exceto pelas pessoas que certamente vão confirmar de última hora, e que eu vou fazer com que se arrastem aos meus pés antes de dizer que ainda podem ir.

O comentário arrancou um sorriso de Jo, que se sentava à mesa e abria o notebook.

— Quer ver a lista de músicas do karaokê? — perguntou Emma. — Para praticar com antecedência?

Jo achou graça.

— Valeu a tentativa.

O karaokê era a parte favorita de Emma nas festas de fim de temporada, mas Jo nunca cantava.

— Eu tenho uma nova dupla para fazer duetos este ano — contou Emma. — Se eu fosse você, não perderia por nada.

— Vai levar alguém? — perguntou Jo, com a testa franzida, erguendo o olhar para Emma.

— Vou! — respondeu ela. — Minha irmã vai vir um pouco mais cedo para deixar os doces, depois vai se trocar e voltar para ir como minha acompanhante e dupla de dueto.

A expressão da chefe suavizou. Emma ficou com a impressão de que Jo entendera que ela levaria um acompanhante, tipo num encontro. Não que isso fosse abafar os comentários sobre as duas; o que acontecia nas festas de encerramento nunca saía de lá. Parte do planejamento era garantir que não haveria paparazzi rondando, o que era crucial quando se tinha um *open bar* sem hora para acabar.

— Você vai levar alguém? — perguntou Emma.

— Já fiz isso alguma vez?

Emma sorriu.

— Acho que eu estava ocupada demais nos anos anteriores para notar se você estava com alguém.

No passado, as festas de encerramento eram mais fáceis. Ela ainda trabalhava como assistente de cenografia e não era responsável pela organização da festa, tinha só que aparecer, ficar bêbada e cantar. Agora, mesmo com toda a responsabilidade extra, Emma estava ansiosa para a semana que estava por vir. Seria mais tranquila e menos estressante depois de semanas de reescritas e refilmagens e de todos os esforços para que tudo estivesse perfeito para o último episódio.

— Eu nunca levo acompanhantes e nunca canto no karaokê — afirmou Jo.

— Alguém já te disse que você não é muito divertida? — brincou Emma.

— Para sua informação, meu sobrinho de cinco anos me disse que eu sou *a mais legal do mundo*.

— Bom, se ele disse, eu acredito. — Emma riu. — Eu jamais discordaria de uma criança de cinco anos.

— Às vezes vocês parecem pensar parecido, mesmo — provocou Jo com um sorriso.

— Tem certeza de que quer fazer piadinhas sobre idade, chefe?

Jo riu e fez um gesto para dispensar Emma. Ela voltou à sua mesa com um sorriso no rosto.

O local escolhido para a festa da equipe foi um bar em uma cobertura cheio de luzinhas. O karaokê estava na parte interna enquanto a área social ficava do lado de fora, sob um céu noturno ofuscado pela poluição de luzes da cidade.

Emma garantiu que tudo estivesse pronto: comida, bebidas, segurança, entretenimento. Era a primeira vez que planejava a festa, e ela queria que tudo estivesse perfeito. Avery precisou convencê-la de que não era necessário explicar para os seguranças pela terceira vez como eles deveriam checar os ingressos dos convidados.

— Eles sabem o que estão fazendo — disse Avery. — Vamos pegar uma ou três bebidas para você.

Emma continuou ansiosa até a irmã colocar um drinque em sua mão.

Ela adorava aquelas festas. Todos se divertiam juntos, desde atores famosos até assistentes.

Então avistou o pessoal de sua antiga equipe. Ela trabalhara no departamento de cenografia por três anos antes de Jo escolhê-la a dedo para ser sua assistente. Ela sentia falta do antigo grupo. Embora ainda visse os colegas, não era a mesma coisa do que trabalhar juntos todos os dias. Phil fora seu melhor amigo naquela época, e os dois ainda se encontravam quando tinham tempo. Ao vê-la, Phil esperou até que ela apoiasse o drinque em um lugar seguro antes de abraçá-la e erguê-la do chão.

— Como vão as coisas? — perguntou ele, encostando o braço no dela. — Você se lembra de quando a gente competia para ver quem ficava mais bronzeado depois das filmagens externas e de dirigir o carrinho de golfe debaixo do sol? E agora olha só você, branquela.

Emma riu.

— É o que eu ganho por ficar o dia todo no estúdio.

— Por falar nisso... — Phil baixou o tom de voz até que estivesse falando em um sussurro. — Como é dormir com o inimigo?

Emma revirou os olhos.

— Não estou dormindo com Jo, e ela não é o inimigo. O que ela fez pra você, afinal?

— Ah, já entendi tudo, vai defender a namoradinha?

Emma ficou séria, olhando para ele.

— Qual é, Phil?

Avery se intrometeu.

— Não seria tão divertido provocar você se não ficasse tão aborrecida toda vez.

— É um motivo plausível para ficar chateada — argumentou Emma, falando mais alto do que pretendia. Ela regulou o volume da voz antes de continuar: — Não quero que ninguém pense que eu sou o tipo de pessoa que transaria com a chefe para crescer na carreira. Também não quero que as pessoas pensem que Jo é o tipo de chefe que tiraria vantagem dos funcionários assim.

— Não é tirar vantagem se você está gostando — observou Phil.

— É verdade — concordou Avery.

Emma suspirou.

— Como eu me arrependo de ter apresentado vocês dois.

Mas ela não se arrependia de verdade. Por mais que os dois tirassem sarro dela, Phil e Avery também a encheram de álcool e a fizeram rir mais do que ela tinha rido em meses. Emma arrastou os dois para o karaokê para fazer os vocais de apoio para Aly, a coordenadora do departamento de cenografia, e passou metade da música sem conseguir cantar porque estava morrendo de rir da dancinha ridícula de Phil.

Depois do karaokê, os três dividiram uma porção de pãezinhos recheados de queijo numa mesa alta na área externa.

— Cadê sua namorada? — perguntou Phil. — Será que ela não quer comer com a gente?

Avery riu.

— Olha — disse Emma, de repente —, tem alguém aqui vazando informações, tá bom? Vocês se lembram de quando eu organizei aquela matéria sobre como Jo ia mandar bem com o filme do Silver e depois fizeram outra dizendo que eu estava por trás de tudo?

Phil a ajudara, e Avery sabia da história nos mínimos detalhes, então os dois concordaram com a cabeça.

— Jo não falou nada, mas é óbvio que alguém vazou essa história, não é? Porque eu nem cheguei a falar com o repórter, então, tipo... alguém só pode ter vazado.

Phil e Avery a encararam sem dizer nada.

— Só estou dizendo para não ficarem dizendo que ela é minha namorada! — reforçou Emma. — E se a pessoa que vazou tudo ouvir essas brincadeirinhas?

— Querida — começou Phil —, tá todo mundo muito bêbado aqui, ninguém liga se você está transando com sua chefe.

— Bom, que seja — disse Emma. — Preciso de outro drinque.

Um pouco mais tarde, Avery estava colocando os nomes das duas na fila do karaokê, e Emma saiu para procurar Phil, que tinha tomado um chá de sumiço. Quando foi para a área externa, ela avistou Jo e Chantal a uma mesa alta do outro lado do bar.

— Sra. Jones, coloquei seu nome para cantar "Love Is a Battlefield" — anunciou Emma, aproximando-se com um sorriso. — Depois da Holly já é a sua vez.

Era brincadeira, é claro. Ela gostava de provocar Jo, mas ainda não tinha ficado completamente maluca. Jo sorriu e revirou os olhos. Quando Emma riu, percebeu que estava bêbada. Talvez um pouco mais do que bêbada.

Chantal pigarreou e disse:

— Vou pegar outro drinque.

Emma quis dizer que ela não precisava sair. Gostava de se enganar achando que todos no set sabiam que ela e Jo não estavam juntas, mas então algo acontecia para mostrar o contrário, como a brincadeira de Phil sobre dormir com o inimigo ou Chantal se afastando quando Emma se aproximava.

Jo suspirou.

— Está gostando da festa, srta. Kaplan?

— Estou. E você?

Emma não estava perguntando por educação. Ela realmente queria saber.

— Essas festas são sempre agradáveis — disse Jo.

O sorriso de Emma se transformou em uma careta.

— Sra. Jones.

— Acho que você pode me chamar de Jo em uma festa — disse ela, como se não tivesse acabado de chamar Emma de "srta. Kaplan".

— Chefe — disse Emma, ignorando o que Jo acabara de dizer. — Estou muito orgulhosa de você… ou… de nós… tipo, da série… por termos levado o prêmio do GLAAD. Eu acabei não dizendo nada, mas fiquei muito orgulhosa mesmo. E seu discurso foi incrível. Mas ao mesmo tempo… — Ela encarou a própria bebida e girou o copo, balançando o gelo. Emma não sabia exatamente o que estava dizendo, mas continuou falando mesmo assim. — Minha irmã disse que você estava linda. E você estava, mesmo, mas não parecia muito contente. E eu sei que é besteira, mas pensei no SAG Awards. Fiquei pensando que eu gostaria de ter estado também no GLAAD. Que talvez eu pudesse ter alegrado você. Sei lá. Às vezes acho que você não sorri o suficiente.

Jo ficou olhando para ela. De repente, Emma se sentiu muito idiota. Talvez não tivesse conseguido se expressar bem.

— Eu só quis dizer que… — Ela franziu a testa. — É basicamente meu trabalho deixar você contente.

Jo emitiu um som que era algo entre um suspiro e uma risada, e Emma ficou ainda mais confusa.

— Enfim — continuou ela. — Eu só quero que você esteja sempre feliz e, se às vezes sou eu quem faz isso por você, que bom.

Aquilo soou muito inapropriado. Principalmente depois de toda a fofoca sobre as duas. No que Emma estava pensando ao dizer aquilo? Ela tentou disfarçar para aliviar o clima.

— Eu aposto que consigo fazer você rir — afirmou ela. — Minha irmã e eu vamos cantar "A Whole New World", do filme do Aladdin, daqui a pouco. Você devia vir nos prestigiar.

— Espero que você tenha ensaiado para cantar essa música. — Jo se forçou a falar em um tom muito sério.

— Se cantar "Build Me Up Buttercup" como vocal de apoio de Aly conta como ensaio, sim, ensaiei.

Jo finalmente riu, e Emma tomou um gole de sua bebida para esconder um sorriso.

— Sou muito grata por todo o seu trabalho, Emma — declarou Jo. — O prêmio é seu também. Eu não conseguiria fazer metade do que faço se não fosse por você.

— Claro que conseguiria.

— Não, não conseguiria — insistiu Jo.

Jo sustentou o olhar de Emma por um instante, em silêncio. Então avistou algo atrás dela, interrompendo o contato visual.

— Acho que sua irmã está procurando você. Deve ser a vez de vocês de cantar.

— Ah, é mesmo. — Emma se virou para entrar, mas se deteve e olhou para Jo. — Eu acho que você deveria vir assistir. Vai ser melhor do que a versão original. Eu juro.

Avery estava do outro lado do bar e poderia ter ido até Emma para buscá-la, mas aparentemente preferiu tentar chamar sua atenção do jeito mais idiota possível: agitando os braços de forma frenética no ar. Emma se aproximou, pronta para rir dela por isso, mas Avery falou primeiro:

— Conversando com a *namoradinha*? — perguntou, dando ênfase na última palavra. Emma deu um tapa no braço da irmã.

— É sério, será que dá para não falar esse tipo de coisa? Principalmente *aqui*. Caramba, eu acabei de te pedir isso. Não quero que as pessoas levem essa história a sério.

— Nossa, parece que *alguém* está de mau humor — disse Avery, massageando o local onde Emma batera.

— Só porque estou perto de *alguém* tão irritante! — rebateu Emma. — Você nem sabe se ela gosta de mulheres. Ela deve ser hétero. E definitivamente não é minha namorada.

Avery encarou Emma com uma expressão sugestiva.

— Nenhum hétero escreve personagens gays tão bem.

— Talvez ela tenha muitos amigos gays!

Antes de responder, Avery revirou os olhos de forma exagerada.

— Se ela fosse hétero, não teria olhado para você da forma que olhou enquanto você vinha pra cá.

Emma sentiu o rosto ficar quente.

— Eu falei pra *ficar quieta*. Pelo amor de Deus. Algumas pessoas da equipe já estão acreditando na fofoca.

Ela não quis pensar em como Jo olhara para ela. Não importava. Jo era... Jo era sua chefe, possivelmente hétero, e Emma não pensava nela dessa maneira.

— Tudo bem — disse Avery. — Como pedido de desculpas, vou cantar a parte do Aladdin.

Emma quase se engasgou com a própria saliva.

— Você nunca me deixa cantar a parte da Jasmine!

— É pegar ou largar.

Ela deu um gritinho de alegria e abraçou a irmã.

Depois, enquanto cantava sobre um céu infinito de diamantes, Emma avistou Jo lá no fundo, perto da porta. Ela estava sorrindo.

Emma adorava festas de trabalho.

Mais tarde, enquanto os últimos convidados iam embora, Emma estava concentrada em traçar os desenhos da toalha de mesa com a ponta dos dedos. Avery, ligeiramente bêbada, estava orientando um de seus funcionários enquanto ele recolhia as bandejas que ela tinha levado da confeitaria. Os cupcakes de chocolate deles fizeram tanto sucesso que Emma já nem se sentia mal por usar sua posição privilegiada como organizadora da festa para contratar os serviços da irmã.

Emma viu quando Gina, uma das atrizes principais, deu um abraço em Jo e entrou no elevador, o que significava que as duas eram oficialmente as únicas pessoas do elenco e da equipe que ainda estavam lá. Provavelmente era hora de ir para casa. Ela se levantou e, sem querer, bateu o joelho na mesa, mas por sorte conseguiu segurar o copo que estava ali antes que tombasse e derramasse bebida por toda parte. Pelo menos não tinha ninguém ali para testemunhar sua falta de destreza.

Emma foi até os elevadores, onde Jo estava.

— Você sempre fica até o final?

— Para ser sincera, não. — Os olhos de Jo se estreitaram quando ela sorriu. — Mas essa festa foi excepcional. Deve ter sido planejada por alguém muito competente.

Emma riu. A noite tinha sido um sucesso. Ela estava torcendo para que todos tivessem ficado com a mesma impressão.

— Eu falei sério quando disse que não estaria aqui sem sua ajuda, Emma.

Emma arrastou a ponta do sapato pelo chão, mordendo o lábio.

— Estaria, sim. Mas talvez não fosse tão divertido. Fala sério, que outra assistente teria cantado "A Whole New World" tão bem?

— É verdade. — O sorriso de Jo era carinhoso. — Você tem uma voz muito bonita.

Se Emma já não estivesse vermelha por causa do álcool, ficaria por causa do elogio.

— Vamos? — disse Avery, aparecendo atrás de Emma.

Emma assentiu. Enquanto Avery apertava o botão do elevador, ela olhou de volta para Jo, que ainda sorria.

— Boa noite, Emma.

— Boa noite.

Emma se aproximou para um abraço. Por uma fração de segundo, Jo não se mexeu, mas não demorou para que passasse os braços em torno da cintura de Emma. Ela respirou fundo, sentindo o cheiro de Jo. Ela usava o mesmo perfume todos os dias, só um pouquinho. O aroma era fresco, lembrava lençóis recém-trocados, neve fresca ou coisa do tipo.

Então Emma virou o rosto para um rápido beijo de despedida na bochecha de Jo. Mas, no mesmo momento em que ela o fez, Jo estava soltando-se do abraço e Emma calculou mal a distância entre as duas. Ela não entendeu o que estava acontecendo até que de repente, de repente, de repente... soube exatamente o que estava acontecendo. A boca dela estava sobre a de Jo. Só o cantinho, só um pouquinho, mas era inegável. Emma se afastou tão bruscamente que quase perdeu o equilíbrio, recuando em um passo trôpego. Quando conseguiu se recompor, Jo parecia... "completamente em choque" não era bem a forma mais precisa para descrevê-la, mas chegava perto disso.

— Eu...

Se Emma se desculpasse, estaria admitindo o que acabara de acontecer, e admitir o que acabara de acontecer faria com que aquilo fosse real, mas aquilo não poderia ser real. Ela não podia ter *beijado* a própria *chefe*. Então, em vez disso, ela disse:

— Até segunda!

Sua voz soou esganiçada demais, e ela saiu correndo — ou tentou, porque teve que ficar plantada ali, esperando pelo elevador.

Emma ouviu Avery desejar uma boa noite para Jo, que encarava, atônita, as portas metalizadas. A chefe não parecia aborrecida; Emma percebeu pela voz de Jo que ela sorria. Então talvez o beijo não tivesse sido a pior coisa do mundo.

Merda.

Merda, merda, merda.

É claro que era a pior coisa do mundo. E não podia ter acontecido. Emma não deveria estar tão bêbada. Ela desejou cair dura ali mesmo.

As portas do elevador finalmente se abriram com um *ding*. Emma não olhou para Jo, nem para a irmã, que entrava logo atrás dela. Ela apertou o botão do térreo e manteve o dedo lá mesmo quando a luz do painel se acendeu. Enquanto as portas não se fecharam, ela não moveu um músculo, nem sequer respirou.

Estava escuro lá em cima, talvez Avery não tivesse visto. Provavelmente *ninguém* tinha visto, já que o bar estava vazio a não ser pelos prestadores de serviço do evento. Mas a preocupação de Emma não era com outras pessoas, e sim com Avery, que estava curiosamente silenciosa a seu lado. Então, de repente, ela soltou um longo suspiro, como se estivesse se preparando para dizer alguma coisa. Emma estremeceu na mesma hora.

— Bom, não entendi por que você passou a festa toda reclamando comigo e com Phil por chamarmos a Jo de sua namorada sendo que você literalmente se despediu dela com um beijo.

— Nãããão. — Emma tombou contra a parede do elevador. — Foi sem querer!

— Porra, você a beijou! Bem na boca! — Avery só falava palavrão quando estava bêbada.

— Foi sem querer! — repetiu Emma, tão alto que talvez até Jo tivesse ouvido, cinco andares acima. — Era para ser um beijo na bochecha!

— O que ainda é estranho pra caralho, já que ela é sua chefe.

Emma conseguia enxergar isso naquele momento, e outras coisas também. Como, por exemplo, que deveria ter parado de beber pelo menos uns três drinques antes.

— Estou *bêbada*, e ela é tão cheirosa, e disse coisas tão legais sobre mim. E eu adoro essas festas, e foi *sem querer*, ok? Será que podemos não falar mais nisso, por favor? Não foi absolutamente nada!

— Significa que você está caidinha pela sua chefe, como todo mundo já sabe.

— Eu te odeio.

Claro que não significava isso. Significava que Emma estava bêbada e atrapalhada e que ela tinha uma péssima percepção de espaço. Significava que estava morta de vergonha e que iria ouvir um sermão constrangedor de Jo na segunda-feira sobre comportamentos inadequados no local de trabalho.

— Esse assunto não acabou — avisou Avery, colocando Emma em um carro de aplicativo.

Ela não se deu ao trabalho de dar tchau. Felizmente, o motorista ficou em silêncio. Lá estava ela, sentada no banco traseiro do carro em um estado de completa mortificação e descrença. O que deveria fazer em seguida? O que uma pessoa fazia depois de beijar a chefe sem querer? Ela poderia se desculpar, e provavelmente deveria, mas parecia que a solução menos humilhante era apenas ignorar o ocorrido.

No entanto, um pedido de desculpas seria de bom-tom. Ela não queria fazer coisas impróprias ou que deixassem Jo constrangida. Mas talvez pedir desculpas também a deixasse constrangida, porque significaria trazer o assunto de volta à tona e falar sobre ele. O melhor pedido de desculpas é uma mudança de comportamento, e aquilo nunca mais iria acontecer. Emma não queria beijar Jo, e sabia disso, mesmo que o resto do mundo, incluindo a própria irmã, pensasse o contrário. Emma simplesmente agiria com profissionalismo. Esse seria seu pedido de desculpas. Ela bebeu dois copos inteiros de água antes de ir para a cama. Não pensou nos lábios de Jo nem uma vez.

※

No outro dia, a claridade do sol parecia insuportável, e Emma cobriu o rosto com o travesseiro. Sua cabeça doía. Não muito, mas o bastante para que ela se arrependesse de ter bebido tanto. Então se lembrou de como tinha se despedido de Jo, e seu estômago ficou embrulhado. A ressaca não estava tão forte a ponto de deixá-la nauseada, mas seu constrangimento com certeza estava.

Ela tinha beijado Jo.

Ela tinha beijado.

Jo.

Emma jogou as cobertas para longe e se levantou. Estava tudo bem. Tinha de estar tudo bem. Não existia outra opção. Ela tinha combinado de almoçar com Jo na segunda-feira para falar sobre seu plano de carreira. O restante do elenco e da equipe estava de folga até o final do verão, quando começariam a filmar a temporada seguinte. Como Emma trabalhava para Jo, precisava trabalhar o ano inteiro, mas teria uma semana de folga depois da festa, a não ser pelo almoço de segunda-feira. O objetivo era que ela comunicasse a Jo o que queria fazer da vida.

A menos que a festa tivesse mudado as coisas.

Talvez, em vez de perguntar a Emma o que ela queria fazer, Jo perguntasse por que ela achou que poderia beijá-la. Talvez Emma fosse demitida. Mas ela se lembrava da voz de Jo se despedindo de Avery. Jo parecia normal. Não um falso normal, como quando tentava fingir não estar zangada. Elas tinham trabalhado juntas por tempo suficiente para que Emma conseguisse perceber quando Jo estava fingindo. E ela não estava, realmente estava normal. Então devia estar tudo bem. Tinha sido sem querer. Essas coisas aconteciam, Jo sabia disso. Ela sempre dava uma segunda chance para as pessoas. Emma não seria demitida. Tinha quase certeza disso.

Correr costumava ajudar Emma a desanuviar a cabeça e a encontrar soluções para os problemas.

Ela gostava de ajustar a dificuldade de suas corridas à dificuldade daquilo que a estivesse afligindo.

No sábado, ela saiu para correr no Griffith Park.

Ela correria *numa subida*, pela trilha do Observatório Oeste. Do início do percurso até o observatório havia apenas cerca de um quilômetro e meio, mas a inclinação a fez ficar com a respiração pesada logo no começo. Seus pés levantavam nuvens de poeira a cada passada.

Ela não estava preocupada com o beijo inesperado. Não. Não haveria problema. Emma tinha decidido que ficaria tudo bem. E, se acreditasse nisso com muito afinco, se tornaria verdade.

O problema que ela estava tentando resolver era o que queria fazer.

Já sabia o que queria.

Mas sabia mesmo? Como poderia ter certeza? E se ela seguisse o caminho que pensava querer, mas depois descobrisse que tinha se equivocado? Ela gostava do trabalho atual. Era bom. Interessante. Ela era boa no que fazia. Não conseguia entender por que não poderia continuar sendo assistente de Jo quando ela fosse para o projeto do Agente Silver. Talvez não eternamente, mas pelo menos por mais um ano ou dois. Ela ainda estava começando a se firmar. Em seu terceiro ano como assistente da cenografia, ela já conhecia tudo como a palma da mão. Por que não poderia fazer o mesmo como assistente de Jo?

Porque ela sabia o que queria fazer.

Ela deveria ter saído de casa antes, chegado antes dos turistas e do sol. Ainda era abril, mas estava calor a ponto de o suor escorrer por sua testa e suas costas.

Mesmo que soubesse aonde queria chegar, Emma não sabia como chegar lá. O caminho que ela esperava seguir não tinha dado certo; tinha desistido de estudar cinema. Talvez tivesse sido um momento ruim de sua vida, ou talvez ela simplesmente não levasse jeito. De qualquer forma, não tinha nenhum tipo de caminho traçado naquele momento, nenhum plano específico do que fazer a seguir. Emma se agarrou à metáfora enquanto corria. Ela poderia dar um passo em falso, perder o equilíbrio, torcer o tornozelo. Poderia sentir cãibras no meio do caminho e precisar parar. Ou pior, poderia nem sequer conseguir correr. Isso era o que mais a preocupava enquanto se forçava no aclive. Ela já tinha falhado uma vez. E se tivesse outra chance e mesmo assim não conseguisse? E se nunca chegasse ao topo? Ela poderia se perder no meio do percurso, seguir um rumo diferente.

Ela estava quase chegando ao observatório no topo da colina. A água em sua garrafinha estava fresca e refrescante, e ela sentiu vontade de derramá-la no rosto. Torceu para que o protetor solar não estivesse saindo com o suor. Continuou em frente.

O estacionamento do observatório estava lotado de turistas. Havia fileiras e mais fileiras de carros, parados lado a lado, enquanto outros rodavam em círculos, como se milagrosamente fossem encontrar uma vaga. Emma andava com as mãos na cintura, tentando recobrar o fôlego. Tentou não atrapalhar as fotos de ninguém: da cidade, do letreiro de Hollywood, as selfies.

Ela encontrou um lugar sem pessoas e parou para se alongar.

O letreiro de Hollywood estava na encosta diante dela.

— Eu quero ser diretora.

Ela não dizia aquilo em voz alta desde que desistira dos estudos. Mal tinha se permitido pensar no assunto.

Era aterrorizante.

Não tinha encontrado solução alguma durante a corrida. Nada tinha sido resolvido. Ela poderia estar errada, poderia ficar estagnada, poderia não ter o que era preciso para conseguir o que almejava.

Mas ela sabia o que queria fazer.

Na segunda-feira, Emma chegou ao restaurante antes de Jo. Apesar de ter passado o fim de semana inteiro tentando se convencer de que estava tudo bem, uma tensão tomava conta de seu corpo, do dedão do pé até o último fio de cabelo. Ela segurou a bolsa com força contra o corpo e deu um passo em direção à rua, considerando ir embora. No mesmo momento, um carro preto parou em frente ao restaurante.

Emma comprimiu os lábios quando Jo desceu. Ela ainda estava considerando a ideia de sair correndo.

Então Jo sorriu ao vê-la. Era o sorriso de sempre, que dizia: "Que bom ver você." Não havia nada de estranho. Aliviada, Emma respirou fundo.

— Fico feliz em saber que você sobreviveu à ressaca — brincou Jo.

Emma fez uma careta. Aparentemente, elas falariam sobre o beijo — o beijo *por acidente* — logo no começo da conversa.

Mas, em vez de tocar no assunto, Jo disse:

— Vamos entrar? Estou morrendo de fome.

Tudo bem então. Problema resolvido. Ou ignorado, mas não importava. Agora ela só tinha que sobreviver à conversa sobre sua carreira.

Talvez Emma tivesse admitido o próprio sonho em voz alta para si mesma, mas não disse nada enquanto eram conduzidas a uma mesa ao ar livre. Ou quando fizeram o pedido, ou quando o garçom trouxe uma limonada para ela e uma água com gás para a chefe. Jo também falou pouco, sobre a festa da equipe, sobre como o trabalho ao longo do verão seria mais tranquilo.

Ela permitiu que Emma ficasse em silêncio até que a comida chegasse à mesa, e então disse:

— E então, o que você quer fazer?

Emma tinha pedido uma salada com filé e, em vez de responder, enfiou um pedaço de carne na boca.

— Hm?

Jo sorriu.

— Quero saber que tipo de carta de recomendação preciso escrever para você. — Ela pegou um pouco de sua salada Caesar com o garfo. — O que quer fazer depois disso?

Emma queria ser diretora.

Mas aquilo era muito assustador para ser dito em voz alta. Era um sonho ambicioso. A chance de fracasso era grande.

Emma deu de ombros.

— Você é boa demais para esse cargo, Emma. Inteligente demais.

Emma não gostava quando Jo falava como se seu trabalho fosse algo sem importância.

— Eu gosto do que faço, sra. Jones — disse ela.

— Srta. Kaplan, não vou permitir que fique estagnada nesse cargo de assistente. Isso não está aberto à discussão.

Emma sentiu que estava tirando nota baixa em uma prova. Ela sabia o que queria fazer em longo prazo, não sabia? Só não sabia como chegar lá.

— Minha irmã sempre soube que queria ter uma confeitaria — disse ela. — Ela ganhou um forninho de brinquedo quando era criança, mas não demorou para começar a usar o fogão de verdade. Ela sempre foi muito boa nisso e sempre soube o que queria fazer.

Jo devia estar achando aquela conversa sem pé nem cabeça, mas para Emma fazia sentido. Era a única forma que ela tinha encontrado para explicar. Jo não a interrompeu. Na verdade, parecia interessada em ouvi-la.

— Eu queria a mesma coisa — continuou Emma. — Ainda quero. Ter tanta certeza de algo, saber o que quero fazer e saber que vou ser bem-sucedida naquilo. Queria poder te contar exatamente o que quero fazer em seguida, queria ter traçado meu caminho desde cedo como Avery.

Emma se calou por um instante. Queria que Jo dissesse alguma coisa, que preenchesse o silêncio, mas a chefe apenas olhou para ela, com olhos gentis e atentos, obrigando-a resolver aquilo sozinha.

— Eu gosto do meu trabalho — repetiu Emma. — Desse trabalho. E sou boa nele. E se eu não for boa no que vier depois? E se eu não gostar?

— Se não gostar, pode fazer outra coisa — respondeu Jo. — Se não for boa logo de cara, vai aprender. Você é brilhante, Emma. Você foi bem desde o começo, aprendeu tudo muito depressa.

Jo parecia muito certa do que estava dizendo. Emma queria conseguir acreditar nela, queria acreditar em si mesma. Ela levou uma garfada de salada à boca.

— Mas eu consigo estragar até o que eu acreditava ser à prova de erros — disse ela. — Eu tinha certeza de que daria tudo certo com a matéria sobre como você seria ótima no projeto do Agente Silver, e olha só no que deu. Deu tudo errado!

Jo não discordou. Emma tinha razão nesse ponto.

— Então quem garante que eu não vá estragar isso?

— Você não vai chegar a lugar algum sem se arriscar, Emma.

Emma sabia, mas isso não tornava as coisas menos assustadoras. Ela encarou o copo de limonada, prestando atenção no gelo que derretia aos poucos.

— Eu desisti do curso de cinema, sabia?

— Sabia, sim. — Jo soava muito calma.

— Foi… foi muito idiota. — Emma correu o dedo pelas gotas de água que escorriam pelo copo. — Eu digo para as pessoas que reprovei, como se não tivesse sido minha escolha, mas a verdade é que eu desisti. Era muito difícil, eu não me achava boa. Então simplesmente desisti.

— Você era jovem, não era?

Emma tentou olhar para Jo, mas não conseguiu. Em vez disso, concentrou-se na gola larga da blusa dela, nas curvas de sua clavícula. Por fim, respirou fundo e olhou nos olhos de Jo.

— Eu quero ser diretora.

Um sorriso sereno desabrochou no rosto de Jo. Emma o recebeu como um afago.

— Diretora — repetiu Jo.

Emma lutou contra o desejo de evitar o olhar de Jo, de retirar o que acabara de dizer.

— Sim.

— Certo. — De repente, Jo adotou um tom profissional. — Ainda não faz parte da Associação de Diretores, né?

Emma fez que não com a cabeça.

— Não, mas quase.

— Então, por ora, você continua comigo em *Inocentes*. — Jo olhou em volta, pensativa. — *Sim,* já sei. Vou começar a trabalhar nos filmes do Agente Silver mais ou menos no meio da temporada. Quando isso acontecer, você vai mudar de cargo e se tornar produtora associada, mas só até preencher os requisitos para entrar na associação.

E você também vai ficar responsável por encontrar e entrevistar alguém para assumir o cargo como minha assistente. O que acha?

Emma respondeu que achava ótimo.

Jo sorriu para ela.

Isso significava que ela poderia continuar em uma série que achava incrível com um elenco e uma equipe que adorava. E ela teria os requisitos necessários para se tornar membro da Associação de Diretores até o fim da temporada, o que significava que poderia começar a trabalhar rumo à carreira que almejava. Havia certo pesar diante da ideia de que Jo partiria para outra coisa sem ela, mas ser produtora associada era o melhor desfecho possível: ela estaria dando um passo à frente sem sair muito de sua zona de conforto.

— Acha mesmo que eu consigo? — Emma não pôde evitar a pergunta.

Jo tocou a mão de Emma sobre a mesa e a apertou levemente.

— Você consegue fazer qualquer coisa, Emma.

⁂

Depois do almoço, Emma seguiu para a casa de Avery. Sua semana de folga caíra justamente no Pessach. Ela sempre tentava visitar os pais nessa data, mas sua agenda nem sempre permitia. Nesse ano, ao chegar na casa da irmã, ela colocou Cassius, Rosalind e Billie no carro dela enquanto Avery e Dylan acomodavam os gêmeos de dez anos no deles. Emma evitou todos os olhares sugestivos de Avery.

A festa do trabalho tinha acontecido dias antes, mas Emma ainda não havia se recuperado por completo. Sua garganta ainda estava arranhando por ter cantado Brandi Carlile alto demais no karaokê com Gina. Ela recorreu a um copo grande de chá gelado enquanto seguia o carro da irmã pela estrada.

Seus pais ainda moravam na casa em que ela e a irmã passaram a infância. Emma se sentiu grata por encarar apenas poucas horas de viagem antes de poder se deliciar com o conforto e a nostalgia de estar de volta ao seu antigo lar.

Quando elas chegaram, os pais já estavam esperando na varanda da frente com os cachorros, que saíram correndo para cumprimentá-las.

Emma abraçou o pai por dois segundos antes de ouvir:

— Não trouxe sua namorada?

— Sério? — resmungou ela. — Eu mal cheguei, e você já me faz essa pergunta?

Eles passaram a tarde lá fora, colocando o papo em dia e saboreando os cupcakes da confeitaria de Avery até o sol se pôr, quando o Pessach começou oficialmente. Os gêmeos Ezra e Danielle se divertiam correndo atrás de vaga-lumes pelo quintal enquanto os adultos conversavam e importunavam Emma com o assunto Jo.

— Estavam dizendo na internet que ela estava triste naquela premiação que você não foi — disse a mãe.

Emma se lembrou da conversa embriagada com Jo e tentou não morrer de vergonha.

— As pessoas falam muita besteira na internet, mãe.

Na verdade, Jo e ela imaginaram que o GLAAD iria abafar os boatos. Jo fora sozinha; as pessoas deveriam ter percebido que a presença de Emma tinha sido um fato isolado. Em vez disso, começaram a comentar que Jo estava triste por Emma não ter ido e a especular sobre um possível término entre as duas.

Mas Jo realmente parecera triste, essa parte era verdade, e Emma não gostava disso. O sorriso dela estava tenso, o que fez Emma pensar no motivo pelo qual Jo a levara ao SAG, para ser uma distração. Emma não teria problema em ignorar os boatos e ir ao GLAAD com o mesmo propósito. As fofocas iam acontecer de qualquer forma; já não a afetavam positiva nem negativamente, pareciam só fazer parte da vida. Até os fotógrafos que tinham descoberto o seu endereço já não pareciam tão ruins assim. Ela nem tinha contado isso para Jo, não queria que ela se preocupasse. Eles não ficavam lá o tempo todo, mas apareceram na manhã seguinte ao GLAAD. Emma manteve o queixo erguido e fingiu que não os vira.

— Eu não acho nada mau ver minha filha no noticiário por namorar uma mulher — continuou sua mãe. — Há jeitos muito piores de se ficar famoso.

— Eu não sou *famosa,* mãe — contestou Emma.

— Eu fui o anfitrião do clube do livro no mês passado — contou o pai. — Mas todo mundo queria saber de você em vez de discutir o *Estação Onze.*

O pai participava de um clube do livro para homens com mais de sessenta anos. Nunca passou pela cabeça de Emma que até eles se interessariam por aqueles boatos.

— Você contou que não estamos namorando de verdade?

— Bom… — começou ele. — Eu disse que você diz que não estão.

— Pai!

— Ela é bonita e famosa, querida — disse ele. — Todos eles acham que você deveria contar para todo mundo.

— Não tenho nada para *contar!*

Emma olhou para Avery e Dylan em um pedido de ajuda, mas os dois responderam com um sorrisinho malicioso.

— Estou cercada por um bando de traíras — resmungou Emma, fazendo com que todos caíssem na gargalhada.

O restante do feriado não foi muito diferente. Eles convidaram dois casais de amigos do templo para o seder, e, mesmo durante a refeição, Emma e Jo foram o assunto principal.

Depois que terminaram de comer, já sozinha no quarto, Emma pegou o celular. Ela abriu a conversa com Jo, pensando em como queria escrever e contar como sua família estava sendo absurda, ou que um grupo de idosos de mais de sessenta anos achava que elas formavam um casal fofo. Jo acharia engraçado.

Mas ela nunca tinha mandado uma mensagem para a chefe sobre algo que não fosse relacionado ao trabalho. Pelo menos não do nada, puxando assunto. Às vezes, as mensagens acabavam sendo sobre coisas pessoais, mas sempre começavam com coisas profissionais. Ainda que a fofoca meio que fosse sobre trabalho, Emma não digitou a mensagem. Não queria alterar toda a dinâmica da relação das duas depois do beijo acidental, não queria fazer algo que desse a entender que tinha sido de propósito. Além do mais, Jo era sua chefe, não uma amiga. E nem seria sua chefe por muito mais tempo. Jo estava obrigando-a a bater asas e sair do ninho. Emma bloqueou a tela do celular e se deitou de barriga para cima, observando as estrelas que brilhavam no escuro, coladas no teto.

Seis

Emma

Upfronts era como eram chamadas as feiras de negociação em que as emissoras tentavam conquistar os anunciantes para os espaços publicitários da programação. Era um grande espetáculo, basicamente, em que as emissoras faziam o possível e o impossível para promover suas séries durante uma semana em Nova York. No ano anterior, a feira tinha sido assustadora. Emma tinha acabado de começar a trabalhar como assistente de Jo e não tinha a menor ideia do que estava fazendo. Mas agora, em vez de ficar de um lado para o outro tentando não enlouquecer, ela teria a chance de aprender com Jo sobre a parte de produção e sobre o que era necessário para atrair anunciantes. Depois do trabalho, planejava dar uma escapada quando pudesse, passear pela cidade, comer comidas gostosas, conhecer um ou dois museus. Seria uma viagem cansativa, mas ela não via a hora.

Naquele ano, a emissora estava promovendo Jo e as estrelas da série — Tate, Gina e Holly. O principal evento de *Inocentes* era um painel em que Jo e os atores responderiam ao que fosse possível sobre a temporada seguinte sem dar nenhum spoiler. Emma sabia que Jo ainda não tinha escrito muita coisa para os novos episódios. Em vez disso, vinha se concentrando no projeto do Agente Silver e dando uma pausa em *Inocentes* depois do encerramento da temporada.

No estúdio, as coisas tinham ficado mais calmas já que, a não ser por Jo e Emma, a maioria das pessoas estava fora para o recesso de verão. As duas trabalharam juntas com tranquilidade e se prepararam para o painel. Emma ajudou Jo a estudar as respostas prontas enviadas pela emissora fazendo-lhe perguntas. Jo sempre respondia com um palavreado vulgar que a emissora não aprovaria. Emma se esforçava para ficar séria, mas acabava rindo.

Jo estava se vestindo mais à vontade, usando roupas largas e folgadas e até mesmo camisetas com estampas divertidas. O clima entre as duas também estava mais leve e descontraído. Mais de uma vez, quando estavam cercadas de outras pessoas, Emma percebeu que Jo congelava antes de certos movimentos — por exemplo, antes de tocá-la no ombro ou tocá-la no cotovelo ao andarem juntas. Ela sempre acabava concluindo o movimento, mas era óbvio que a chefe pensava duas vezes, avaliando o que poderiam achar daquela interação entre as duas. Foram dias agradáveis sem ter que se preocupar com nada disso. Apenas as duas juntas, sorrindo uma para a outra na sala de Jo.

◉

A crise de asma de Emma começou a se anunciar durante o voo. Não era grave, mas ela percebeu que não estava conseguindo inspirar tão fundo como de costume. Emma decidiu ficar de olho nisso, aumentar a dose dos remédios se fosse necessário, mas não estava preocupada. Sua asma não era grave, e ela já sabia o que fazer. Seus pulmões estariam mais sensíveis do que o normal, mas não seria um problema. Achou melhor não dizer nada à Jo.

— Não hesite em fazer perguntas durante a semana — disse Jo no avião. — Tem alguma coisa que você queira saber?

— Agora não, mas com certeza vou ter perguntas mais tarde — respondeu Emma.

— Mas não tem nenhuma agora? — Jo parecia ansiosa para que Emma perguntasse alguma coisa.

— Quer repassar a programação outra vez, Jo? — perguntou Emma gentilmente. — Para se distrair?

— Não estou precisando me distrair — murmurou Jo.

Mas ela estava. E por isso Emma não disse nada sobre a asma. Os boatos sobre as duas estavam deixando Jo mais nervosa do que o normal. Ao menos foi o que Emma deduziu. Ela ouvira a ligação com a emissora; ao menor sinal de problemas com os anunciantes, eles colocariam a culpa no fato de ela se negar a esclarecer o boato de estar indo para a cama com a própria assistente. Eles já deviam estar descontentes com a saída dela para a produção dos filmes do Agente Silver e com o possível efeito negativo que isso teria em *Inocentes*.

Era dever de Emma manter Jo focada nos dias que estavam por vir, e foi isso o que fez. Ela absorveu tudo o que conseguiu sobre a feira, ouvindo com atenção todas as lições de Jo. No último dia da semana, tudo tinha corrido bem. Algumas pessoas olhavam feio para Jo e Emma, mas Jo foi cativante e simpática o tempo todo e os anunciantes estavam muito satisfeitos até então.

Naquele dia tudo estava indo bem, exceto pelo fato de estarem atrasadas. Jo precisava estar em um painel em dez minutos, e era possível, mas ela chegaria muito em cima da hora. O peito de Emma estava apertado. Em qualquer outra circunstância, ela faria uma pausa e descansaria, tentaria controlar a respiração. Mas precisava acompanhar Jo até o painel. Depois disso iria se sentar e recobrar o fôlego, e ficaria tudo bem.

No entanto, alguém com um perfume muito forte passou por elas no corredor. Então tudo foi por água abaixo.

Emma parou onde estava, tentando recobrar o fôlego, mas não havia ar a ser puxado; ela estava tentando respirar, mas o ar não vinha. Seus pulmões se recusavam a se encher. Ela tentou engolir, tentou respirar pela boca. Nada.

— Emma?

Jo continuou andando, sem perceber que Emma não estava ao seu lado. Ela estava a dez passos de distância quando notou que a assistente ficara para trás.

— Emma? — disse ela, voltando depressa. — O que aconteceu?

O peito de Emma doía. Ela chiou ao tentar puxar uma lufada de ar, e Jo pareceu entender imediatamente. Ela sabia que Emma tinha asma e sabia onde a assistente guardava a bombinha no estúdio, embora Emma nunca tivesse precisado usá-la no trabalho.

— Onde está?

As mãos de Jo apalparam freneticamente os bolsos de Emma, os da frente e os de trás, e a parte do cérebro dela que não estava concentrada em tentar encher os pulmões de ar pensou que talvez não fosse de bom-tom que a chefe estivesse apalpando sua bunda em público. Quando Jo não conseguiu encontrar o que estava procurando, agarrou Emma pelos ombros.

— Onde está a bombinha? — perguntou Jo. Seus olhos estavam arregalados, e ela apertava os ombros de Emma com força.

— Minha bolsa — respondeu Emma, ofegante. — No lounge.

Jo gritou com alguém por cima do ombro enquanto Emma tossia. O lounge dos convidados ficava no fim do corredor, a bombinha não estava longe. Tudo sob controle.

— Vou ligar para a emergência — avisou Jo, ainda segurando Emma com uma das mãos e pegando o celular com a outra. — Vai ficar tudo bem.

— Jo, não... — Mas Emma não teve fôlego suficiente para pedir a Jo que se acalmasse ou para dizer que não precisava chamar uma ambulância, a menos que a bombinha reserva falhasse.

Jo falava depressa ao telefone e pausou apenas para gritar:

— Andem logo com essa bolsa!

Então a bolsa de Emma chegou, e Jo a soltou para tentar encontrar a bombinha. Seus dedos tremiam, e uma pequena multidão de espectadores assustados se agrupara ao redor delas. Emma apoiou as costas na parede e fechou os olhos, abrindo-os apenas quando Jo colocou a bombinha de asma em suas mãos.

Emma a levou à boca, e, quando inalou, a vontade de vomitar foi instantânea. Ela puxou o ar de novo. Ainda parecia que havia algo bloqueando sua garganta, a impedindo de encher os pulmões por completo. Ela fechou os olhos novamente e escorregou pela parede, sentando-se no chão.

— Emma? — disse Jo. Sua voz ficou mais próxima quando ela se abaixou. — Fique calma. Respire. Os paramédicos estão a caminho. Você vai ficar bem.

Soava mais como uma ordem do que como uma tentativa de tranquilizá-la. De olhos fechados, Emma engoliu, tossiu novamente, continuou tentando puxar o ar pela boca. Não se deu conta de que havia alguém ao seu lado até tentar se inclinar para a frente e sentir a mão pousando em suas costas. Emma abriu os olhos.

Jo estava de joelhos no carpete enquanto massageava as costas de Emma em movimentos circulares suaves. Emma a encarou sem saber o que dizer.

— Pronto. Está tudo bem — dizia ela. — Posso fazer alguma coisa?

Emma não respondeu de imediato, mas, quando conseguiu recobrar um pouco de fôlego, disse:

— Você precisa ir para o painel.

— Que se foda o painel — retrucou Jo. — Pare de falar e respire.

Emma revirou os olhos.

— Não atravessamos o país para você perder o painel.

— Vou ficar aqui até os paramédicos chegarem.

— Não precisava ter chamado ninguém. — Emma já sentia um alívio no peito. — Ainda tinha o inalador de resgate. Você entrou em pânico.

Os olhos de Jo se arregalaram de surpresa.

— *Você não estava respirando* — disparou ela, como se fosse razão suficiente.

E talvez fosse, pensou ela. Jo não sabia como era a asma de Emma, já que nunca tivera uma crise no trabalho. Fazia sentido que não soubesse o que fazer. Era muito atencioso da parte dela, na verdade, ficar preocupada daquela forma. Mas também era verdade que ela estava atrasada para o painel.

— Chefe — disse Emma, baixinho. As pessoas ao redor já tinham circulado, e elas já não atraíam tanta atenção, a não ser por alguns olhares preocupados de quem passava por ali. Certificando-se de que ninguém estava ouvindo, ela continuou: — Você tem que estar no painel. Estou bem, não precisamos dar mais motivos para que as pessoas comentem.

Jo olhou para ela, confusa.

— Você não pode perder um painel com potenciais anunciantes porque está preocupada com a assistente com quem supostamente tem um caso.

Emma conseguiu dizer tudo isso sem ruborizar. Quando Jo tirou a mão de suas costas, ela voltou a insistir:

— Estou bem. Pode ir.

— Me mande uma mensagem se precisar de alguma coisa — disse Jo. — Falo com você assim que terminar.

— *Vá* — insistiu Emma.

Jo estava com as sobrancelhas franzidas e um semblante contrariado, mas por fim obedeceu. De alguma forma, conseguiu se levantar do chão com elegância, apesar dos sapatos de salto alto. Depois de alisar o vestido para desamassá-lo, ela colocou o cabelo atrás das orelhas e saiu andando com determinação.

○

Quando os paramédicos chegaram, Emma estava morrendo de vergonha. Sua respiração já havia se estabilizado, e ela sabia que eles só estavam perdendo tempo ali. Ela afastou a máscara de oxigênio que eles lhe deram para se desculpar.

— Desculpa — repetiu ela pela terceira vez. — Minha chefe não sabia o que fazer e ligou para vocês. Sinto muito.

— Não se preocupe, senhora — disse um deles, também pela terceira vez. — Tem certeza de que está se sentindo bem?

— Tenho — garantiu ela.

Eles avaliaram a capacidade pulmonar de Emma, e, embora não estivesse excelente, estava satisfatória.

— Pelo resto da noite, é recomendável que evite qualquer fator estressante que possa provocar outra crise de asma — orientou a paramédica, direcionando a mão de Emma para que ela recolocasse a máscara de oxigênio. — Poluição, fumaça, esse tipo de coisa.

— Multidões também — acrescentou o outro paramédico. — Já que essa parece ter sido a causa da primeira crise.

— Certo — concordou Emma. — Claro.

Mas o problema era que ela queria ir ao painel. E depois queria sair para jantar. Era a última noite delas na cidade. Emma também pretendia comer bagels antes do voo de volta. Queria passear, não evitar fatores estressantes.

Ela pensou em ignorar o conselho dos paramédicos, mas sabia que não deveria. Além disso, Jo provavelmente a mataria se tivesse outra crise. Então, quando os paramédicos foram embora, Emma voltou para o quarto.

As entrevistas terminaram às cinco da tarde. O telefone de Emma tocou às 5:03.

Ela atendeu.

— Oi, chefe.

— Você está bem?

— Estou, sim — respondeu Emma. E estava, mesmo. Já tinham se passado quase duas horas, e, depois do oxigênio dos paramédicos, ela estava melhor do que costumava estar depois de uma crise. — Como foi o painel?

— Eles fizeram perguntas, e nós respondemos — disse Jo. Emma tinha quase certeza de que ela estava revirando os olhos. — Tate, Holly e G ficaram preocupados com você.

— É muito gentil da parte deles, mas juro que estou melhor.

A linha ficou em silêncio por alguns instantes.

— Você precisa de alguma coisa? — perguntou Jo.

— O quê?

— Você precisa de alguma coisa? Tem algo que eu possa fazer para ajudar?

Emma precisava de um cochilo e de comida, exatamente nessa ordem. As crises de asma sempre a deixavam exausta.

— Não, chefe. Estou bem — repetiu ela. — Não posso sair do quarto por orientação dos paramédicos, então vou pedir comida mais tarde. Você não tem planos para hoje à noite?

Emma não tinha marcado nada para Jo, o que era raro, mas a noite dela estava bloqueada na agenda mesmo assim. Só podia ser uma questão pessoal, não de trabalho, ou Emma saberia.

— Tenho, mas... — Jo não terminou a frase.

— Obrigada pela preocupação — disse Emma quando a linha ficou em silêncio. — Programei seu alarme para as seis da manhã. Me avise se precisar de mim para alguma coisa, tudo bem? Estarei aqui assistindo a alguma besteira na televisão.

— Está bem — respondeu Jo. — Bom, vou desligar.

— Tenha uma boa noite.

— Você também, Emma.

Emma tirou um cochilo e acordou sentindo-se quase normal, como se seus pulmões não tivessem estado prestes a pifar. O único problema era que estava com fome. Ela pensou no restaurante de ramen que descobrira na feira do ano anterior e onde comera no início da semana. Pensou na melhor fatia de pizza que já tinha provado, feita por um restaurante no Brooklyn que não era nada além de uma janelinha e que funcionava apenas para retirada. Quis sair de fininho para jantar, mas ainda havia uma leve pressão em seu peito e ela sabia que não deveria.

Felizmente isso não significava que a comida não poderia vir até ela. A tecnologia realmente era uma bênção.

Emma deu uma olhada em um dos três aplicativos em seu celular, mas eram muitas opções e nenhuma delas chamou sua atenção. Tinha pesquisado os restaurantes como fazia antes de qualquer viagem, mas não tivera tempo de analisar os resultados. Para alguns, a atmosfera do lugar era importante, uma experiência que não teria com o delivery.

Então alguém bateu à porta. Por um momento, ela chegou a pensar que seria algum restaurante mesmo sem ter feito um pedido. Mas não era comida, claro.

Era Jo.

— Está com fome? — perguntou ela assim que Emma abriu a porta, fazendo um gesto para a caixa de pizza que trazia na outra mão.

Emma estava descalça e sem sutiã. Ela cruzou os braços sobre o peito.

— Como?

— Você já comeu? — Emma fez que não. — Que bom. Estou morrendo de fome.

Jo ficou plantada no corredor até que Emma abriu mais a porta. Então ela entrou como se o quarto fosse dela e foi até a mesa, onde colocou a caixa de pizza e uma sacolinha plástica de onde tirou pratinhos descartáveis e guardanapos.

— Sra. Jones — disse Emma, fechando a porta. — Você tinha um compromisso.

— Evelyn estava me dando nos nervos — explicou Jo. — E você não podia ir embora sem comer pizza nova-iorquina.

Emma não quis perguntar quem era Evelyn.

O sutiã havia sido jogado em cima da mala aberta, e Emma desejou ter tido tempo de fechá-la. Não conseguiria fazer isso naquele momento sem atrair a atenção, mas Jo parecia não se importar. Ela se sentou na cadeira da escrivaninha e abriu a caixa de pizza.

— Pizza de queijo tamanho família — disse. — Vamos ter que pegar as bebidas na máquina do corredor.

— Deixa que eu busco — declarou Emma, ansiosa para contribuir com alguma coisa.

— Os paramédicos disseram que você tem que repousar, não disseram? — disse Jo. — Já volto.

Jo saiu, deixando o trinco aberto para não ficar trancada do lado de fora. No mesmo instante, Emma saiu correndo pelo quarto, enfiando todas as roupas que estavam no chão dentro da mala. Depois pegou o sutiã antes de fechá-la e correu para o banheiro, onde o vestiu. Quando Jo voltou, Emma estava se servindo de uma fatia de pizza, perfeitamente vestida.

— Sprite ou Coca-Cola? — perguntou Jo.

— Tanto faz. — respondeu Emma. — Posso ajudar pagando metade do jantar?

Jo revirou os olhos e nem se deu ao trabalho de responder. Ela entregou a Coca-Cola para Emma.

— É sério — insistiu Emma.

— Emma. — Jo se voltou para ela. — Eu sou milionária desde adolescente. Posso pagar uma pizza.

Emma baixou a cabeça. Se não pudesse pagar nada, pareceria que Jo estava cuidando dela, o que era… estranho. Foi como quando Jo comprou o vestido para o SAG, embora dessa vez fosse só uma pizza e um refrigerante.

Emma se sentou na cama com as costas apoiadas na cabeceira.

— Não precisava se incomodar, chefe.

— É só uma pizza, Emma. Não é nada de mais.

— Bom, eu agradeço mesmo assim. E é uma pizza de *Nova York,* claro que é especial.

Ela levou uma fatia à boca e soltou um gemido de satisfação completamente inapropriado. Se alguém ouvisse aquilo sabendo que Jo estava no quarto, seria a confirmação de que as duas estavam juntas. Mas ela não conseguiu evitar, a pizza estava *espetacular*. Jo sorriu, mas não olhou para Emma.

— Você salvou minha noite, chefe — disse ela, já à vontade. — Nem sei como agradecer.

Jo fez um gesto distraído no ar e as duas comeram em silêncio por um momento.

— Emma? — disse Jo em tom sereno.

— Sim?

Jo continuou concentrada na própria pizza, como se o que estivesse prestes a dizer não fosse importante. Isso fez Emma pensar justamente o contrário. Ela aguardou, atenta.

— Sua blusa está do avesso.

Sete

Jo

Na manhã seguinte, Jo já estava pronta quando Emma bateu à porta com o café.

— Achei que o café do hotel não ia ser lá aquelas coisas — explicou ela. — Então comprei um naquela cafeteria bonitinha no fim da rua.

Jo tomou um gole. Estava tão gostoso que as palavras saíram de sua boca antes que ela se desse conta:

— Nossa. Como eu te amo.

Emma arregalou os olhos no mesmo segundo em que Jo fechou os dela, bebericando outro gole do café. É claro que era só modo de dizer. Aquela era só uma expressão que ela já tinha usado várias vezes antes no trabalho — certamente com Chantal, talvez até com Emma. Antes de toda aquela fofoca, ela não prestava tanta atenção nas interações entre as duas.

Quando Jo olhou para Emma novamente, a assistente parecia ter decidido aceitar o comentário com naturalidade. E fazia sentido: Jo também tinha ignorado o beijo acidental na festa da equipe; Emma poderia ignorar uma frase tão inofensiva.

— A cafeteria também tem um bom café da manhã — comentou Emma.

— Eu tenho um compromisso no café da manhã — respondeu Jo. — Já providenciei o motorista para levá-la aonde quiser agora de manhã e depois me buscar no caminho para o aeroporto.

Emma não disse nada. Jo notou um vislumbre de decepção no semblante da assistente.

— Combinado. — O sorriso de Emma era calculado. — Aproveite o café da manhã.

Então Evelyn mandou uma mensagem avisando que já estava esperando do lado de fora, e Jo se dirigiu aos elevadores. Antes de entrar, olhou para Emma e disse:

— Não se esqueça de deixar a bombinha de asma na mala de mão.

O rosto de Emma se iluminou.

— Sim, chefe.

Jo tinha marcado de jantar com Evelyn na noite anterior, mas já durante os drinques ficou de saco cheio dos comentários da amiga sobre Emma. Pelo visto, a crise de asma da assistente e a reação de Jo tinham virado assunto internet, e obviamente Evelyn adorou a oportunidade de cutucá-la mais uma vez. Era a primeira vez que as duas se viam em seis meses, mas ela estava sendo *extremamente irritante*, e o fato de Jo estar preocupada com Emma e querendo saber como ela estava só piorava a situação.

Assim, Jo desistiu do jantar e se ofereceu para pagar o café da manhã no dia seguinte, contanto que ela prometesse não ser tão desagradável. Evelyn sorriu e aceitou, mas disse que não podia garantir nada.

Mas ela acabou se comportando bem. As duas conversaram sobre o GLAAD, sobre o painel e sobre o trabalho de Evelyn. Somente no fim da manhã, Evelyn perguntou:

— E quando eu vou conhecê-la?

Jo revirou os olhos.

— Ela vai estar no carro que está vindo me buscar daqui a pouco, se quiser se apresentar.

Evelyn levou a sério e ficou muito animada. Jo precisou acrescentar:

— Não. *Não!* Eu estava *brincando*.

Percebendo que Evelyn não ia desistir da ideia tão fácil, Jo mudou de tática:

— Venha me visitar qualquer dia desses, aí vai poder conhecê-la.

— Bom, estou mesmo te devendo uma visita — pontuou Evelyn. — Já faz um tempão que não vou.

Evelyn estava morando em Nova York desde que se formara na faculdade de direito. Quando seus pais se mudaram para mais perto, ela parou de ir para a costa oeste com tanta frequência. Jo estava feliz por terem retomado um contato mais frequente, o que era uma consequência positiva inesperada de toda aquela situação. Embora Evelyn ligasse principalmente para pegar em seu pé, Jo não se importava. Era bom ouvir a voz da melhor amiga.

O café da manhã terminou com Evelyn prometendo uma visita antes do Dia de Ação de Graças. Jo ficou surpresa por ela não ter insistido em segui-la até o carro para cumprimentar Emma.

— O café da manhã foi bom, chefe? — perguntou Emma enquanto Jo se acomodava a seu lado no banco traseiro.

— Foi, sim — disse Jo.

Ela passou o trajeto até o aeroporto olhando tranquilamente pela janela. Agora que a feira tinha ficado para trás, estava prestes a começar oficialmente a época mais sossegada do ano. No horizonte havia apenas seu arquivo do projeto do Agente Silver pela metade, lembrando-a de que ainda havia uma grande fonte de estresse por vir. Mas aquilo era um problema para a Jo do futuro.

Na semana seguinte, Jo foi ao primeiro jogo de beisebol do sobrinho. Ela chegou cedo e se sentou na última fileira da arquibancada, usando óculos escuros que terminavam onde o boné começava, escondendo a maior parte de seu rosto.

Não era frequente que a reconhecessem na rua, mas naquele dia ela não queria dar chance para que isso acontecesse. Não era algo particularmente incômodo, mas, em dias com a família, estava fora de questão.

Antigamente, ela não conseguia sair para jantar sem precisar dar autógrafos e tirar fotos com as pessoas. Tudo porque aos treze anos fora escalada para interpretar Amanda Johnson, uma garotinha chinesa adotada pela típica família branca da classe média. *A dinastia Johnson* teve sete temporadas. Jo cresceu nas salas de estar do país inteiro. Ela era um rosto familiar, famosa no mundo todo.

Todos os outros personagens da série eram brancos.

Jo nunca tocou no assunto. Ninguém jamais tocou no assunto. Ela nunca entendeu se as pessoas estavam deliberadamente ignorando o fato ou se simplesmente não percebiam. Jo manteve o bico fechado e, mais tarde, quando a série terminou, recebeu várias propostas e pôde escolher o trabalho seguinte. Sua transição para o cinema correu bem; ela atuou em quatro filmes, e todos foram sucessos de bilheteria.

No aniversário de dez anos da estreia de *A dinastia Johnson*, Jo escreveu uma coluna. Ela falava sobre a experiência de ser uma mulher sino-americana em Hollywood. Sobre como era ser alvo de piadas racistas no set da própria série, sobre as seleções de elenco que pediam apenas atrizes brancas.

Então Jo parou de receber roteiros.

Cinco anos depois, escreveu um roteiro por conta própria. Quando o comprou, a emissora fez parecer que estavam fazendo uma boa ação, dando a uma atriz esquecida uma nova chance. Jo ganhou quatro Emmys, um atrás do outro.

Desde então, passou a se dedicar a escrever e produzir, e por isso já não era mais reconhecida em público, ou pelo menos não a ponto de ser incomodada.

Mas é claro que naquele dia, justamente quando ela queria apenas ver o jogo do sobrinho em paz, um casal se aproximou e, embora ela estivesse olhando para o celular e torcendo para que passassem reto, a mulher disse:

— Meu Deus, Amanda?

Jo se encolheu. Ser chamada pelo nome de um personagem era *péssimo*. Ela pensou que tinha se livrado disso vinte anos antes. Tentando forçar um sorriso, Jo ergueu o rosto para olhar para a mulher.

Mas ela era familiar.

Era Avery Kaplan, com um sorrisinho travesso no rosto.

— Ah, a irmã — disse Jo.

— A namorada de mentira — retrucou Avery.

Jo revirou os olhos.

Avery soltou a bolsa não exatamente ao lado de Jo, só que mais perto do que ela gostaria.

— Quem você veio ver? — perguntou ela, gesticulando em direção ao campo enquanto posicionava sua almofada no banco.

— Ethan Cheung — respondeu Jo. — Meu sobrinho.

— Ah, o novo jogador do time — disse Avery. — Você pode ver o jogo do seu sobrinho, mas Emma, não?

— Emma não disse que queria.

Como era verão, Jo teria deixado Emma sair mais cedo se tivesse pedido. Enquanto estavam filmando, no entanto, ela preferia que a assistente estivesse no estúdio quando ela precisava estar em outro lugar. Jo se cercava de pessoas de confiança porque era a única maneira de driblar sua tendência a microgerenciar. Quando não estava, deixava Chantal no comando ou Emma encarregada de informá-la sobre qualquer coisa importante; só assim conseguia se ausentar do trabalho sem ficar ansiosa. Sua produtora, a Dinastia Jones — a ironia do nome que escolhera a fazia rir toda vez — era seu bebê, e exibia seu nome em letras garrafais. Ela precisava garantir que tudo estivesse dentro de seus padrões de qualidade. Emma ajudava nisso.

— Meu nome é Dylan — apresentou-se o homem que Jo supôs ser o marido de Avery, estendendo a mão. — Viemos ver Ezra e Dani.

Jo apertou a mão dele.

— Jo.

Ele sorriu, mas não disse que já sabia quem ela era. Jo gostou disso.

— Como está a confeitaria? — perguntou ela, porque aquela era uma das raras situações em que uma conversa fiada era preferível ao silêncio.

Avery provavelmente contaria sobre a conversa para Emma, e Jo não queria parecer detestável.

— Uma correria — respondeu Avery.

— Deveria contratar alguém para ajudar — disse o marido, cantarolando.

— Se eu pudesse pagar um salário decente, contrataria — respondeu ela, imitando o tom de voz dele. Depois se voltou para Jo. — Mas as coisas estão indo bem. E você, como está o hiato no trabalho?

— Tranquilo — respondeu Jo —, agora que a feira já passou.

— Ouvi dizer que você teve que lidar com um ataque de asma — comentou Avery.

Jo ficou tensa e paralisada com a lembrança de Emma sem ar.

— Obrigada por tê-la ajudado.

Jo respirou fundo e tentou sorrir.

— Deixar um funcionário morrer durante uma viagem de negócios teria sido péssimo para a minha imagem na imprensa.

Brincar com a ideia fez com que o estômago de Jo embrulhasse, mas Avery apenas riu e mudou de assunto.

— Quantos anos tem seu sobrinho? — perguntou ela.

— Nove — contou Jo. Mas seu coração ainda estava acelerado ao pensar no ataque de asma de Emma. A situação a abalara de verdade. Mesmo sabendo que Emma tinha ficado bem, a ideia de que aquilo poderia acontecer a qualquer momento era apavorante. — É o primeiro jogo dele. E os meninos de vocês?

— Um menino e uma menina, na verdade. "Dani" é de Danielle — respondeu Avery. — Eles têm dez anos.

— Ah, eu não sabia.

— Pois é, eles gostam mesmo de confundir as pessoas — disse Avery.

— Dani é a única garota da liga — explicou Dylan. — Ela sofreu um pouco com isso ano passado, então este ano cortou o cabelo bem curtinho e Ezra deixou o dele crescer e agora usa rabo de cavalo.

— Que espertinhos — disse Jo. — Provavelmente puxaram ao pai.

O irmão de Jo chegou. Subindo até onde estavam, olhou para Jo com cara de surpresa ao ver a irmã conversando com um casal e os fazendo rir.

— Ora, ora, o que está acontecendo aqui? — perguntou ele.

— Estou fazendo amigos, como sempre — respondeu Jo.

— Depende do que "sempre" significa no seu dicionário.

Avery estendeu a mão.

— Avery Kaplan.

O rosto de Vincent se iluminou ao entender de quem se tratava.

— Ah, a irmã da namorada.

Avery imediatamente sorriu, encantada.

— Você tem alguma dica? — perguntou Vincent, apertando a mão de Avery. — Sobre como carregar o fardo de ser o irmão mais descolado?

Avery riu, e Jo revirou os olhos.

Mas a verdade era que estava sendo agradável estar ali com Avery e Dylan, e também com Vincent e a esposa, Sally. Thomas, o sobrinho mais novo de Jo, disse oi para ela e imediatamente foi brincar com as crianças mais novas no vão sob as arquibancadas. A conversa fiada dos adultos cessou quando o jogo começou, mas de vez em quando Avery fazia comentários perspicazes e divertidos que faziam Jo se lembrar de Evelyn.

O time das crianças ganhou, e Jo foi arrastada para uma sorveteria depois do jogo; Ethan a convidou com um sorriso grande demais para que ela conseguisse recusar. Ela seguiu para o estacionamento ao lado de Avery, que disse, com uma risadinha:

— Quer dizer que Jo Jones tem um coração mole. Quem diria.

— Só com meus sobrinhos — respondeu Jo. — E, se contar para alguém, vou ser obrigada a mandar matá-la.

Avery soltou uma gargalhada, e Jo quase desejou que ela não fosse irmã de Emma. Seria legal tê-la como amiga, mas isso seria complicado demais dadas as circunstâncias.

— Bom dia, chefe — disse Emma no dia seguinte, entregando o café de Jo.

— Bom dia. Obrigada.

Jo estava um pouco receosa, mas não parecia haver nada por trás do sorriso de Emma. Talvez Avery ainda não tivesse contado sobre o jogo, então ela decidiu que não tocaria no assunto. Afinal, nem sequer saberia o que dizer. "Eu vi o jogo de beisebol dos seus sobrinhos ontem" soava meio estranho. Ela pegou o café e começou a trabalhar.

Jo jamais admitiria, mas imaginou que escrever um roteiro para o universo do Agente Silver fosse ser mais fácil. Estava acostumada a ser a Jo Jones da televisão — uma potência que sempre conseguia o que queria porque todos já sabiam do que ela era capaz. E, embora o propósito de migrar para o projeto do Agente Silver fosse exatamente se forçar a fazer algo fora de sua zona de conforto, ela estava se sentindo insegura por não ter uma reputação extensa e um histórico de trabalho que falassem por ela. Trabalhar com filmes era novidade, assim como escrever ação, e não haveria espaço para erros.

Então Jo trabalhou com afinco durante o início do recesso da televisão. Ela voltaria a se dedicar a *Inocentes* depois do verão, então até lá queria ter um bom rascunho para o filme. Por esse motivo, ela estava um pouco mais ocupada que o normal, mas mesmo assim continuava fazendo de tudo para estar em todos os jogos de Ethan.

Esperou que Emma dissesse algo sobre o assunto ou pedisse uma tarde de folga também, mas ela nunca fez isso.

As coisas estavam indo bem com sua assistente, principalmente porque não havia mais ninguém por perto. O ataque de asma na viagem fizera com que os boatos sobre elas se intensificassem ainda mais, mas já tinham se acalmado outra vez desde então. Jo já não sentia a necessidade de analisar cada mínima interação entre as duas. Ela aproveitara a tranquilidade para passar um pouco de "dever de casa" sobre direção de filmes para Emma: livros para ler, filmes para assistir. Embora Emma fosse demorar um pouco para ter a chance de dirigir alguma coisa, nunca era cedo demais para aprender.

Certo dia, Jo estava tendo dificuldade com uma cena do Agente Silver e chamou Emma para trabalhar em sua sala. Lá, Emma continuou realizando as próprias tarefas em silêncio como sempre, sem fazer perguntas. Mas, quando Jo suspirou pela quadragésima quinta vez, Emma pigarreou e disse:

— Chefe?

— Hm? — respondeu Jo sem olhar para cima, com a cabeça enterrada nas mãos.

— Posso ajudar com alguma coisa?

Jo se endireitou, estalando o pescoço e se alongando.

— Não estou conseguindo escrever essa cena.

— Posso dar uma olhadinha? — sugeriu Emma.

Jo a encarou em silêncio. Não havia muitas pessoas que já tinham lido um trabalho em andamento de Jo Jones, muito menos aquele. O estúdio mantinha tudo o que era relacionado ao universo do Agente Silver sob máxima confidencialidade.

— Se você quiser, claro — acrescentou Emma, encolhendo os ombros. — Talvez um olhar de fora ajude.

Jo sabia que não deveria mostrar o roteiro para ninguém.

— Eu não sou roteirista nem nada do tipo — disse Emma. — Se achar melhor que eu não leia, que tal pelo menos sair para dar uma volta? Você precisa de um intervalo.

Jo pensou naquele dia em fevereiro, quando Emma jurou sempre lembrá-la de sua capacidade e competência.

— Não posso compartilhar o arquivo com ninguém — disse Jo —, mas talvez você possa lê-lo no meu computador.

Emma sorriu.

— Por mim, tudo bem.

Jo rolou a tela até o início da cena e levou o notebook até Emma no sofá, praticamente soltando-o no colo dela. Jo sabia que estava dando sinais de nervosismo, mas não conseguia evitar.

— Vou pegar mais café — avisou ela, pegando o copo e indo em direção à porta.

— Eu posso ir… — começou Emma.

— Não. Pode ler. Eu vou.

Jo deu uma volta pelos corredores, depois mais uma só para garantir, e foi até a cozinha buscar mais um pouco de café gelado. Por isso ela nunca mostrava seus textos para ninguém antes de finalizá-los: estava sentindo comichões na pele de tanta ansiedade. Ela era uma boa escritora e sabia disso, seus Emmys estavam de prova, mas ainda assim parecia que tinha aberto o próprio peito e deixado Emma espiar lá dentro.

Depois de cerca de quinze minutos, Jo voltou à sala. Emma ainda estava no sofá, concentrada no próprio tablet. O computador de Jo estava na mesa à frente, e não em seu colo. Ela olhou para cima quando Jo entrou e abriu um sorriso curto.

Ela odiou. Achou uma porcaria. Mas tudo bem, Jo teria apenas que se atirar do prédio mais próximo. O prédio mais próximo era aquele onde ela estava, na verdade. E que bom, ela teria menos trabalho, só precisaria pegar o elevador e subir.

— Chefe — começou Emma em tom gentil.

Jo segurou o impulso de dizer que ela não precisava falar nada, que podiam fingir que aquilo nunca tinha acontecido. Ela agarrou o notebook e o levou para a mesa.

— Estou muito feliz por você estar no projeto do Agente Silver — disse Emma.

Jo olhou para ela. Não era o que esperava ouvir.

— Você é uma escritora incrível — continuou. — Sua escrita é maravilhosa.

— Mas? — questionou Jo.

— Mas essa história não parece ser sua.

Jo bufou, mas Emma estendeu as duas mãos em um gesto que pedia calma.

— Ouça — disse ela. — Na maioria dos filmes do Agente Silver, em quase todos, na verdade, as mulheres são personagens secundários até quando são personagens principais. Faz sentido?

Jo fez que sim com a cabeça.

— Em muitos dos filmes, o Silver é um babaca. Mas, tipo, um babaca que foi escrito por um cara que não acha que está escrevendo um personagem babaca.

Normalmente, aquilo provocaria pelo menos uma risada entre elas, mas Jo ainda parecia estar sentada em uma cama de pregos. Qualquer movimento errado, e ela seria empalada.

— Você não é babaca, e seu Silver também não vai ser — disse Emma. — Não deveria estar escrevendo um personagem tão otário só porque as pessoas estão com medo de você transformá-lo num cara bonzinho.

Claro que fazia sentido, mas...

— A mudança do roteirista não quer dizer que o personagem vai mudar também — explicou Jo. — Principalmente quando o ator ainda é o mesmo.

— O roteiro é seu, Jo. — Emma riu sem o menor indício de maldade. — Use a imaginação. Você realmente acha que o Silver não tem um lado que as pessoas não conhecem?

Foi como se uma luz se acendesse na cabeça de Jo. Ela suspirou.

Hollywood sempre decidiu a reputação das pessoas antes que elas pudessem fazer isso. E isso também valia para Jo e para o Agente Silver. O mundo até podia achar que sabia tudo sobre ela, mas isso não era necessariamente verdade. Emma tinha razão: claro que havia mais sobre o personagem do que tinha sido mostrado nos filmes anteriores.

— Ok — disse Jo. — Acho que consigo fazer isso.

— Não tenho a mínima dúvida, chefe.

Emma sorriu para ela, e Jo não conseguiu não sorrir também. Ela selecionou três páginas inteiras de texto e pressionou "delete". Antes que o cursor piscando pudesse paralisá-la, os dedos de Jo voaram pelo teclado dando forma a uma nova ideia. Ela teria dado um beijo em Emma pelo comentário certeiro.

No dia seguinte, ela bateu à porta de Jo à tarde segurando uma pilha de papéis.

— Preciso de espaço para espalhar as minhas coisas — disse Emma. — Posso trabalhar daqui?

— Claro que pode.

Mais tarde na mesma semana, as duas almoçaram juntas na sala da diretora. Jo nem sempre era cuidadosa com a própria alimentação e com frequência ficava tão imersa no trabalho que se esquecia de comer. Sem Emma, provavelmente já teria morrido de fome. Naquele dia, Emma levou sushi, e Jo pediu a ela que ficasse para o almoço. Quando terminaram, Emma continuou a trabalhar do tablet. Nenhuma das duas comentou o fato de ela ter ficado trabalhando do sofá de Jo até as cinco da tarde.

Aquilo se tornou um hábito. Jo chamava Emma, ou Emma se convidava para entrar, ou ninguém dizia nada, Emma simplesmente aparecia com seus eletrônicos para trabalhar da sala de Jo. Era agradável e menos distrativo do que poderia ser. Ambas trabalhavam, e Emma garantia que Jo sempre parasse para o almoço. De vez em quando, Jo se pegava olhando para Emma. O foco e a ética de trabalho de sua assistente eram impressionantes. Era raro que Emma percebesse que estava sendo observada, mas, quando acontecia, ela reagia com um sorriso tranquilo, depois erguia as sobrancelhas em uma expressão imperativa e fazia com que Jo voltasse ao trabalho.

Mesmo trabalhando tão próximas, Jo não a supervisionava em excesso. Emma sabia o que estava fazendo, e Jo confiava nela. Ela estava vagamente ciente do que Emma andava fazendo: planejando as coisas para quando o elenco e a equipe voltassem, começando a procurar um substituto para seu cargo de assistente, estudando sobre direção. Ela sempre se resolvia sozinha, por isso, certo dia, Jo se surpreendeu ao ouvir um resmungar descontente vindo do sofá.

— Algum problema, srta. Kaplan? — perguntou ela, sem desviar o olhar do roteiro em sua tela.

— Aqui não tem nem metade das minhas atribuições!

Jo clicou em salvar e olhou para a assistente. Geralmente, Emma se sentava em cima dos pés, ou às vezes com as duas pernas bem esticadas sobre o sofá, mas quase nunca do jeito normal. Naquele momento, no entanto, estava com os dois pés no chão, os cotovelos apoiados nos joelhos e olhava para o tablet no suporte à sua frente com as sobrancelhas franzidas. Jo observou Emma até que ela levantasse o olhar do que quer que estivesse lendo na tela e fizesse contato visual.

— O RH me mandou a descrição do meu cargo — explicou ela. — Pensei em fazer alguns ajustes e publicar a vaga para encontrar meu substituto, mas está faltando um monte de coisas que eu faço.

Jo riu.

— Por que acha que está sendo promovida?

Emma voltou a olhar para o tablet.

— É que, com base nisso, parece que sou só uma secretária — reclamou ela, mas se apressou em emendar: — Não que haja algo errado em ser secretária, mas eu faço mais do que está aqui.

Jo sabia muito bem disso.

— Claro que faz — concordou ela. — Você poderia ter recebido o título de produtora associada desde o começo com a quantidade de coisas que faz.

A ética de trabalho de Emma era o motivo pelo qual Jo a roubara de Aly no final da temporada anterior.

— Você precisa contratar minha próxima assistente — disse Jo —, e não minha próxima Emma.

— Ah.

Emma parecia não ter percebido até então o quanto era valiosa.

Aquilo vinha sendo motivo de preocupação para Jo. Como se a mudança de *Inocentes* para os filmes do Agente Silver em tempo integral não fosse estressante o suficiente, Jo faria isso sem a ajuda de Emma. Ela teria uma assistente, é claro, mas não uma que tivesse entendido suas preferências, que soubesse quando interromper o trabalho com comida, que não tivesse medo de responder à altura quando ela estivesse sendo desagradável. Não havia ninguém além de Emma em quem Jo confiasse para ler cenas de seus roteiros como ela fazia de vez em quando, desde o primeiro dia em que se ofereceu para ajudar.

Emma era como uma líder de torcida particular, e ao mesmo tempo nunca teve medo de dar um chacoalhão em Jo quando julgasse necessário. Ela fazia com que Jo fosse melhor todos os dias.

— A descrição do cargo provavelmente pode ser a mesma. É só trocar *Inocentes* pelo Agente Silver — sugeriu Jo.

Mas Emma continuou de testa franzida.

— Algum problema?

— Não — disse Emma com um longo suspiro. — Só é meio estranho estar contratando meu substituto.

Jo não tinha dúvidas de que Emma contrataria alguém competente, mas sabia que ela jamais conseguiria um substituto para si mesma.

— Quer fazer uma pausa e dar uma olhada na nova abertura? — perguntou Jo.

A expressão de Emma se desanuviou, e ela deixou o tablet de lado, aproximando-se do notebook de Jo, empolgada.

— Quero!

Jo entregou o aparelho. Ela ainda precisava sair da sala enquanto Emma lia o que estava escrevendo. Embora já estivesse se sentindo mais à vontade com isso, não estava tão à vontade assim.

Jo deu uma volta, pegou mais café gelado na geladeira da sala de descanso e voltou para o escritório.

Emma estava sorrindo.

— Acho que agora você acertou em cheio.

Jo foi pega de surpresa.

— Sério?

— Sério!

Se Jo não fosse mais baixa que Emma, a agarraria no sofá e a levantaria do chão para girá-la em um abraço. Aquela era a quarta vez que ela reescrevia a cena de abertura. Emma tinha descartado a primeira do começo ao fim, e com razão. A segunda não tinha saído tão ruim, mas Emma também encontrou vários furos. A terceira ganhou um sorrisinho singelo. Mas a quarta, aparentemente, era a vencedora.

— Temos que comemorar — disse Jo. — Champanhe no local de trabalho é meio malvisto, não é? E se a gente pedisse um bolo?

Então Emma endireitou a postura com um sorriso travesso.

— Ou... — Ela se demorou ao dizer a frase. — Poderíamos fazer um passeio!

— Um passeio? — Jo ergueu as sobrancelhas. O que era aquilo, uma escolinha infantil?

— Até a Farinha & Afeto?

Emma sorriu e inclinou a cabeça com um olhar pidão de cachorrinho que caiu da mudança. Jo sabia que estava sendo manipulada. Mesmo assim, aceitou.

— Chegamos! — anunciou Emma, radiante, ao avistar a confeitaria.

Havia uma bandeira de arco-íris pendurada na frente de um edifício de dois andares com fachada de tijolinhos. Era a cara de West Hollywood. Chloe parou o carro logo em frente e Emma desceu, depois foi até a porta e a abriu com um floreio, fazendo tocar um sino dentro da loja. Jo a agradeceu por segurar a porta.

O interior era tão vibrante quanto a bandeira do lado de fora: as paredes eram amarelas e decoradas com grossas linhas verde-limão, e as mesas e cadeiras eram todas de cores sortidas. Não havia ninguém no balcão de atendimento, então Emma foi entrando em direção aos fundos da confeitaria, passando pela vitrine comprida e repleta de doces e pelas cestas com pães na parede oposta.

— Oi, em que posso aju... Ah, é você — cumprimentou Avery, vindo da cozinha. — É a primeira vez no dia em que não tenho clientes para atender e posso trabalhar. Por que veio me pentelhar na confeitaria? Por que não está trabalhando?

Apesar do tom zangado, Avery deu um abraço apertado em Emma. E avistou Jo.

— Ah. Vocês vieram juntas.

— Olá — cumprimentou Jo.

— Avery, essa é Jo. Jo, essa é Avery — anunciou Emma. — Eu sei que vocês se conheceram na festa aquele dia, mas é sempre melhor apresentar as pessoas de novo. Só por via das dúvidas.

Certo.

Aparentemente Avery não dissera nada a Emma sobre os jogos de beisebol. Jo se remexeu, inquieta.

— Prazer em ver você outra vez — disse Avery.

— Igualmente.

Emma abriu a portinha da vitrine, pegou um biscoito e fechou os olhos ao dar a primeira mordida.

— Você é a melhor confeiteira do mundo.

Avery ficou ligeiramente corada com o comentário hiperbólico.

— Tá — disse ela. — Vou voltar para a cozinha. Deixe de ser tão gulosa e divida um doce com sua chefe.

Avery desapareceu para os fundos da confeitaria outra vez, onde Jo imaginou ser a cozinha. Quando olhou para Emma, sua assistente sorriu, e ela não pôde evitar sorrir também.

Emma ergueu o biscoito que tinha escolhido.

— Esse é o melhor biscoito de canela e açúcar que existe. — Emma fez um gesto para a vitrine. — Mas você está vendo a variedade que tem aqui.

Havia biscoitos de vários tipos, cupcakes, macarons de coco, doces diversos — alguns Jo conhecia, outros não. Ela apontou para um pão com várias camadas que parecia ser de chocolate.

— Esse parece gostoso. O que é?

— Babka de chocolate! — exclamou Emma. — Uma especialidade da Farinha & Afeto e uma excelente escolha.

Ela pegou uma folha de papel-manteiga e tirou uma fatia para Jo, colocando-a em um prato vermelho acompanhado de um garfinho de plástico.

— Vem — chamou Emma, enquanto se inclinava para pegar um segundo biscoito antes mesmo de terminar o primeiro. — Vamos pentelhar a confeiteira.

Jo a seguiu até os fundos. A cozinha era menor do que esperava, mas era bonita, organizada e limpa. Avery estava pesando farinha em uma balança elétrica e havia uma batedeira KitchenAid profissional imensa funcionando no balcão ao lado dela.

— O que querem aqui? — resmungou Avery. — Vocês não têm mais o que fazer, não?

— Isso não é jeito de receber convidados — censurou Emma com a boca cheia de biscoito. — Estamos aqui porque estamos comemorando a conclusão da cena de abertura do filme do Agente Silver.

— Ah, é? — Avery olhou para Jo por cima do ombro. — Parabéns.

— Obrigada — disse ela.

Jo apoiou o prato na mesa com tampo de aço inoxidável no meio da cozinha e mordeu a babka. Ela quase não conseguiu segurar um gemido de prazer logo na primeira mordida.

— Está de comer rezando — comentou ela. — Por favor, dê meus cumprimentos à chef.

Avery despejou um pouco da farinha na batedeira.

— A chef agradece — disse ela, sorrindo para Jo.

Emma tomou impulso e se sentou sobre a mesa em um salto, a poucos centímetros do prato de Jo.

— Para a menina certinha que só andava na linha na época da escola, você está sendo negligente em termos de higiene. Se a vigilância sanitária aparecesse aqui e visse você sentada no meu balcão, minha confeitaria seria interditada em dois tempos.

— Até parece. — Emma revirou os olhos. — Eu desço rapidinho. Sou muito veloz.

Jo pressionou os lábios para não rir.

Emma e Avery continuaram pegando no pé uma da outra enquanto Avery misturava ingredientes. Jo quase perguntou sobre os gêmeos, mas deduziu que seria uma demonstração antecipada de intimidade. As irmãs eram o exato oposto uma da outra: Avery era baixinha, rechonchuda e centrada, enquanto Emma era toda pernas compridas e desenvoltura. O cabelo de Emma caía pelos ombros, volumoso, enquanto o cabelo curto de Avery estava cuidadosamente preso sob uma bandana. Emma parecia despreocupada, seu sorriso era frouxo. Era agradável vê-la ali.

Jo tentou ignorar o fato de que ela e Avery estavam mentindo para Emma. Ou, para dizer o mínimo, escondendo algo dela.

O sino da porta ressoou no salão, e Emma saltou depressa do balcão.

— Viu só? — disse ela. — Se for a vigilância sanitária, você não vai ter problemas.

Avery enrolou o pano de prato que tinha sobre o ombro e o usou para bater de leve em Emma.

— Faça o favor de não mencionar a vigilância sanitária perto dos clientes.

— Não posso prometer nada.

A gargalhada de Avery ecoou pela cozinha quando ela saiu em direção ao salão. Jo e Emma ficaram por lá, e, enquanto Jo terminava de comer a babka, Emma voltou a subir no balcão e começou a comer o segundo biscoito, balançando os pés no ar.

Quando Avery voltou, Emma esticou a perna para encostar nela com o pé. Avery se esquivou, olhando de cara feia para a irmã.

— O que vieram fazer aqui, mesmo? — indagou ela.

— Viemos passear! — Emma sorriu. — A gente deveria fazer isso com mais frequência, porque aí posso comer doce com as minhas duas pessoas favoritas.

Jo viu quando Avery ergueu as sobrancelhas. Emma olhou da irmã para a chefe.

— O que foi? — indagou ela. — Não é estranho. Você sabe que eu adoro trabalhar para você.

Jo não disse nada, mas também estava acompanhada de duas de suas pessoas favoritas.

Na semana seguinte, Emma estava trabalhando na sala da chefe quando ela precisou sair para o jogo de Ethan. Jo já tinha fechado o notebook e estava pronta para ir embora quando sua assistente percebeu que ela tinha parado de trabalhar.

— Ah — disse Emma. — Eu posso…

— Feche tudo quando terminar — pediu Jo. Ela hesitou por um instante, depois completou: — Você pode ir embora mais cedo, se quiser.

Emma sorriu.

— Valeu, chefe. Tenha uma boa noite.

— Você também, Emma.

Talvez Emma finalmente fosse a um jogo, pensou Jo.

Ela se sentara ao lado de Avery durante toda a temporada de beisebol, ouvindo histórias sobre clientes desagradáveis da confeitaria e desabafando sobre as grosserias dos executivos da emissora. Nenhuma das duas voltou a mencionar Emma depois do primeiro jogo.

Naquele dia, Dylan chegou sozinho.

— Problemas na confeitaria — disse ele para Jo.

Avery apareceu depois com o cabelo sujo de farinha. Dylan e ela passaram boa parte do jogo brigando. Jo tentou não escutar, mas eles estavam perto demais e ela não pôde deixar de ouvir Dylan insistindo para que Avery contratasse um funcionário enquanto ela repetia que não tinha dinheiro para isso.

Então Jo teve uma ideia.

Emma não apareceu, e Jo se sentiu aliviada. Já havia tensão o bastante entre Avery e Dylan, e as coisas só piorariam se ela chegasse. Depois que o jogo terminou, Jo aproveitou que Dylan estava ocupado com as crianças e foi dar uma palavrinha com Avery.

— Será que posso dar um pulo na confeitaria amanhã para conversarmos?

— Por quê? — Avery parecia desconfiada.

— Talvez eu tenha uma proposta para você — disse Jo.

— Como assim?

— Eu te digo amanhã, se puder me receber.

Avery revirou os olhos.

— Tá bom — disse ela. — Mas vai ter que me contar enquanto eu faço babka.

Jo praticamente nadava em dinheiro. Ela era muito, muito rica. Não havia forma sutil de dizer isso. Parte de seu primeiro salário quando ainda era uma atriz mirim tinha ido para um fundo de investimento, já que desde cedo seus pais acharam importante ensiná-la a gastar com responsabilidade e a não esbanjar. E era assim que, anos depois, o dinheiro de Jo se multiplicava sozinho. Ela tinha mais do que o necessário ou conseguiria usar.

E por isso fazia doações.

Ela comprava coisas para si mesma, é claro. Tinha várias propriedades e um número absurdo de sapatos. Mas a maior parte do dinheiro era destinada a outras coisas, na maioria dos casos ia para iniciativas que considerava importantes. Ela não gostava de se gabar por isso e não fazia nada que fosse exagerado. Ao menos, não era exagerado para ela. Em vez de doar milhões de dólares e ganhar uma ala de um hospital com seu nome, ela pagava empréstimos estudantis ou quitava dívidas médicas. Se encontrava uma ONG que precisava juntar dez mil dólares, doava 25 mil. Ela comprava o estoque de biscoitos de todas as escoteiras que encontrava — o que a fazia ganhar pontos com a equipe, já que, quando isso acontecia, todo o estúdio ficava forrado com biscoitos.

Doar para restaurantes não era novidade para ela. Ela já tinha financiado cursos de gastronomia para jovens e até comprado um food truck para um rapaz que desde então sempre se dispusera a levá-lo para onde ela quisesse sem cobrar nada pelo serviço. A Farinha & Afeto parecia ser um investimento perfeito.

Naquela noite, Jo rolou a tela do celular no aplicativo de contatos tomando cuidado para selecionar Emma, não Evelyn.

Ela mordeu o lábio inferior. Não era preciso explicar a Emma por que chegaria atrasada na manhã seguinte. Jo fazia muitas coisas, relacionadas aos negócios ou não, das quais Emma não sabia. Isso não precisava ser diferente só porque envolvia a irmã de sua assistente. Avery também não tinha contado nada para ela.

Jo estava ciente de que aquele raciocínio era só uma desculpa, mas era tudo o que tinha.

> Vou demorar para chegar amanhã.
> Pode ir mais tarde.

Como de costume, Emma respondeu quase imediatamente.

> Ok, chefe. 😊

A mensagem vinha com um emoji sorridente. Emma sempre tinha um sorriso a oferecer, mesmo quando Jo estava mentindo para ela.

Ela se perguntou se Emma percebia que só a chamava de chefe quando não havia mais ninguém por perto para ouvir.

O sino sobre a porta ressoou quando Jo entrou na Farinha & Afeto. Diferentemente da última visita, a confeitaria estava cheia de gente. Todas as mesas estavam ocupadas, e havia uma fila de quatro pessoas no balcão. Jo tomou um gole do café que levava em seu copo e se perguntou se não seria grosseria furar a fila. Havia dois funcionários atendendo os clientes, e nenhum deles era Avery. Jo decidiu esperar.

— Bom dia! Posso anotar seu pedido? — O jovem atrás do balcão estava animado demais para aquele horário da manhã.

Ele arregalou os olhos quando olhou com atenção para Jo, que sorriu o máximo que conseguia em seu momento pré-cafeína.

— Acho que sua chefe está me esperando. Pode verificar?

— Sim, claro, é pra já.

Ele foi em direção à cozinha, e Jo saiu da fila para dar lugar ao cliente seguinte. Quando o rapaz voltou, acenou para que ela o acompanhasse com um sorriso largo no rosto. Jo se sentiu aliviada por ele não ter pedido um autógrafo.

— Obrigada, Scott — disse Avery.

Como prometera na noite anterior, ela estava ocupada sovando uma massa e não parou nem para cumprimentar Jo.

— E aí, qual é a proposta? — perguntou Avery.

Ela pegou uma tigela com um creme de chocolate e começou a espalhá-lo sobre a massa aberta. Jo sabia que a babka ficaria deliciosa.

— Você precisa contratar outro funcionário — disse ela —, mas não consegue pagar quanto gostaria.

— Estou ciente da minha situação financeira, Jo — retrucou Avery.

— Se eu pagasse o salário dele, você não teria esse problema — argumentou Jo.

Avery parou o que estava fazendo.

— O que...?

— Eu poderia pagar o salário de outro funcionário. Até de dois.

Avery olhou para ela, confusa.

— É bem simples. Eu pago um ou dois salários. De quanto? Mais ou menos quatro mil cada? — continuou ela. — Só até você chegar a um ponto em que possa fazer isso sozinha.

— Quatro mil? — balbuciou Avery. — Você está me oferecendo oito mil por mês? Por quê?

— Para que você possa contratar mais dois funcionários e se estressar menos.

— Mas o que *você* ganha com isso?

Jo deu de ombros. Ela não esperava que a conversa tivesse aquele desfecho. Normalmente, as pessoas reagiam com surpresa ao receber dinheiro, não com hostilidade.

— Não preciso de caridade — disse Avery.

Jo revirou os olhos.

— É um *investimento*, não caridade.

— Investimento significa receber algo em troca.

— E vou receber — disse Jo. — Vai ser mais fácil para mim contratar seus serviços, o que significa que o elenco e a equipe vão gostar mais de mim.

Avery a encarou.

— Você realmente não sabe como lidar com dinheiro, não é?

Jo revirou os olhos de novo.

— Eu tenho muito dinheiro.

— E é por isso que você não... — começou Avery, mas Jo levantou a mão para interrompê-la.

— Eu tenho muito mesmo, mais do que preciso. E sei que posso usá-lo para melhorar a vida de uma amiga. Então acho que sei exatamente como lidar com dinheiro.

Avery ergueu as sobrancelhas. Talvez Jo não devesse ter admitido que a via como uma amiga. Ela se voltou para a massa e começou a puxá-la, fazendo camadas.

— Um funcionário — afirmou ela. — E não precisa pagar todo o salário, só a diferença do que eu consigo pagar e do que eu gostaria de pagar.

— Você pode discutir os detalhes com meu contador — disse Jo.

— Eu acertei na mosca aquele dia — lembrou Avery. — Você tem mesmo um coração mole.

Jo riu.

— Olha, eu não gosto de muita gente, mas sua família parece ser a exceção. Então sossegue e aceite o dinheiro.

— Você basicamente me ofereceu quase cem mil dólares por ano só porque é legal.

— Essa informação não procede e não vou tolerar essa calúnia.

Avery deu risada. Ela não se dava conta de como a fachada de mulher insensível era necessária. Não entendia que as pessoas não tentavam atingir uma mulher com tanta frequência se ela parecesse não ter sentimentos, ou que a única maneira de conseguir chegar a algum lugar em Hollywood sendo mulher era fazer com que todos a vissem como um osso duro de roer. E, mesmo com a reputação que tinha, as pessoas ainda achavam que Jo teria um olhar "sensível demais" para escrever um roteiro para o filme do Agente Silver.

— Bom, vou deixar você trabalhar. Meu contador vai telefonar mais tarde para marcar um horário a fim de resolver as coisas. De preferência em outro lugar que não seja uma cozinha.

Oito

Emma

Emma adorava quando Avery se convidava para jantar, porque isso significava que ela fazia ou comprava a comida e depois limpava a cozinha. Isso acontecia sempre que ela precisava de um tempo da família, quando precisava conversar ou quando estava com saudade. Qualquer que fosse a razão, Emma adorava.

Por isso, quando Avery disse que estava chegando com uma lasanha pronta para levar ao forno, Emma não estranhou. Era meio raro a irmã aparecer na sexta-feira à noite, mas mesmo assim a visita não pareceu suspeita.

Emma girava sobre uma banqueta na cozinha enquanto contava à irmã sobre seu dia de trabalho.

— Jo disse que eu deveria criar o ambulatório dos roteiros — contou Emma, achando graça. — Eu não escrevo nada, mas sou boa em ajudá-la a desenrolar cenas difíceis.

— Legal. — O tom de voz de Avery era frio.

Emma parou de girar no banco.

— Que foi?

— Nada — respondeu Avery. — Que foi o quê?

— Por que está agindo de forma estranha?

— Não estou! — Avery ficou nervosa demais para alguém que supostamente não estava agindo estranho.

Emma estreitou os olhos.

— O que aconteceu?

Avery suspirou. Vencida, apoiou os cotovelos na ilha da cozinha, de frente para Emma.

— Não sei como explicar — disse ela.

— Bom, agora você vai ter que explicar imediatamente, senão vou enlouquecer pensando em todas as possibilidades catastróficas — disparou Emma. — Você está com câncer? Dani e Ezra leram Harry Potter e não gostaram da Lufa-Lufa? Os cachorros estão bem?

— Vou fingir que não estou ofendida por você ter falado sobre a possibilidade de eu ter câncer como se fosse a menos pior de todas — comentou Avery. — Mas não, não é nada disso. É que...

Uma onda de ansiedade fez o peito de Emma ficar apertado.

— *Avery.*

— O sobrinho da Jo está no time de beisebol dos gêmeos.

Não parecia tão ruim assim.

— E daí? — disse Emma.

Avery agitou as mãos, afoita porque Emma não estava entendendo. Emma imitou o gesto.

— O sobrinho da Jo está no time dos gêmeos, e nós assistimos a todos os jogos juntas.

— Espera, o quê?

Avery ergueu a coluna, esticando os braços para se apoiar sobre as mãos em vez dos cotovelos.

— Não te contei porque achei que conseguiria convencer você a ir algum dia. Pensei que seria engraçado ver a sua cara quando esbarrasse com Jo. Mas aí passou tempo demais e eu não disse nada.

Emma flexionou a ponta dos pés, pensativa, apontando os dedos para o teto e depois para o chão, o que não ajudou a aliviar a sensação esquisita que a confissão lhe causara.

— Entendi — disse ela, por fim. — Então vocês são, tipo... amigas?

— Não — respondeu Avery no mesmo instante, mas tentou consertar logo em seguida. — Bom, talvez a gente seja. Mais ou menos. E ela... Você se lembra de que Molly ficou doente segunda-feira, e aí tudo desmoronou na confeitaria? — Ela não esperou a resposta de Emma para continuar. — Naquele dia eu me atrasei para o jogo. Acho que Jo deve ter perguntado ao Dylan o que tinha acontecido, e ele falou sobre os problemas da confeitaria. Não sei. Acho que ela já ouviu a gente brigando por causa disso durante os jogos. Mas acontece que ela apareceu na Farinha & Afeto na manhã seguinte e me fez uma proposta.

Jo tinha chegado mais tarde na terça-feira e não explicara o porquê.

— Que proposta?

— Ela se ofereceu para pagar o salário de um ou dois funcionários para a confeitaria. Para ajudar. Nós conversamos e concordamos que ela só vai cobrir a diferença entre o que *eu consigo* pagar para um segundo confeiteiro e o salário que eu *deveria* pagar.

Avery olhava para Emma, a sensação era de que sua irmã estava prestes a fugir. Emma flexionou a ponta dos pés novamente e deu de ombros.

— Está bem.

Avery franziu as sobrancelhas.

— Está bem?

— Sim.

— Só isso?

— Sei lá, Avery, o que mais quer que eu diga?

— Não sei. O que está pensando? Está ok com isso? Você me desculpa por não ter te falado nada?

— Não tem problema nenhum você ser amiga da Jo — respondeu Emma. — Ou sócia. Ou sei lá. Por que teria? Isso nem é da minha conta.

— Emma.

Mas Emma não disse nada.

— Claro que é da sua conta — insistiu Avery. — Eu sou sua irmã, e ela é sua... Vocês são... — Emma não gostou da relutância da irmã. — Ela é sua chefe. É estranho. Até eu acho que é estranho.

— Qual das partes é estranha? O fato de você ser amiga dela sem me contar ou o fato de ela estar pagando os funcionários da confeitaria?

O tom de Emma foi mais ácido do que ela desejava.

— Tudo. Todas as partes — respondeu Avery. — Me desculpe por não ter te contado antes.

— Tudo bem.

E estava, mesmo. Avery não tinha obrigação de contar tudo para ela. E, se ela tivesse ido a um jogo, teria ficado sabendo antes. Talvez a irmã tivesse razão, provavelmente teria sido engraçado. E era ótimo que Jo estivesse ajudando com os problemas da confeitaria. Avery estava indo bem a ponto de precisar contratar outra pessoa, e a ajuda de Jo tornaria isso possível. Era mais do que ótimo, na verdade.

Mas, mesmo sabendo disso, Emma sentiu uma vontade inexplicável de chorar.

— Em...

— É sério, Avery. — Emma tentou rir, mas soou falso. — Estou muito feliz por você estar contratando uma pessoa para ajudar. Que bom que a confeitaria está indo tão bem.

O sorriso de Avery veio lento, mas genuíno.

— Sim. As coisas estão indo bem.

Emma desceu da banqueta e deu a volta na ilha, abraçando a irmã por trás. Avery se virou e a abraçou de volta.

— Me desculpe por não ter te contado antes — murmurou ela. — Pensei que convenceria você a ir a um jogo e que seria uma surpresa engraçada, mas acabou saindo do controle. Não foi minha intenção te magoar, e isso não vai acontecer outra vez.

Emma nunca conseguira ficar brava com a irmã por muito tempo.

— Obrigada — disse ela.

— Imagino que tenha acontecido o mesmo com Jo — acrescenta Avery. — Ela provavelmente não sabia como contar.

Nisso Emma não acreditava tanto assim. Ela fechou os olhos e tentou ignorar as lágrimas que se formavam por trás das pálpebras. Então, respirando fundo, afastou-se do abraço de Avery.

— Estou muito cansada — declarou Emma, ignorando a expressão desolada no rosto de Avery. — Acho que vou comer, tomar banho e cair na cama. Não vou ser uma boa companhia hoje.

— Emma — disse Avery, baixinho. Mas, quando a irmã não respondeu, ela apenas acenou com a cabeça. — Vou deixar a lasanha inteira, está bem? Posso jantar com Dylan e as crianças. Não se esqueça de colocar o que sobrar na geladeira antes de ir dormir, assim vai ter comida por uns dias.

— Perfeito — concordou Emma. — Obrigada.

Avery não insistiu. Em vez disso, abraçou a irmã mais uma vez e ficou na ponta dos pés para dar um beijo na testa dela.

— Amo você.

— Também te amo — respondeu Emma.

Ela desabou no sofá assim que a porta se fechou, olhando fixamente para o teto.

Aquilo não parecia justo.

Emma estava feliz porque a confeitaria da irmã estava indo bem. Claro que estava. Ela amava Avery, queria que sua irmã fosse bem-sucedida em tudo o que quisesse fazer. E Avery *era mesmo*. Desde o ensino médio até aquele momento, Avery sempre dera certo em tudo. Não que Emma tivesse dado errado; ela recebeu uma menção honrosa no *cross country* e atuou por anos consecutivos na peça da escola. Mas Avery sempre fora a melhor.

Emma a adorava quando eram mais novas. Ainda adorava. De forma racional, sabia que era um pouco de admiração entre irmãos, mas não tinha problema. Avery era incrível, e Emma sempre quis ser como ela. Na juventude, já sabia o que queria fazer, assim como Emma; mas Avery concluiu o curso de confeiteira em um piscar de olhos, enquanto Emma desistiu da faculdade de cinema. Seus caminhos divergiram.

Mas Emma estava de volta aos trilhos. Estava finalmente descobrindo quem queria ser, estava dando passos em direção a uma carreira que almejava. Jo fazia parte disso. Jo a estava ajudando.

Não que Emma não quisesse que Jo ajudasse Avery, mas não parecia ser justo. Emma finalmente tinha encontrado uma coisa para si — não que Jo fosse "uma coisa".

Emma não queria ter que dividi-la.

E não achava que Avery merecia tê-la. A irmã não precisava de ajuda para realizar os próprios sonhos, não é? Ela já tinha a confeitaria, já estava vivendo seu sonho. Emma, por outro lado, estava apenas descobrindo qual era o dela. Ela queria conquistar o próprio espaço, não seguir os passos de Avery ou ser sua sombra.

Mas Jo não pertencia a Emma para que ela não quisesse compartilhá-la. Ela tinha mentido. Emma não era importante a ponto de Jo abrir o jogo com ela. Em muitas tardes, Jo saía do trabalho mais cedo, chegava na manhã seguinte e nunca dizia nada. Emma acreditava que… Ela achava que, naquela altura do campeonato, as duas já fossem mais próximas do que isso. Achava que merecia um pouco mais de consideração.

Mas Jo era sua chefe, não sua amiga. Ela era amiga de Avery, aparentemente, mas não dela. Emma *gostava* de ser assistente de Jo; aquele parecera um cargo muito importante, e, se ela pensasse de forma racional, ainda pareceria. Adorava o fato de conhecer cada parte da série, como se tudo fosse uma máquina que ela era capaz de consertar. Naquele momento, no entanto, sentia que era só mais uma engrenagem dentro dessa máquina: necessária, mas substituível. Jo dissera que estava contratando uma nova assistente, não uma nova Emma, mas estava evidente que Emma era apenas uma engrenagem um pouco mais complexa do que as demais.

Mas tudo bem. Dali a seis meses, Jo passaria a trabalhar exclusivamente nos filmes do Agente Silver, e Emma seria produtora associada. Não fazia diferença que não fossem amigas.

Quando a lasanha ficou pronta, Emma a tirou do forno e a deixou na bancada da cozinha. Foi tomar banho e deixou a água do chuveiro em uma temperatura tão gelada que chegou a sentir arrepios. Depois que saiu, colocou a travessa inteira de lasanha direto na geladeira e foi dormir às oito da noite.

Emma não frequentava o templo com frequência. Ela ia, mas só quando tinha tempo, quando tinha um propósito, quando sentia que precisava estar entre os seus. Assim, ela foi no sábado de manhã.

Ela gostava da rotina das rezas, gostava da tradição e de se perder nas canções. Gostava de estar perto de Ruth, com quem se sentava em todos os cultos a que comparecia. Ruth tinha uns cinquenta anos, cabelos cacheados selvagens e uma postura de quem não leva desaforo para casa. Ela ficou muito contente quando viu Emma naquela manhã.

Todos no templo foram muito simpáticos, o que foi reconfortante, mas ao mesmo tempo deixou Emma mais triste. Aquelas pessoas não eram estranhas, mas Emma as via uma vez por mês, no máximo. O fato de parecerem se importar tanto com ela evidenciava o quanto Jo não dava a mínima.

Isso não deveria querer dizer nada. Jo sempre fora apenas sua chefe e nada mais. Aquele tipo de tratamento fazia sentido, na verdade, mas era a primeira vez que Jo fazia Emma se sentir desimportante. Essa parte ela não esperava. Emma odiou isso.

Ruth olhou de canto para Emma quando ela pulou o kiddush, a refeição depois do culto. Emma acenou e foi embora. Queria ficar sozinha e organizar os pensamentos.

Emma falava com a mãe todos os sábados. Às vezes durante a semana também, mas a mãe ficava brava se ela não ligasse aos sábados, mesmo que tivessem conversado na sexta-feira.

Naquele sábado, Emma não queria conversar. Preferia ter que ouvir a mãe reclamar por não ter ligado do que contar o que tinha acontecido na semana. Mas então a mãe ligou, e ela teve de atender.

Depois das amenidades de sempre, Emma ouviu:

— Querida... — começou a mãe.

Emma suspirou, sabendo o que estava por vir.

— Falei com sua irmã. Você está bem?

— *Estou*, mãe — respondeu Emma. — E eu já disse isso a Avery. Não estou brava com ela.

— Eu sei, querida. Só estamos preocupadas com você.

Emma revirou os olhos e se jogou no sofá olhando para o teto, exatamente como tinha feito depois de se despedir da irmã na noite anterior.

Ela não estava mais com raiva de Avery. A irmã já tinha se desculpado, elas estavam bem. Mas seu estômago ainda embrulhava quando ela pensava em Jo. Emma repetiu várias vezes para si mesma: Jo é minha chefe, não minha amiga. Minha chefe, não minha amiga.

— Você acha que... — arriscou a mãe. — Acha que só porque não está mais chateada com Avery, quer dizer que não está chateada com nada?

— Está tudo bem — repetiu Emma. — Não me importa que elas sejam amigas. Ou sócias. Sinceramente não me importa.

A mãe continuou em silêncio.

— Eu só acho engraçado... — Emma soltou um riso incrédulo. — Só acho engraçado que Jo nunca me disse nada. Ela tem me mostrado algumas cenas do Agente Silver, sabe? Não conte para ninguém, porque acho que eu não deveria estar lendo, mas estou. Então acho que pensei que ela... Que nós... É que eu normalmente sou informada sobre as negociações dela. Mas, ao que parece, não sou importante a ponto de ela me contar que contratou um chef confeiteiro para Avery.

— Tenho certeza de que não é bem assim — disse a mãe, apaziguadora. — Ela provavelmente não soube como contar.

— Não soube como dizer "Ah, é mesmo, eu encontrei sua irmã!" depois do primeiro jogo? Para mim, parece muito simples.

Emma se virou de bruços e afundou o rosto nas almofadas do sofá. Ela se sentiu idiota por estar fazendo birra. Não deveria estar tão chateada, Jo não tem obrigação nenhuma de contar tudo a ela. E só porque ela estava ajudando Emma a se profissionalizar não significava que não poderia patrocinar um confeiteiro para Avery. Não fazia sentido estar tão magoada.

— Não acho que Jo não se importe com você, querida — disse a mãe de Emma gentilmente. — Você me contou sobre como ela ficou preocupada com seu ataque de asma em Nova York.

Emma deu de ombros, embora a mãe não pudesse vê-la do outro lado da linha.

— Meu bem, vou dizer uma coisa, mas não quero te deixar brava.

— Que ótimo jeito de começar uma frase — resmungou Emma.

— Meu bem — repetiu a mãe, e Emma se sentiu mal por ter sido grosseira. — Acha que talvez os boatos sobre vocês no fim das contas façam sentido? E que talvez vocês só não tenham percebido?

O que a mãe estava perguntando era se ela sentia alguma coisa por Jo, se tinha uma quedinha pela chefe. A reação instintiva de Emma era revirar os olhos e ignorar a pergunta, como estava fazendo desde o SAG, mas daquela vez ela sentiu um aperto no peito. Lá estava Emma, sentada no sofá, choramingando para a mãe sobre talvez ela não ser tão importante para a chefe. Então ela piscou e sentiu seus olhos marejados de lágrimas.

Quando finalmente respondeu, a voz de Emma mal passava de um sussurro:

— Talvez.

Jo agradeceu a Emma pelo café na segunda-feira de manhã como se nada tivesse acontecido. E, para Jo, nada tinha acontecido mesmo, supunha Emma. Ela ainda estava mentindo para sua assistente como na semana anterior. Talvez não estivesse mentindo, exatamente, mas também não estava dizendo a verdade. Elas passaram o verão inteiro trabalhando muito bem juntas. Emma na sala de Jo, Jo pedindo ajuda com o roteiro do filme do Agente Silver. Mas ela não era importante o bastante para que Jo contasse que tinha feito amizade com Avery.

Apesar de ter admitido para a mãe que talvez sentisse algo por Jo, Emma ainda não tinha certeza. Era só um grande talvez. Talvez tivesse doído tanto porque ela de fato sentia algo pela chefe, e ficara óbvio que não era recíproco. Mas Emma não precisava ter uma quedinha por Jo para que o fato a magoasse. O modo como Jo mentia para ela e o fato de tratá-la como uma engrenagem em uma máquina era terrível. Ainda que ela não tivesse uma queda por Jo — e talvez não tivesse, mesmo! —, teria sido ruim.

Era como se ela estivesse passando por um término, independentemente de haver ou não um sentimento romântico envolvido. Emma imaginou que ela e Jo tivessem uma relação, que as duas fossem próximas. Mas Jo só estava ajudando Emma a avançar em sua carreira porque era interessante para os negócios. Era importante que

Emma se saísse bem como sua assistente, porque Jo não queria uma reputação de ter assistentes que não davam certo. E isso valia ainda mais para Emma, porque, se ela não prosperasse, isso provaria o que todos pensavam: que Emma só estava lá porque tinha um caso com a chefe. Emma era basicamente um gasto empresarial e, por outro lado, tinha dito na frente dela que ela era uma de suas pessoas favoritas. Que *humilhante*.

Jo não chamou Emma para trabalhar em seu escritório o dia todo. Emma não sabia o que teria dito se isso tivesse acontecido. Às cinco da tarde, Jo se despediu com um sorriso. Emma acenou com a cabeça e foi embora.

No dia seguinte, Jo a chamou uma hora depois do café. Emma deduziu que elas falariam de trabalho e foi pega de surpresa pela pergunta:

— Está tudo bem com você?

— Há... — hesitou Emma. — Sim. Tudo, claro. Por quê?

Jo deu de ombros.

— Você anda quieta. Pensei que estivesse chateada com alguma coisa.

Estou chateada com você, pensou Emma.

— Estou bem, sra. Jones — disse.

Jo respondeu com um sorriso frágil. Emma se convenceu de que não ligava.

Emma queria pedir uma folga na quarta-feira à tarde para ir ao jogo dos gêmeos, mas não sabia por onde começar. Não sabia se admitiria para Jo que sabia de tudo ou se simplesmente a pegaria de surpresa aparecendo no jogo. Então, na quarta-feira, o dia amanheceu com chuva. O único dia chuvoso do ano no sul da Califórnia.

Ao meio-dia, quando a chuva ainda não tinha cessado, ficou claro que o jogo não aconteceria. Pelo menos Emma não precisaria falar com Jo.

Estava tentando agir naturalmente com a chefe e não demonstrar seus sentimentos — frustração, mágoa e talvez, *talvez*, uma quedinha insignificante — de forma tão óbvia. Jo tinha notado, inclusive falara com ela sobre isso, mas Emma não queria que ela insistisse. Não que Jo o fizesse, é claro. Ela não daria a mínima. Emma só precisava esperar até segunda-feira, quando o elenco e a equipe retornariam e ela poderia se distrair com o trabalho e com outras pessoas.

Na hora do almoço, Jo convidou Emma para comer em sua sala. Emma aceitou, mas, assim que terminou, começou a juntar suas coisas para voltar para a própria mesa.

— Tenho uma surpresa para você — disse Jo.

Emma parou de amassar a embalagem de seu sanduíche.

— O quê?

Com um sorrisinho sagaz, Jo encarava o próprio almoço.

— Barry Davis vai visitar o set.

Emma ficou de boca aberta.

— E você vai acompanhar a rotina de trabalho dele.

Emma quase despencou da cadeira. Barry Davis era seu diretor favorito de todos os tempos. E ela ia acompanhar a rotina dele? De um diretor indicado ao Oscar?

Jo olhou para Emma, com um sorriso largo e radiante.

— Eu mexi uns pauzinhos — contou Jo. — Talvez ele dirija um episódio, mas na verdade ele está vindo por você. Para que possa aprender com ele. E para que você o impressione, o que é muito provável. Ele seria um ótimo contato.

Como algo assim poderia ser puramente profissional? Jo não mexeria pauzinhos para trazer o diretor favorito de um mero *gasto empresarial* até o set. Emma tinha de ser mais do que isso para ela.

Mas a expressão de Jo se apagou lentamente quando Emma demorou muito para responder.

— Você gosta dele, não gosta?

— Gosto. Gosto, claro — respondeu Emma. — Não consigo acreditar. Nem sei o que dizer.

E era verdade. Ela não sabia o que dizer. Não conseguia nem sequer entender o que estava sentindo, muito menos explicar. Emma ainda estava confusa, ainda estava magoada por Jo ter mentido, mas não conseguia não ficar empolgada com a ideia de ver Barry Davis em pessoa.

— Quando ele vai estar aqui?

— Terça-feira. Não da semana que vem, da outra — disse Jo.

Apesar de tudo o que estava acontecendo entre ela e Jo, a equipe e o elenco voltariam do recesso na segunda-feira e Barry Davis estaria no set na semana seguinte. Pelo menos havia duas coisas boas no horizonte.

Nove

Jo

Jo adorava o primeiro dia de retorno do recesso. Era mais um dia para socializar do que de trabalho propriamente dito, quando o cronograma ainda estava tranquilo e sempre havia tempo para que as pessoas se reconectassem e conversassem. Era como uma festinha, mas com menos álcool e mais responsabilidades. Eles sempre contratavam um serviço de bufê para o almoço, mas nesse ano Jo também encomendara o café da manhã: croissants, bolinhos de mel e diversos doces cujos nomes ela não sabia. Emma vibrou de alegria quando as coisas chegaram em sacolas com o logo da Farinha & Afeto.

Na verdade, Emma parecia ter voltado ao normal, cheia de entusiasmo ao interagir com os colegas de trabalho. Apesar de ser mais baixo do que ela, Tate a cumprimentou com um abraço de urso tão forte que até a levantou do chão. Sorriu efusivamente para Chantal, mas só porque ela não gostava de abraços. Aly, Gina e Holly se aglomeraram ao redor de Emma em um coro de "que bom te ver de novo". Emma furou a fila de um dos assistentes da cenografia — que Jo tinha a impressão de ser chamar Phil — e caiu na gargalhada com a indignação dele.

Jo ficou no canto, bebericando café e cogitando pegar um croissant. Chantal se aproximou para fazer companhia, e Jo ficou com a sensação de que as duas pareciam os adultos em uma festa de crianças animadas e barulhentas. Ela não tinha tomado café suficiente para ficar animada com o que quer que fosse.

Enquanto Jo tentava encontrar forças para dar bom dia a Chantal, Emma apareceu do nada carregando uma massa recheada em forma de meia-lua em um guardanapo. Seus dedos roçaram nos dela quando Jo fechou a mão para segurar o doce. Era o mais perto que tinham chegado uma da outra em uma semana.

— Eu sei que não gosta de consumir açúcar de manhã, mas você *precisa* experimentar isso — disse Emma. — Minha irmã faz o melhor rugelach do mundo. Prove, juro que não vai se arrepender.

Ela se afastou depressa, sem que Jo tivesse a chance de protestar.

Jo olhou para Chantal para comentar algo como: "Dá pra acreditar que ela fez isso?" Mas recebeu um olhar questionador de volta.

— E seu recesso, como foi? — perguntou Chantal, arqueando a sobrancelha.

Jo fez um gesto no ar segurando o rugelach.

— Ah, você já sabe como foi — disse ela, porque Chantal realmente já sabia. Ela assumiria totalmente a produção de *Inocentes* após a saída oficial de Jo, então sabia o que tinha acontecido durante o verão. — Boa sorte com esses malucos quando eu for embora.

Chantal riu. Jo deu uma mordida no doce e deixou escapar um som de satisfação. Estava *fantástico*. Antes mesmo de terminar de comer o primeiro, decidiu buscar outro para comer mais tarde. O investimento na Farinha & Afeto definitivamente fora uma escolha certeira.

Naquela tarde, Jo estava respondendo alguns e-mails enquanto Emma trabalhava em alguma coisa no sofá; Jo não sabia ao certo em quê. Ela estava lá desde a hora do almoço, sentada sobre um dos pés, como sempre. A porta estava aberta, e, pela primeira vez em meses, o set estava muito barulhento e abarrotado de gente. Emma, no entanto, estava em silêncio. Já havia uma semana que ela estava muito quieta e contida. Jo perguntou o que estava acontecendo, mas não obteve resposta e não queria insistir. Ela era a chefe de Emma, não sua amiga. Emma não era obrigada a se abrir se alguma coisa estivesse acontecendo, mas isso não queria dizer que Jo não se preocupasse.

Jo nem tentou escrever no primeiro dia de retorno — havia interrupções e distrações demais. Aly e Phil chegaram primeiro com dúvidas sobre os adereços; Emma os cumprimentou com um sorrisinho, mas continuou focada no trabalho. Jo resolveu alguns dos problemas por eles e deu autorização a Aly para decidir o que faltava. Depois veio Tate — não pessoalmente, mas por meio de um novo estagiário que, tremendo de nervosismo, anunciou que tinha ido buscar os roteiros da temporada inteira. Jo não perdeu a paciência. Tate pregava uma peça nos novos estagiários todo ano, e claro que a culpa não era deles.

— Daqui a pouco você vai descobrir que não precisa levar Tate tão a sério — disse Jo calmamente. — Pode dizer que vou matar o personagem dele nesta temporada. Vamos ver se assim ele se comporta.

Quando o estagiário saiu, tão nervoso quanto estava quando chegou, Emma sorriu para Jo. Fazia muito tempo que isso não acontecia.

— Talvez ele também descubra que você não é tão intimidadora quanto parece — provocou Emma.

— É sempre bom deixá-los com medo nas primeiras semanas. Assim, eles andam na linha.

Jo tentou não pensar na outra irmã Kaplan, em como ela também sabia que Jo não era tão durona quanto sua reputação dava a entender. Jo imaginou que Avery já teria contado a Emma sobre os jogos de beisebol àquela altura do campeonato, principalmente depois do investimento na confeitaria. Toda vez que pensava nisso, ela sentia um embrulho no estômago. Não sabia o que dizer a Emma, então não disse nada.

Pouco depois, Chantal apareceu. Emma a cumprimentou e voltou ao trabalho. Ao olhar para Chantal, Jo se deparou com mais sobrancelhas arqueadas. Ela não disse nada sobre a presença de Emma, mas Jo sabia o que estava pensando. Ninguém mais parecia achar aquilo estranho. Emma sempre trabalhara na sala de Jo, e aquilo não mudaria só porque o mundo tinha decidido que elas estavam namorando.

No verão, Jo mal pensava nas fofocas. Alguém vazou algumas fotos do almoço em que conversaram sobre a promoção de Emma, incluindo uma foto de Jo segurando a mão dela por cima da mesa. Ela deveria ter previsto aquele tipo de coisa. Mas, além disso e da situação na feira, elas quase não apareceram nos sites de fofoca. Isso não significava que todos tinham se esquecido dos boatos, é claro. Chantal aparentemente não tinha. A ideia incomodava Jo. Elas trabalhavam juntas havia mais de meia década. Chantal deveria saber que não deveria dar ouvidos para aquele tipo de coisa.

Na quarta-feira à tarde, Jo estava tendo problemas com uma cena. Tudo parecia irritá-la. Ela estava irritada porque Emma ainda não estava trabalhando ali, como em tantos outros dias. Estava irritada por ainda não a ter chamado, influenciada pelas insinuações silenciosas de Chantal. O verão tinha sido um respiro agradável das preocupações em relação ao que poderiam pensar de suas interações com Emma. Jo queria muito não se importar com as aparências, mas estavam em Hollywood e ela não era ingênua.

Por isso ela esperou por algum tempo, ainda que contrariada, antes de finalmente chamar Emma para trabalhar em sua sala.

Ela foi, como sempre ia, mas em vez de se sentar e começar a trabalhar, ficou de pé ao lado do sofá, segurando o tablet contra o peito.

— Tem certeza de que é uma boa ideia? — perguntou ela.

Jo olhou para cima, dispersa, com as sobrancelhas franzidas.

— Por que não seria?

— Eu só não quero que pensem… nada.

Era exatamente a razão pela qual Jo tinha demorado tanto tempo para chamá-la, mas ficou furiosa mesmo assim.

— Que pensem que você é minha assistente e que às vezes tenho coisas a fazer que exigem que você esteja na minha sala? — explodiu Jo.

Jo estava irritada com o diálogo que estava escrevendo e de saco cheio de ter que se importar com a opinião alheia. Sua frustração foi agravada ainda mais pelo fato de a dinâmica com Emma ter mudado a ponto de as pessoas ao redor e a própria Emma agirem como se aquilo fosse um grande problema.

— Eu só quis dizer que… — começou Emma.

Mas Jo a interrompeu:

— Se não vai ficar em silêncio, é melhor sair. Não consigo trabalhar com você falando comigo.

Jo conseguia sentir o peso do olhar de Emma sobre ela, mas não fez contato visual mesmo assim.

— Foi você quem me pediu para vir aqui — argumentou Emma.

Ela falava baixo, parecendo magoada.

— E agora eu estou pedindo para você ir embora — rebateu Jo.

Houve um segundo de silêncio, mas Jo se recusou a olhar para cima.

Emma fechou a porta ao sair.

Jo não terminou a cena.

⸻

Jo quase ignorou o telefone quando Evelyn ligou naquela noite. Estava sozinha com uma taça de vinho tinto e pensou em continuar assim, sem deixar que ninguém interrompesse sua fossa, mas acabou atendendo antes de a chamada cair na caixa postal.

— Ouvi dizer que sua namoradinha anda muito confortável trabalhando na sua sala.

— *Como?* — A voz de Jo era estridente.

Evelyn ficou em silêncio. Jo suspirou e tomou um gole de vinho.

— Desculpe — disse ela, agora em tom manso. — Do que está falando?

— Saiu no site da Star — contou Evelyn. — Fizeram um post sobre como você e Emma devem ter se aproximado durante o recesso de verão, já que agora ela está super à vontade trabalhando direto da sua sala, mesmo com outras pessoas por perto.

Jo esfregou os olhos cansados. Estavam ressecados; era hora de tirar as lentes de contato.

— Quando isso foi publicado? — perguntou ela.

— Ã-Jo, o que está acontecendo? — perguntou Evelyn. — Por que você parece... exausta?

— Obrigada pelo elogio — retrucou Jo, embora não de forma ácida.

Evelyn ficou em silêncio outra vez. Jo sabia que era melhor desembuchar logo, ou Ev ficaria calada do outro lado da linha até que ela falasse.

— Emma estava receosa de trabalhar na minha sala hoje. Eu não entendi por que e fui grossa com ela. Eu não sabia que... Que droga, alguém deve ter vazado isso. Não tem nem dois dias que a equipe voltou para o set, e já estamos nas manchetes de novo. Se eu descobrir quem foi, vou matar.

— Aposto que Emma viu o artigo — observou Evelyn —, porque foi publicado hoje de manhã. Ela com certeza tem uma notificação do Google ativada para os nomes de vocês.

— Não acuse Emma de fazer coisas que *você* faz — disse Jo, sorrindo ligeiramente. — De qualquer forma, tenho que pedir desculpa para ela amanhã.

— Ouvi dizer que o sexo de reconciliação é o melhor de todos.

— Tá bom. Estou desligando.

— Não, não. Estou brincando! — Evelyn riu. — Como estão as coisas agora que todo mundo voltou, para além do desentendimento com Emma?

— Mais barulhentas do que o normal — disse Jo. — Com mais distrações. Sempre levo um tempo para me acostumar.

— Tate já fez alguma coisa idiota?

— Quando é que ele não faz?

— Vou poder conhecer ele quando visitar você, não é? — quis saber Evelyn. — Quero conhecer o pessoal do set dessa vez.

— Já decidiu quando vai vir? — sondou Jo, deixando a taça de vinho de lado e se acomodando nas almofadas do sofá.

— Que tal no seu aniversário? Ou posso simplesmente aparecer quando der na telha. De surpresa.

Jo ficaria feliz com qualquer uma das opções.

— Vou ver se o Sammy vai estar livre também — disse Evelyn.

Jo sabia que ela estava brincando. Sam tinha interpretado o irmão mais velho de Jo em *A dinastia Johnson*, e Evelyn o adorava. Jo tinha quase certeza de que Evelyn tinha começado com aquela quedinha para perturbá-la, mas anos tinham se passado e ela continuava dizendo a mesma coisa. Provavelmente era verdade.

— Vai ter que entrar na fila — brincou Jo. — Vamos jantar no sábado.

— Pode falar para ele que estou solteira.

Jo deu risada, revirando os olhos. Quanto mais conversava com Evelyn, menos tensa se sentia. Ela estava se sentindo mal por ter explodido com Emma, mas, dadas as circunstâncias, tudo fazia sentido. Aquele era um problema facilmente solucionável. Ela pediria desculpas na manhã seguinte.

Dez

Jo

— Posso tirar a tarde de folga? — perguntou Emma na manhã seguinte, antes mesmo que Jo tivesse a oportunidade de agradecer o café.

Jo demorou um instante para assimilar o pedido. Emma tirava folga só para idas ao dentista, em feriados ou quando ficava doente uma vez por ano.

— Claro — respondeu Jo.

— Obrigada.

Emma voltou a olhar para a tela do computador, e Jo não teve tempo de dizer mais nada.

Jo ficou parada ao lado da mesa dela por um momento, mas, como Emma continuou encarando o computador, resolveu seguir para sua sala e fechou a porta.

Um problema facilmente solucionável. Claro.

Em circunstâncias normais, Emma contaria a Jo por que precisava de uma tarde de folga. Naquele dia, no entanto, Jo precisou deduzir sozinha que ela iria ao jogo de beisebol dos gêmeos. Precisava se desculpar antes de Emma ir embora. A assistente só estava tentando fazer o próprio trabalho — na verdade, aquilo nem era exatamente trabalho dela — e evitando mais boatos sobre as duas, mas Jo tinha sido grosseira e nem sequer se deu ao trabalho de ouvi-la. Emma estava indo além de sua função, estava fazendo o que podia para facilitar a vida da chefe. Jo não tinha percebido isso no dia anterior e precisava esclarecer as coisas para Emma.

Mas, durante toda a manhã, Emma não deixou brechas nas interações das duas. Quando a chefe abria a boca, ela interrompia com alguma coisa, e assim Jo não teve chance de se desculpar.

Emma foi entregar a comida de Jo, mas não ficou para almoçar com ela.

— Estou indo — avisou.

Jo olhou para ela e sorriu educadamente.

— Tenha uma boa-tarde, Emma.

— Você também, sra. Jones.

Jo percebeu que o sorriso estava forçado. Emma deu meia-volta e saiu sem dizer mais nada.

Jo pensou em não ir ao jogo, mas Ethan não merecia que ela não aparecesse por problemas pessoais. Além do mais, era mais uma oportunidade para se desculpar com Emma.

Como em todos os jogos, Jo estava com o boné e os óculos escuros de sempre. Ela se sentou na última fileira da arquibancada, navegando por vários aplicativos no celular em vez de ficar ansiosa monitorando o estacionamento para ver quando Emma chegaria.

Mas Jo a avistou imediatamente. Dani e Ezra correram direto para o campo como em todas as outras vezes, e Dylan e Avery vieram mais devagar. Naquele dia estavam acompanhados de três rottweilers e da assistente de Jo. Emma estava de regata e shorts, e seus cabelos caíam sobre os ombros, presos apenas pelos óculos de sol que ela levava no topo da cabeça. Era a primeira vez que Jo a via com roupas tão casuais. Ela prendeu a respiração.

Estava esperando que Emma ficasse surpresa ao descobrir para onde a chefe ia sempre que saía mais cedo em todas aquelas tardes de verão. Imaginou que ela fosse estranhar, ficar sem entender, talvez até parecer chateada. Só não esperava que Emma sorrisse e acenasse ao vê-la. Jo respondeu com seu característico aceno desprendido, mas seus dedos estavam rígidos.

Avery não disse uma palavra enquanto ela e Emma se sentavam perto de Jo no último banco, ela ao lado Jo e Emma na outra ponta. Jo olhou para Avery, que desviou o olhar depressa, voltando-se para a irmã.

— Hoje está um dia perfeito para um jogo de beisebol, não é? — disse Emma, baixando os óculos escuros sobre os olhos.

— Sim, está — concordou Jo.

Ela não tinha ideia do que estava acontecendo.

Emma sabia que ela estaria ali. Avery teria contado antes de irem, ou será que Emma já sabia desde antes? Então toda a frustração por não saber como contar tinha sido à toa? Então Emma sabia que Jo frequentava os jogos de beisebol, mas não achava relevante a ponto de falarem sobre isso? Jo tinha muitas perguntas para Avery, ou até mesmo para Dylan, que ainda estava lá embaixo, na grama, com os cachorros.

Jo já tinha passado por muitas situações incômodas no trabalho e sempre sabia como aliviar o clima pesado com seu carisma, mas dessa vez não conseguia lidar com a situação. As três ficaram sentadas em silêncio até a chegada de Vincent. Ela viu o sorrisinho sugestivo do irmão quando ele notou a presença de Emma e rezou para que ele não dissesse nada idiota.

— Emma — disse Jo —, esse é o Vincent, meu irmão.

Emma sorriu, e os dois trocaram um aperto de mão, mas o gesto dela foi retraído. Ou talvez fosse só impressão de Jo.

— Muito prazer — disse Emma.

— O prazer é meu — respondeu Vincent, com uma expressão inofensivamente amigável. — Muito me surpreende que minha irmã tenha te dado uma tarde de folga. Do jeito que ela fala, parece que a série inteira vai por água abaixo se você não estiver lá.

Jo sentiu vontade de abraçá-lo.

— Imagina. Até parece — respondeu Emma.

Jo se remexeu no banco, inquieta.

Emma olhou em direção ao gramado.

— Bom, já que Dylan teve que recolher o cocô dos cachorros, vou ficar com eles um pouco para ajudar — disse Emma.

Emma desceu antes mesmo de Vincent se sentar. Jo deveria ter pedido a ela que ficasse, deveria ter ido atrás dela. Deveria ter dito que era tudo verdade, não só que ela sempre falava de Emma para o irmão, mas que a série como um todo não seria tão boa sem ela. Jo já tinha dito isso uma vez, na festa. Parecia ter sido uma vida inteira atrás. Depois disso, houve o beijo por acidente, a feira, a crise de asma e um verão inteiro em que se tornaram mais próximas. Mesmo com tudo isso, Jo nunca tinha se sentido tão distante de sua assistente.

— Por que você demorou tanto tempo para deixar a menina vir a um jogo, Jo? — questionou Vincent. — Fala sério.

Jo deu de ombros, olhando para Avery. Felizmente, seu irmão não insistiu na pergunta.

— Eu contei para ela sobre o investimento — disse Avery, falando baixo. — Pareceu errado esconder isso dela.

— Claro — respondeu Jo.

O humor soturno de Emma fazia sentido agora. Não muito, na verdade, mas Jo pelo menos entendia o contexto. O que não fazia sentido para Jo era *por que* Emma tinha ficado chateada com o fato de ela ter investido na Farinha & Afeto. Ela só fizera isso porque a confeitaria de Avery estava prosperando, e com o dinheiro só cresceria ainda mais. Emma deveria ter visto isso como uma coisa positiva.

— Ela se recusa a conversar comigo sobre isso — continuou Avery, com um toque de mágoa na voz.

Jo ainda tinha que se desculpar com Emma por ter sido rude no dia anterior. Talvez fosse um bom começo para uma conversa ainda mais profunda. Não que Jo achasse que devia desculpas por não ter contado sobre o investimento na confeitaria, mas, se pudessem conversar sobre o assunto, Emma entenderia a perspectiva dela e elas conseguiriam resolver tudo.

Jo só assistiu a um turno do jogo antes de pedir licença e descer pela arquibancada, indo em direção ao canto do gramado onde Emma estava com os cachorros. Quando Emma a avistou, pareceu por um momento que estava prestes a fugir de Jo, mas foi impedida por dois dos cães que estavam deitados feito âncoras.

— Oi — disse Jo, ainda a alguns metros de distância.

— Oi. — Emma mal abriu a boca para responder e não tirou os olhos do campo.

— Me desculpe por ter falado daquele jeito com você ontem — lamentou Jo. — Agora eu sei que você só estava querendo evitar as fofocas. Eu não tinha entendido, mas agora entendo.

— Que bom — disse Emma. E nada mais.

E essa foi a conversa.

Não era possível que Emma estivesse tão brava com ela. E por quê? Por não ter falado nada sobre os jogos de beisebol? Por que isso era responsabilidade de Jo? Ela era chefe de Emma, não amiga. E muito menos *irmã*. Avery também não tinha dito nada. E, quanto ao investimento na confeitaria, tinha sido uma decisão de negócios. Emma não precisava saber o que Jo fazia com o próprio dinheiro. Sem falar que ela deveria ter ficado contente com a notícia.

Quando Jo estava errada, ela se desculpava. Isso tinha sido útil ao longo da carreira: admitir o erro, pedir desculpas, se redimir. Mas Jo não precisava pedir desculpas por ajudar a irmã de Emma.

O fato era que Jo tinha se sentido mal ao simplesmente avisar que se atrasaria na manhã em que foi até a Farinha & Afeto conversar com Avery. Mesmo naquele dia, ela sentira que deveria contar. E estava claro que ela tinha magoado Emma, mas aquela não tinha sido a intenção.

E mesmo assim ela continuava achando que aquilo não era motivo para pedir desculpa.

Não parecia fazer sentido.

Elas assistiam ao jogo em silêncio.

— Eu... — arriscou Jo, sem saber o que dizer. — Está com sua bombinha de asma? A terra vai te fazer mal.

— Aham — respondeu Emma.

Jo se sentia muito pequena ali, com seus tênis no lugar dos sapatos de salto alto, enquanto Emma parecia imponente, de ombros eretos e queixo erguido.

— Você deveria vir assistir ao último jogo da temporada — ofereceu Jo. — Se quiser.

Emma soltou uma risada amarga.

Naquele assunto, fazia sentido que ela estivesse chateada. Se Jo tivesse contado sobre os jogos antes, Emma poderia ter ido torcer pelos sobrinhos a temporada inteira.

Jo queria se explicar, queria fazer alguma coisa, mas não sabia o que dizer e por isso tentou se convencer de que não precisava dizer nada. Emma não voltou a olhar para ela. Por fim, Jo caminhou de volta até as arquibancadas. Em vez de subir para se sentar com o restante do grupo, ela simplesmente ficou de pé ali, sozinha. Não conseguia suportar a ideia de se sentar perto de alguém e ter que conversar amenidades.

Na quarta entrada do jogo, Avery desceu.

— Vim fazer minha irmã passar protetor solar — disse ela, parando ao lado de Jo por um momento.

Jo apenas assentiu.

— Boa ideia. Vá cuidar dela.

O time das crianças perdeu, mas, assim que Avery anunciou que levaria todo mundo até a sorveteria, a tristeza dos três se transformou em gargalhadas e risos alegres. Enquanto todos colocavam suas coisas nos carros, Jo ficou perto de Vincent, ao lado do veículo do irmão, evitando olhar para Emma, que estava do outro lado do estacionamento com os cachorros.

— Vincent, você e Ethan querem tomar sorvete com a gente? — convidou Dylan.

— Só se Ethan prometer que não vai contar para o irmão que tomou sorvete antes do jantar — disse Vincent.

— Não vou contar! Prometo! — exclamou Ethan, de olhos arregalados.

— E você, Jo? — perguntou Avery.

Jo estava observando Emma, que olhou depressa para ela ao ouvir a pergunta. Jo se virou para Avery ao responder:

— Não. Hoje, não.

— Vamos — intercedeu Emma. — Você deveria vir.

Quando olhou novamente para Emma, ela estava sorrindo como se nada tivesse acontecido. Por que ela estava fingindo?

— Não. É melhor… É melhor eu ir para casa. — Jo se voltou para o sobrinho. — Seu irmão vai ficar triste se eu for tomar sorvete com você, mas não com ele. Então vou esperar e da próxima vez levo os dois. Combinado?

Ethan sorriu.

— Combinado!

Emma encolheu os ombros, como se quisesse simplesmente desaparecer. Ela não olhou para Jo de novo, não sorriu a não ser quando Dani e Ezra pediram para ir de carro com ela.

Jo entrou em seu carro e foi embora.

Na manhã seguinte, Jo telefonou para sua cafeteria favorita, onde Emma buscava seu latte de todos os dias. Além do café de sempre, pediu que adicionassem também um chai com gelo. Era algo que ela fazia de vez em quando para agradar Emma, principalmente quando ficavam filmando até tarde no dia anterior ou antes de dias muito cheios.

Em dias normais, quando Jo chegava de manhã, Emma ficava de pé e lhe entregava um copo de café. Em dias normais, Emma sorria para Jo. Em dias normais, Emma se certificava de que Jo não precisava de nada antes de se concentrar no próprio trabalho.

Naquela manhã, no entanto, Emma não se levantou e apenas empurrou um copo de café na direção de Jo sem nem sequer olhar para ela. Jo não viu nem sinal do chai que encomendara para ela.

— Obrigada — disse Jo, pegando o café. — Bom dia.

— Bom dia — respondeu a assistente.

Jo não se mexeu.

— Emma.

Ela finalmente ergueu o olhar.

— Precisa de alguma coisa, sra. Jones?

Jo sentiu a ferroada da formalidade de Emma, da frieza em sua voz.

— Não se esqueça de que vai acompanhar o trabalho de Barry Davis na terça-feira, srta. Kaplan — disparou ela, em vez de oferecer algo parecido com um pedido de desculpa.

Jo tinha planejado a visita de Barry Davis porque sabia que ele era o diretor favorito de Emma. Ela tinha cobrado alguns favores de vários contatos e ajustado a agenda de *Inocentes*. Havia uma chance de que ele acabasse dirigindo um episódio naquela temporada e, se gostasse de Emma, poderia ajudá-la a entrar na Associação de Diretores ou até mesmo contratá-la. Emma precisava estar preparada.

— Quer tirar alguma dúvida?

— Não.

Emma voltou a olhar para a tela.

Jo entrou na sala e fechou a porta.

Depois do almoço, Jo teve uma reunião com Chantal, e Emma compareceu para fazer anotações. Eram atualizações gerais sobre o início das filmagens e sobre a visita de Barry Davis. Quando a reunião terminou, Jo começou a dar algumas instruções específicas para Emma sobre um assunto em andamento, mas quase parou na metade ao perceber que Emma olhava para um ponto atrás dela em vez de fazer contato visual. Ela não conseguia nem *olhar* para Jo. A situação tinha virado uma bola de neve e tomado proporções que ela não esperava.

As duas não voltaram a interagir até as cinco da tarde.

— Pode ir para casa, Emma — disse Jo. — Bom fim de semana.

Em um dia normal, Emma perguntaria se Jo também estava indo embora antes de sair. Em um dia normal, ela bateria o pé e não deixaria Jo sozinha na sala. Naquele dia, no entanto, ela apenas acenou com a cabeça.

— Boa noite, sra. Jones.

E foi embora.

Hollywood estava cheia de pessoas babacas, principalmente pessoas babacas que maltratavam funcionários. Trabalhava-se para eles porque era preciso, não porque eram bons chefes. Quando faziam cartas de recomendação, eram sempre feitas por assistentes, porque é claro que não conheciam os próprios funcionários o suficiente para poder escrever algo do tipo.

Jo estava longe de ser assim. Ela tinha dinheiro, era influente e era chamada de megera simplesmente por ser exigente, mas ser babaca não fazia parte de sua reputação. Seus funcionários gostavam dela a ponto de conceder entrevistas a um repórter para atestar que ela seria incrível escrevendo um roteiro para o universo do Agente Silver. Havia alguém vazando informações, isso era verdade, mas também havia pessoas como Chantal, que estavam com Jo desde antes de *Inocentes* e que eram leais por nunca ter sido babaca.

Mas aquela situação fazia com que ela sentisse que era. Conforme o tempo passava e Emma continuava brava, mais difícil era para Jo se convencer de que não precisava se desculpar. Sim, Avery deveria ter contado à irmã sobre a ida de Jo aos jogos de beisebol, mas isso não isentava Jo da responsabilidade de fazer o mesmo. Sim, Jo era chefe de Emma, mas não precisava ser idiota. Emma vinha ajudando com o Agente Silver, não apenas com sua presença e apoio, mas também lendo trechos do roteiro. Isso não estava em seu contrato de trabalho, mas ela fazia mesmo assim. Por que, então, Jo estava agindo como se o relacionamento delas não extrapolasse os limites do profissional? Não era íntimo como os sites de fofoca sugeriam, mas ser amiga de Emma não confirmava boato algum.

Jo tinha magoado Emma. Ela ficou tão presa na ideia de que contar a ela era complicado e estranho que nem sequer pensou em como ela poderia se sentir quando descobrisse. Isso merecia um pedido de desculpas. Ela pensou em mandar uma mensagem na sexta à noite, no dia seguinte ao jogo de beisebol, mas decidiu que Emma merecia um pedido de desculpas pessoalmente.

Jo continuou remoendo aquilo até o sábado à noite, quando saiu para jantar com Sam. Eles se encontraram na frente do restaurante, e Sam a puxou para um abraço apertado e carinhoso. Ele era muito mais alto do que ela, mas Jo ainda se lembrava da época em que ele espichara do nada durante as filmagens de *A dinastia Johnson*, de como tinha ficado desajeitado e desengonçado. Quase trinta anos mais tarde, ele já tinha superado aquela fase. Seu cabelo ainda era loiro acobreado, sem sinais de fios brancos. O simples fato de vê-lo fez com que Jo se sentisse melhor, como não se sentia havia dias.

Sam escolhera um restaurante de gastronomia molecular que supostamente estava em alta e era muito badalado. Jo não conseguiu evitar e tirou sarro dele.

— Foie gras de algodão-doce? — zombou ela com uma gargalhada. — Sam, você sempre foi pretensioso desse jeito?

— Vamos ter que pedir isso — disse ele. — E você vai gostar!

Ela de fato acabou gostando, mas jamais admitiria.

Depois do jantar, eles foram a uma doceria. Os dois escolheram uma mesa com sofazinhos, e Sam se espremeu ao lado de Jo, cutucando-a com o dedo como fazia quando eram crianças e ele queria algo dela.

— Me conte tudo sobre o Agente Silver. Como está indo o roteiro?

— Você sabe muito bem que se eu contar alguma coisa o estúdio manda me matar.

— Ah, por favorzinho — choramingou ele. — Conte alguma coisa.

Ela fez um gesto passando os dedos pela boca como se estivesse trancando uma fechadura, depois jogou a chave imaginária fora. Qualquer tipo de spoiler estava terminantemente proibido em algo tão importante quanto o filme do Agente Silver.

Mas saber disso não a impediu de mostrar o roteiro para Emma e aceitar a ajuda dela. Emma não tinha recebido spoilers, tinha lido a história direto da fonte.

Sam não falou sobre Emma em nenhum momento. Jo não sabia se ele estava sendo educado, ou se não acreditava nos boatos, e por isso não achou relevante falar sobre o assunto. Pensar em Emma fez Jo sentir um aperto no peito. O que ela faria se Jo pedisse que desse uma olhada no roteiro depois de tudo aquilo? Será que ela estava magoada demais a ponto de dizer não? Jo cutucou a cutícula, ansiosa.

Sam a cutucou outra vez, despertando-a dos próprios pensamentos.

— Não vejo a hora de ver a cara desses imbecis que não acreditaram no seu potencial quando você arrasar nesse roteiro.

Jo riu com o elogio inesperado, tentando não pensar em uma outra pessoa que também acreditava nela com tanto fervor.

Onze

Emma

Quando o despertador tocou no domingo, Emma ativou o modo soneca e continuou na cama, olhando para o teto, até que o alarme tocasse pela segunda vez. Então ela afastou os cobertores e se arrastou para fora da cama.

Ela estremeceu no apartamento gelado enquanto enfiava um waffle proteico na torradeira. Emma vinha colocando o ar-condicionado no máximo, deixando o apartamento o mais frio possível para que pudesse dormir com cobertores pesados sem suar nos lençóis. A temperatura máxima lá fora passava dos trinta graus, mas ela só queria se fundir com o colchão. Já tinha limpado todos os cômodos duas vezes e limparia de novo se tudo já não estivesse impecável. Ela usou um prato para comer o waffle e o deixou em cima da bancada só para ter o que limpar quando voltasse para casa à noite. As calcinhas boxers e a regata que ela usava para dormir foram parar em uma pilha no chão do quarto.

Ainda era cedo, então, quando chegou ao Griffith Park, havia poucas pessoas na rua e não estava muito quente, já que os turistas ainda não tinham saído de casa e o sol não estava alto no céu.

Jo tinha se desculpado por ter sido grossa com ela, o que foi legal. Talvez. Mas ela aparentemente parecia achar que não tinha feito mais nada de errado. E daí que tinha mentido para Emma por meses? Ela dissera que Jo era uma de suas pessoas favoritas, mas a verdade é que, para Jo, ela era somente uma assistente desimportante cujos sentimentos não mereciam ser levados em consideração.

Emma se sentiu muito tola por não conseguir superar aquilo, mas ela amara tanto seu emprego, amara tanto ir trabalhar, amara trabalhar para Jo. Naquele momento, tudo aquilo tinha um gosto amargo. Emma merecia mais do que isso, merecia ser tratada de uma forma melhor. Ainda que Jo fosse sua chefe e nada mais, deveria ter sido mais franca.

Naquela manhã, ela dobrou a distância do trajeto de sua corrida. Subiu e desceu a trilha do observatório e, embora suas panturrilhas estivessem queimando, continuou correndo. O trecho onde estava era relativamente mais plano, então ela conseguia preservar o fôlego sem perder o ritmo das passadas. O impacto de seus pés contra o chão era mais firme ali. Mais consistente. Como um mantra.

Então Emma decidiu que não ficaria mais triste.

O que sentia por Jo não importava, nem o que Jo sentia por ela. Emma era inteligente e competente, sabia o que queria fazer e aonde queria chegar. Na terça-feira, daria mais um passo em direção à sua nova carreira e acompanharia de perto um diretor renomado. Aquilo tinha partido de Jo, ela não tinha se esquecido disso, mas não importava. Se Jo queria que ela prosperasse apenas para favorecer a própria imagem, que mal fazia? O importante era alcançar o objetivo, não importava como.

E Barry Davis era um ótimo contato para ela. Ela tentava não se deslumbrar com pessoas famosas e geralmente conseguia. Trabalhando como assistente de Jo, precisou lidar com tantas celebridades e pessoas de prestígio que se tornara fácil se lembrar de que todos eram seres humanos como ela. Mas Barry Davis era um diretor indicado ao Oscar e assinava alguns de seus filmes favoritos; a ideia de vê-lo em ação era emocionante, mesmo que ele também fosse só mais um ser humano. Acontece que ele era um ser humano absurdamente talentoso, e Emma não via a hora de acompanhar seu trabalho. E, melhor ainda, teria a chance de fazer isso de perto.

Ela estava se sentindo verdadeiramente animada pela semana de trabalho que estava por vir quando voltou para casa.

Ao sair do chuveiro depois de um banho revigorante, sorriu quando viu que recebera uma mensagem de Phil.

> Epa, sua namorada está te traindo?! 😱

A mensagem vinha com um emoji chocado e um link para uma matéria do TMZ. Emma tentou manter o alto-astral, mas seu bom humor evaporou feito fumaça. Ela clicou no link.

JO JONES E SAM ALLEN: ROMANCE OU REENCONTRO ENTRE AMIGOS?

No artigo havia fotos de Jo e um ex-colega de trabalho. Emma, mais do que ninguém, deveria saber que não se pode julgar uma relação com base em fotos, mas eles de fato pareciam muito íntimos, primeiro saindo juntos de um restaurante, depois sentados do mesmo lado da mesa em uma cafeteria. O olhar de Jo estava iluminado, seu sorriso era contagiante. Estivesse ou não namorando o homem das fotos, ela não parecia estar nem um pouco preocupada com Emma e com o que ela poderia estar sentindo.

Emma bloqueou a tela do celular e voltou para a cama. Não valia a pena chorar por causa disso, mas ela chorou mesmo assim.

Emma ouviu uma sucessão de cliques assim que saiu pela porta do apartamento na segunda-feira de manhã. Paparazzi. Era a primeira vez que apareciam desde antes do recesso. É claro que apareceriam logo depois de Jo ter sido vista saindo com outra pessoa. Emma aparentava estar exausta e, como foi pega de surpresa pelas câmeras, saiu nas fotos com cara de poucos amigos. Seria uma catástrofe. Todo mundo teria certeza de que ela levara um pé na bunda.

Assim como na sexta-feira, havia um chai para viagem para ela quando passou para pegar o café de Jo. Ela não o tomara da outra vez, mas decidiu aceitar naquele dia; podia estar brava e aproveitar uma bebida grátis ao mesmo tempo. Assim como na sexta-feira, ela empurrou o café de Jo pela mesa quando a chefe entrou sem se dar ao trabalho de olhar para ela. Assim como na sexta-feira, Jo ficou parada ao lado da mesa de Emma mesmo depois de ter pegado café. Mas daquela vez ela parecia ter algo a dizer.

— Emma, eu sinto muito.

O coração de Emma disparou.

— Eu deveria ter te contado que estava mantendo contato com Avery — continuou Jo.

Emma olhou para ela. Aparentemente, aquele era o fim do pedido de desculpas.

— Tudo bem — respondeu.

— Tudo bem?

Jo admitiu que tinha feito algo que não deveria. Isso não significava nada para Emma.

— Seu pedido desculpas não anula o fato de eu estar magoada — disse Emma. Sua voz soou embargada, mas ela sustentou o olhar de Jo. — Só porque você se desculpou não quer dizer que vai recuperar minha confiança.

De repente, Jo ficou visivelmente abatida, e Emma sentiu vontade de retirar tudo o que acabara de dizer. Ali, parada diante dela, sua chefe estava desolada. Emma odiava vê-la assim. Mas ela falara sério. Aquele tipo de mágoa não desapareceria imediatamente após um pedido de desculpas. E confiança era algo que deveria ser conquistado. Emma merecia ter sido tratada de forma melhor.

— Eu entendo. — A voz de Jo era praticamente um sussurro. — Espero que você me dê uma chance de recuperar sua confiança.

— Isso só depende de você — devolveu Emma.

Ela não sabia ao certo de onde tinha tirado tanta coragem. Jo talvez estivesse se perguntando a mesma coisa. Provavelmente esperava ser perdoada sem grande esforço, talvez imaginassem que virariam a página. Ela não parecia ter previsto que Emma se posicionasse daquela forma. Jo abriu a boca, mas Emma não quis dar a ela a chance de tentar se justificar.

— Está tudo pronto para receber Barry Davis amanhã — sinalizou Emma. — Agradeço por você ter me liberado por um dia para que eu possa aprender com ele.

Ela realmente se sentia grata. Por mais que tudo não passasse de negócios, não tinha problema. Ela sabia como ser profissional.

Jo assentiu, cabisbaixa como se houvesse uma âncora pendurada em seu pescoço.

— Espero que dê tudo certo — disse ela.

Em seguida, entrou em sua sala.

Depois do almoço, Jo apareceu à porta e se encostou no batente, olhando fixamente para Emma. Ela tentou se concentrar no e-mail e pensou em perguntar o que a chefe estava fazendo ali, mas decidiu esperar para ver o que ia acontecer. Por fim, Jo perguntou:

— Está com a sua bombinha de asma?

Emma abriu a gaveta da mesa, pegou a bombinha e a levantou no ar.

— Que bom. — disse Jo. — Que bom.

Depois voltou para a sua sala.

Por um lado, Emma queria facilitar as coisas, perdoá-la e fazê-la sorrir novamente. Mas ela estava tentando se lembrar de que merecia mais do que aquilo. O pedido de desculpas era um bom começo, mas pouco importava que Jo estivesse arrependida por não ter pensado nos sentimentos dela a menos que estivesse disposta a não fazer isso de novo. Um pedido de desculpa não significava nada sem uma mudança de comportamento. Emma dissera a mesma coisa para si mesma meses antes, quando sua boca acidentalmente tocou a de Jo na festa da equipe. Ela não precisou se desculpar verbalmente; seu pedido de desculpas veio em forma de uma mudança de atitude, e ela passou a se policiar para que nada parecido com aquilo voltasse a acontecer.

Ela esperava o mesmo de Jo. Emma passara a vida toda perdoando as pessoas com muita facilidade e finalmente estava aprendendo a ser mais firme.

A manhã de terça-feira chegou e, mais uma vez, Emma entregou o café a Jo.

— Sua asma piorou com a onda de calor?

— Estou bem, sra. Jones — disse Emma.

— Certo — respondeu Jo. — Que bom.

Emma sentiu vontade de revirar os olhos. Sabia que Jo não estava tão preocupada assim com sua asma e que não era sobre aquilo que ela queria falar. Mas, se Jo não conseguisse pedir desculpas de verdade, se não desse um jeito de mostrar que as coisas seriam diferentes, Emma não iria ajudá-la.

Muito menos no dia em que Barry Davis estaria no set. Até então, aquela era basicamente uma simples visita. Talvez ele dirigisse um episódio, talvez não. Talvez ele gostasse de Emma e até se dispusesse a ajudá-la a conseguir um emprego, mas ela tentava não pensar muito nessa possibilidade para não entrar em parafuso de tanta ansiedade.

Barry chegaria por volta das dez horas e, como era um convidado importante, seria recebido por Jo pessoalmente, e não por Emma como era de costume.

Enquanto tentava controlar a própria inquietação, Emma se sentou à mesa e aguardou Jo buscar Barry. Ela não tinha nada urgente para fazer, mas, quando ouviu Jo falando com alguém que só poderia ser seu diretor favorito em carne e osso, ela fez questão de parecer que estava compenetrada em algum trabalho importante.

Emma fingia digitar um e-mail quando os dois apareceram. Ela sorriu ao vê-los. Era mesmo Barry Davis ali, em pessoa, com seus olhos astutos por trás dos óculos retangulares que eram sua marca registrada. A barba por fazer transparecia um ar desleixado.

— Barry, essa é a minha assistente, Emma Kaplan — apresentou Jo.

Emma se levantou torcendo para que suas bochechas não estivessem vermelhas e estendeu a mão.

Ele sorriu e apertou a mão de Emma.

— Prazer em conhecê-la, Emma.

— O prazer é meu, sr. Davis.

Ele riu.

— Por favor, pode me chamar de Barry.

Emma assentiu e percebeu que estava ruborizando. Jo a encarava com um olhar inescrutável.

— Só preciso dar uma passadinha na minha sala para pegar água — disse Jo. — Depois podemos ir.

Assim que Jo se afastou, Barry chegou mais perto da mesa de Emma. Ele tinha cheiro de… madeira recém-serrada? Será que colônias caras tinham aquele cheiro?

Emma sorriu, tentando se lembrar de que ele era uma pessoa como qualquer outra.

— Estou animado para conhecer o set, ver o que Jo Jones está aprontando — comentou ele.

— Ela é extremamente talentosa — respondeu Emma.

Era verdade, mesmo que ela ainda estivesse brava com Jo.

— E você conhece bem os talentos dela, não é? — disse Barry.

Então Jo reapareceu, e Barry imediatamente foi até ela, fazendo parecer que ele não tinha ultrapassado o espaço pessoal de Emma ou feito um comentário inapropriado. Emma ficou paralisada.

Provavelmente não era o que ele queria dizer, pensou. Ela estava imaginando coisas.

Jo e Barry estavam quase no corredor quando a chefe parou e olhou para ela.

— Emma, você vem?

Barry tinha uma expressão inocente.

— Claro — respondeu Emma. — Desculpe, só um momento.

Ela fingiu terminar alguma coisa no computador, pegou o tablet sobre a mesa e os seguiu.

Jo levou Barry para fazer um tour pelo estúdio, o que normalmente era uma responsabilidade de Emma. Era ela quem cativava as pessoas com suas histórias enquanto conheciam o edifício. Naquele dia, no entanto, Emma ficou em silêncio. Não conseguia parar de olhar para Barry. Ele estava sendo muito agradável. Não se aproximou demais nem disse nada inapropriado em momento algum. Ela provavelmente estava exagerando. Talvez tivesse entendido tudo errado.

No set de filmagens, Chantal deu um intervalo para a equipe, e Barry foi circular e se apresentar para os demais. Emma soltou um suspiro. A parte superior de seu corpo parecia engessada, como se ela estivesse forçando uma postura impecável por horas. Jo franziu a testa, mas não fez perguntas.

Por fim, Barry voltou para falar com elas. Ao vê-lo, Emma chegou um pouco mais perto de Jo.

— Já está se sentindo em casa? — perguntou Jo.

Ele sorriu em resposta.

— Muitíssimo.

— Bom, então acho que vou deixar vocês dois conversarem.

Em circunstâncias normais, Emma teria pedido que Jo não fosse, tentaria comunicar de alguma forma que não queria ficar sozinha com aquele homem. Mas Jo mal olhara para ela desde a pergunta sobre a bombinha de asma naquela manhã e também não olhou naquele momento, apenas se virou e partiu em direção à sala dela, deixando Emma e Barry sozinhos enquanto Chantal anunciava o fim do intervalo.

— Eu entendo o que você vê nela — falou Barry olhando fixamente para a bunda de Jo enquanto ela se afastava.

— Ela é impressionante, mesmo.

Barry riu. Emma teria preferido ouvir alguém arranhando uma lousa, mas logo depois veio o aviso de silêncio no set e ela se sentiu grata pelo pretexto para ficar calada.

Aquilo tinha acontecido. É claro que tinha. Era Hollywood, afinal. O fato de mais pessoas estarem se manifestando não queria dizer que aquele tipo de coisa tinha parado de acontecer. Emma já lidara com muitos homens repugnantes e descarados e sabia como agir: era preciso manter um sorriso educado e as unhas afiadas.

Mas aquele era Barry Davis.

Não tinha sido tão ruim. Foram só alguns comentários indelicados; ele poderia alegar que não tinha sido sua intenção. Não tinha sido nada de mais, e não era nada com que ela não pudesse lidar. Emma endireitou a postura e ergueu o queixo.

Os dois assistiram às filmagens por um tempo. Emma permaneceu atenta aos atores até que Barry deu um passo para mais perto. Ela reagiu imediatamente, recuando, e a risada tranquila dele soou predatória, mas ele não se aproximou de novo.

Não aconteceu mais nada no resto da manhã — ele não chegou perto demais nem disse nada inapropriado. Emma sabia que não tinha imaginado o que tinha acontecido, mas mesmo assim duvidava de si mesma.

Não tinha sido a intenção.

Não tinha sido nada de mais.

Estava tudo bem.

Além do mais, ela precisava cair nas graças dele. Ele poderia alavancar sua carreira ou destruí-la se quisesse.

E, pensando bem, Barry se comportou depois. Ele fez comentários pertinentes sobre a série e, em duas horas, ensinou mais sobre direção a Emma do que qualquer um dos livros que Jo tinha recomendado. Eles foram almoçar juntos no refeitório que tinha sido montado em uma tenda na área externa. Emma se sentou de frente para Barry em uma mesinha dobrável. Normalmente, gostava de aproveitar a companhia de qualquer colega que estivesse almoçando no mesmo horário, mas todo mundo os deixou a sós. Ela sabia que era porque deveria estar aprendendo com Barry, mas tudo o que queria fazer era se sentar ao lado de Phil e roubar comida do prato dele.

Remexendo a salada no prato, ela tentou puxar assunto:

— Qual foi o filme que mais gostou de dirigir?

Emma sabia que fazer homens famosos falarem sobre eles mesmos era uma boa forma de conseguir ficar em silêncio. Apesar disso, Barry não respondeu à pergunta.

— Olha, pelo visto você se vira bem — disse ele, mastigando um sanduíche. — Se acha que consegue me fazer um *agrado*, sei de alguém que está procurando uma assistente de direção. Posso recomendar você.

Emma encolheu os ombros e olhou na direção de Jo, que estava do outro lado do estúdio, conversando com Aly perto do balcão de bebidas.

— Um agrado? — indagou Emma.

Talvez ela conseguisse se safar se fingisse não ter entendido.

— Pode ser com a mão ou com a boca — continuou Barry, tão blasé que poderia estar falando sobre o trânsito. — Mas só a mão já está ótimo.

Emma recuou tão depressa que derrubou o garfo sobre o prato.

— Que foi? — Barry teve a cara de pau de parecer incrédulo. — Já está indo pra cama com outras pessoas para subir na carreira, mesmo. Pelo menos eu posso te dar mais oportunidades do que ela.

Emma desejou que um dos refletores despencasse na cabeça dele. Não: desejou que ela mesma pudesse atirar um refletor na cabeça dele. Havia um grito preso em sua garganta, ecoando dentro de sua cabeça e comprimindo seu peito.

— Com licença — disse ela, se odiando por toda a civilidade.

Ela se levantou e deixou o prato de salada para trás. A saliva parecia espessa em sua boca, e ela conseguia ouvir o sangue correndo nos ouvidos. Jo provavelmente tinha terminado sua conversa, porque Emma quase esbarrou nela a poucos metros da mesa de onde fugira e onde Barry ainda estava sentado.

— Ei! — exclamou Jo.

Emma pensou que iria vomitar se abrisse a boca para falar. Mas falou mesmo assim, ainda que não soubesse como dizer aquilo em voz alta.

— Jo... — Seu rosto se distorceu em uma careta. — Barry... Ele...

Jo soltou um suspiro impaciente.

— Srta. Kaplan, eu sei que você... — Ela fez uma pausa. Emma a olhava fixamente, esperando para ouvir o que viria a seguir. — Se ficou deslumbrada e vai ter um ataque de nervos com a presença dele, é melhor dar um jeito de se controlar. Eu tive que cobrar muitos favores para conseguir que ele viesse até o estúdio para falar com você. Não me envergonhe. Ele pode abrir muitas portas se você causar uma boa impressão.

Emma lembrou que contou a Jo o quanto gostava de Barry. Antes do investimento na confeitaria, antes dos jogos de beisebol, antes de tudo, quando elas ainda conversavam, quando contavam coisas uma para a outra, Emma tinha falado sobre seus filmes favoritos. Isso significava que ela tinha falado sobre Barry e os filmes dele. É claro que Jo deduziria que se tratava apenas de deslumbre e nervosismo. Ela não tinha visto nem ouvido nada, Barry não tinha sido nada além de agradável com as outras pessoas. Ninguém sabia. Emma desejou conseguir fingir que aquilo não tinha acontecido, desejou conseguir voltar a estar empolgada para conhecer seu diretor favorito como naquela manhã. Ela olhou para Jo, que parecia mais irritada do que preocupada. É claro que ela estava preocupada com a possibilidade de Emma envergonhá-la. É claro que isso era mais importante para ela do que qualquer outra coisa. De repente, Emma se sentiu *furiosa*.

— Não estou deslumbrada nem vou ter *um ataque de nervos* — rosnou ela, falando baixo. — Na verdade, é o exato oposto. Estou completamente enojada. E tenho que trabalhar, então com licença.

— Tem certeza de que é isso que quer fazer? — perguntou Jo, erguendo as sobrancelhas. — Jogar essa oportunidade no lixo?

Emma não se deu ao trabalho de responder e saiu sem olhar para trás.

Ela chegou à sua mesa sem saber ao certo como tinha conseguido. Quando se esticou para pegar a bolsa, esbarrou no tablet, que acabou se espatifando no chão. Por um segundo, ela se preocupou com a possibilidade de ter quebrado o aparelho, mas não se importava a ponto de parar para verificar. Em vez disso, puxou a bolsa e se trancou no banheiro privativo de Jo bem a tempo de desabar em lágrimas.

Emma estava com muita raiva: de Jo, de Barry, de si mesma. Mal conseguia acreditar no que tinha acontecido — ou talvez conseguisse. Talvez até devesse. Emma sabia que as pessoas achavam que ela estava tendo um caso com Jo. Por mais que não estivesse, por mais que Jo talvez estivesse saindo com o antigo colega de trabalho, os boatos de que as duas estavam juntas já estavam rolando havia tanto tempo que Emma já estava acostumada com todos presumindo que ela estava transando com a chefe para subir na carreira. Mas a maneira como Barry disse isso, a maneira como ele supôs que ela… Emma se sentia nauseada, se sentia idiota, mas precisava se recompor.

Ela se permitiu cinco minutos dentro do banheiro, deduzindo que não seria possível que Jo e Barry terminassem de almoçar nesse intervalo. Passou apenas metade desse tempo chorando e usou o restante para fazer com que parecesse que não tinha chorado: assoou o nariz até que não saísse mais nada, depois molhou as mãos com água fria, deu batidinhas de leve com a ponta dos dedos sob os olhos e umedeceu uma toalha de papel para colocar na nuca. Ela agradeceu mentalmente por sua tendência ao minimalismo quando o assunto era maquiagem, porque não havia nenhuma bagunça de delineador que precisasse ser limpa. Precisou apenas retocar uma coisa aqui e ali e seu rímel à prova de água aguentou a barra impavidamente. Ela se olhou no espelho. Se conseguisse ignorar o peso no estômago, quase podia acreditar que estava bem.

Emma passou a tarde arranjando desculpas para não ficar perto de Barry. O vinco entre as sobrancelhas de Jo ficava cada vez mais fundo toda vez que Emma pedia licença e se afastava, mas ela não dava a mínima. A chefe podia pensar o que bem entendesse.

Avery enviou algumas mensagens. Ela sabia que aquele era o dia em que Barry Davis estaria no set e tinha noção de quanto Emma adorava os filmes dele, então queria saber como as coisas estavam indo. Emma não respondeu a nenhuma das mensagens.

Ela pensou que conseguiria chegar ilesa ao fim do dia. Eram quase cinco horas, e eles não iriam filmar até muito tarde, estavam apenas fazendo as marcações para o que seria rodado no dia seguinte. Normalmente, Emma e Jo não estariam presentes naquela parte, mas, como Barry estava ali, ficaram. Era a última coisa que Emma tinha que fazer antes de poder ir para casa.

A cena em que estavam trabalhando era importante. A personagem de Holly descobria que não era heterossexual e, andando de um lado para o outro na sala de estar, dizia isso em voz alta pela primeira vez em uma confissão para o personagem de Tate. Emma estava gostando de poder assistir à cena; era interessante ver os atores, o diretor e a equipe em ação.

Ela quase tinha se esquecido de que Barry estava ali, até que ele disse:

— Se me dão licença... — Todos pararam imediatamente para prestar atenção nele. — E se ela estiver infeliz com essa situação? Sei que a personagem está nervosa, mas talvez dizer "sou bissexual" seja um pouco desagradável para ela também.

O corpo inteiro de Emma se eriçou.

— Você só pode estar brincando — explodiu ela, claramente exaltada.

Todo mundo no set olhou para Emma, mas, pela primeira vez, isso não a deixou nervosa.

— Essa foi a pior perspectiva de direção que eu já ouvi — declarou ela. — Não faz sentido para a personagem nem para a série como um todo. Você ao menos já viu algum episódio?

Barry tinha um sorrisinho perplexo no rosto, como se fosse adorável que uma reles assistente ousasse emitir uma opinião. Emma sentiu vontade de agredi-lo, mas também estava esperando uma resposta concreta, queria que ele explicasse por que achava que aquela era uma boa escolha de direção. Era totalmente descabido. Ela não conseguia acreditar que Barry Davis, seu diretor favorito, era, na verdade, tão execrável. Em todos os sentidos possíveis.

— Talvez as pessoas se interessem pelo que você tem a dizer quando sua função for mais do que buscar o café. — O tom de Jo era cortante feito uma navalha. — Enquanto esse dia não chega, eu gostaria de um latte gelado.

Emma ficou boquiaberta. *Não era possível* que Jo concordasse que aquela era uma boa escolha de direção. Emma hesitou.

Mas Jo estalou os dedos em direção à porta.

Então Emma finalmente percebeu que todos estavam olhando para ela, depois percebeu que tinha ridicularizado um diretor indicado ao Oscar na frente de todo mundo: Tate e Holly; Yuri, responsável pela iluminação; Phil, que estava de olhos arregalados. Chantal ao menos fingia ler o roteiro, mas todos os a encaravam. Ela não conseguia acreditar que tinha feito aquilo.

Um latte gelado saindo. Ela se obrigou a controlar o passo e se afastou caminhando, mas sua vontade era de sair correndo.

Ela tentou parecer invisível quando retornou ao set, mas não deu certo. Ninguém a olhava diretamente, mas todos estavam atentos a sua presença. Ela cogitou não voltar, mas Jo tinha pedido um latte, e ignorá-la depois de escrachar um diretor famoso não era uma boa ideia.

Emma parou ao lado de Jo sem olhar para Barry. A chefe prestava atenção em Tate e Holly e pegou o café sem nem mesmo olhar para Emma, depois fez um gesto no ar para que ela se afastasse.

— Sua presença não é necessária aqui — sentenciou, falando baixo.

Com o rosto ardendo de vergonha, Emma voltou para sua mesa.

Talvez ela devesse ter ido chorar no banheiro outra vez, mas não era o que queria. Emma queria brigar. Emma queria *pedir demissão*. Ela sabia que estava exagerando, sabia que não deveria se demitir depois de um dia ruim.

Mas tinha sido *uma semana* ruim.

Ela não podia tomar uma decisão como essa enquanto estava de cabeça quente, mas era o que queria de qualquer maneira. Ela tinha juntado um pouco de dinheiro; talvez devesse procurar outro emprego no recesso que estava por vir.

Quando Jo voltou, o único consolo de Emma foi que ela não estava acompanhada por Barry. O semblante de Jo era insondável a não ser pela tensão em suas bochechas. Era quase imperceptível, mas Emma percebeu.

— Srta. Kaplan — disse ela ao passar pela mesa de Emma —, minha sala. Agora.

Emma comprimiu os lábios e ergueu o queixo.

— Porta fechada — ordenou Jo.

Emma se demorou ao fechar a porta, tentando se recompor, tentando se sentir mal pelo que dissera a Barry, mas não conseguiu.

— Eu não estava errada — disparou Emma antes que Jo tivesse a chance de gritar com ela. — Não é possível que você ache que ela deveria estar *infeliz com a situação*. Que situação? Como se descobrir que é bissexual fosse uma coisa horrorosa.

— Veja bem. Sei que este é um assunto sensível para você, mas...

— Não — interrompeu Emma.

Talvez nem precisasse se demitir, porque provavelmente iria para o olho da rua por todas as decisões equivocadas que estava tomando. Por interromper a própria chefe, para começar.

— Não aja como se isso fosse uma coisa sensível para mim. Não tem nada a ver comigo. Tem a ver com os personagens, com a série, com a história que você está contando. Aquilo foi completamente *errado*. Em todos os aspectos. E, se não acha que foi, se seguir em frente com aquilo, então não deveria ter ganhado um prêmio no GLAAD. Não deveria ter feito aquele discurso para depois sair por aí dirigindo um personagem infeliz com a "situação" da própria bissexualidade.

O GLAAD tinha acontecido meses antes, mas o discurso de Jo tinha sido muito bom. Tinha sido formidável. Era o tipo de discurso que Emma esperava dela, porque a chefe sempre fora fantástica quando se tratava de questões *queer*. Por isso Emma não conseguia acreditar que ela concordava com Barry. Jo se recostou na cadeira e passou a mão pelo cabelo.

— Eu sei. — Jo suspirou.

Emma vacilou.

— Hã?

— Você pensou que eu fosse *concordar*? O que pensa de mim? Que sou o tipo de lésbica que acha que toda mulher bissexual vai me trocar por um homem na primeira chance que tiver? — Jo bufou. — Por favor, acho que mereço um pouco mais de crédito do que isso.

— Eu... hm.

Emma queria continuar alimentando a própria raiva, mas seu cérebro entrou em curto-circuito ao ouvir a palavra *lésbica*.

— Pelo amor de Deus, Emma, é claro que você tinha razão — continuou Jo. — Eu disse isso para Barry assim que você saiu.

Emma não sabia como reagir.

— Me desculpe por ter tratado você daquela forma — disse Jo. — Mas as pessoas já acham que estamos transando. O que acha que pensariam se eu agisse de forma diferente depois da maneira como falou com Barry?

Aquilo fazia sentido, é claro. Se Emma não estivesse tendo um dia tão tenebroso, talvez tivesse percebido isso. Mas já havia meses que Jo vinha ignorando as fofocas sobre as duas como se isso fosse fazê-las desaparecer. Fofocas aquelas que poderiam muito bem ser verdadeiras, já que Jo era lésbica. Aparentemente.

Mas aquele não era o foco da conversa. Jo podia ter pedido desculpas, mas estava tratando Emma muito mal. Ter feito isso na frente daquele homem desprezível tornava tudo pior. Jo deveria estar tentando reconquistar a confiança de Emma, mas, em vez disso, parecia ter escolhido Barry no lugar dela. Era ridículo se sentir assim, Emma sabia. Aquilo tinha a ver com *sua carreira*, não com desavenças de escola. Mas, por alguma razão, foi o que a magoou mais do que qualquer outra coisa.

— Só queria que você tivesse me apoiado — disse Emma em voz baixa.

— Não posso te apoiar em tudo se quisermos dar cabo nesses boatos — argumentou Jo. — Eu sou sua chefe, Emma. Preciso agir como tal.

— Agir como minha chefe é uma coisa, me jogar na fogueira é outra — rebateu Emma. — E você sabe muito bem disso, porque *nunca* tinha feito nada assim.

Jo cerrou o punho, segurando o cabelo entre os dedos. Ela ao menos parecia triste, o que agradava Emma, embora não devesse.

— Não sei por que esses boatos fazem diferença para você — confessou Emma.

— Como?

— Não sei por que você se importa com isso!

Nem mesmo Emma entendia por que estava tocando nesse assunto. Ela só sabia que estava zangada com Jo outra vez por tudo o que acontecera com Avery, além de estar magoada por ter sido maltratada na frente de todo mundo. Emma queria não se sentir daquela forma, queria não se importar. Ficar com raiva só piorava tudo, mas ela não podia mais voltar atrás. Então respirou fundo.

— Você provavelmente vai ser vista como alguém que está pegando uma novinha atraente ou sei lá. Eu é que vou ser vista como alguém que não consegue arranjar um emprego sem transar com a chefe.

Jo deixou escapar um sorriso que se apressou em esconder.

— Por mais que eu ache admirável sua autoconfiança ao se declarar "uma novinha atraente" — começou ela, fazendo Emma perceber que talvez tivesse ido longe demais —, não é só isso o que dizem de mim. Sei que sou conhecida por não dar a mínima para o que falam sobre minha vida, mas essa é uma imagem que cultivei ao longo dos anos. E fiz isso porque é mais fácil do que permitir que as pessoas saibam que podem, sim, me atingir e me ferir.

Emma sentiu um aperto no peito, mas Jo não tinha terminado.

— Eu sei que está magoada comigo, Emma, e te dei motivos — continuou Jo. — Não ter te contado sobre Avery foi errado. E eu sinto muito.

Emma ficou tensa. Ela não esperava ouvir aquilo naquela conversa.

— E sinto muito por ter agido como se não me importasse, como se eu não precisasse me desculpar — continuou Jo. — Você merecia mais do que isso.

Era exatamente o que Emma queria que Jo tivesse dito naquela manhã, antes de Barry chegar. Mas, naquele momento, não sabia como falar sobre isso.

— Mas você não pode estourar comigo dessa forma — disse Jo. — Eu *tive* que falar daquele jeito com você porque o que você fez foi inapropriado. Se eu não tivesse sido dura, isso só teria gerado mais fofocas sobre nós estarmos tendo um caso, e isso seria ruim *para nós duas*. Pare de se concentrar na própria raiva por um segundo e pense no que estou dizendo. — Jo suspirou antes de prosseguir: — Você acha mesmo que as pessoas não olham para fotos de nós duas juntas e não pensam que estou me aproveitando de uma mocinha inocente? Que sou uma lésbica predadora passando por uma crise de meia-idade? Que sou uma megera malcomida que nunca achou o homem certo? Que vim da China para corromper uma doce garotinha branca e roubá-la dos garotos brancos com quem ela nasceu para estar?

Então, como num piscar de olhos, toda a raiva de Emma se dissipou.

— *Não*, chefe — balbuciou Emma, estarrecida. — Você não é nenhuma dessas coisas.

— Estou falando da percepção das pessoas, Emma. Não pode falar assim com um diretor, principalmente com um diretor como Barry Davis. Não importa quão equivocados eles estejam.

Emma assentiu.

— Eu entendi. Não vai acontecer de novo.

— Você sabe que pode confiar nas minhas decisões para esses personagens. Eu sempre vou intervir quando alguém passar dos limites — afirmou Jo oferecendo um sorriso contido para Emma. — Pode confiar em mim até quando estiver brava comigo.

— Eu não estava *brava*.

Mas Emma estava, só não queria admitir.

Jo balançou a cabeça e deu um sorriso descrente.

— É claro que estava. E você tinha motivos. Eu imaginei que Avery te contaria tudo, mas, quando percebi que não tinha contado, eu simplesmente não soube como fazer isso.

Jo normalmente se mostrava imponente sentada à mesa em sua cadeira alta e branca, mas naquele momento ela parecia estar desarmada, até vulnerável. Seus ombros estavam caídos, e seu pescoço, esticado.

— Quanto mais o tempo passava, mais complicado parecia. Mas não estou tentando justificar o que eu fiz. Não deveria ter escondido isso nem fingido que não era minha responsabilidade contar para você. Eu sinto muito.

— Não tem problema.

— *Tem, sim* — disse Jo. — Eu me importo com você, Emma, e quero o seu bem. Criei um ambiente hostil para você e isso foi errado e injusto. Eu mereço que esteja magoada comigo, mas espero que consiga me perdoar.

Emma cutucou o tapete com a ponta do sapato.

— Sim, chefe — disse ela em voz baixa.

— E lamento que tudo isso tenha coincidido com a visita de Barry — disse Jo. — Eu sei o quanto você queria conhecê-lo e aprender com ele. Vou falar com ele amanhã e espero, se não conseguir uma recomendação para possíveis empregadores, pelo menos não receber uma advertência sobre você também.

Olhando para o chão, Emma disse:

— Não. Não quero recomendações.

— Emma. — Emma não precisou olhar para Jo para enxergar o choque em seu rosto. — Isso vai te ajudar muito.

— Pode ser, mas... — Emma hesitou, tentando engolir o bolo em sua garganta. — Não quero recomendações vindas dele.

Jo suspirou.

— Ele não era o que você estava esperando, é isso? Depois daquela sugestão horrível...

Emma tocou a barra da blusa. Quando olhou para Jo, a viu mais à vontade do que estivera a semana inteira. Emma não queria contar, não queria dizer nada, não queria pensar no que acontecera. Mas a visita de Barry Davis ao set não foi apenas para que ela o conhecesse. Ainda havia a possibilidade de ele dirigir um episódio. Emma tinha que impedir aquilo.

— Ele fez alguns comentários estranhos.

O semblante de Jo se tornou alerta.

— O que ele disse?

— Ele disse algumas coisas — continuou Emma. — Pensei que talvez eu estivesse exagerando, mas... — Ela se retraiu. — Ele disse que se eu... se eu estivesse disposta a masturbá-lo... ele me indicaria para ser assistente de direção de um amigo dele.

Jo apoiou as duas mãos abertas sobre a mesa e se pôs de pé.

— Ele disse isso?

Naquela altura do campeonato, Emma já conseguia interpretar os sinais do humor de Jo. Seus olhos se estreitaram, e, sobre a mesa, seus dedos pareciam ter espasmos sutis, quase como se ela estivesse tremendo. Aqueles eram sinais de raiva. De fúria. Emma se encolheu, sentiu vontade de retirar o que tinha acabado de dizer. Ela continuou em silêncio.

Jo respirou fundo. Emma imaginou que ela fosse gritar. Isso não acontecia com frequência, mas aquele parecia ser o momento em que aconteceria.

Em vez disso, a voz de Jo estava suave quando ela perguntou:

— Emma, você está bem?

Emma não chegou a chorar, mas seus olhos ficaram marejados de lágrimas. Ela fez que não com a cabeça — pensando no que acontecera, em resposta à reação ridícula e sentimental que estava tendo.

— Estou bem, chefe — garantiu ela. — Foi muito esquisito. E eu estava chateada. Sinto muito por ter reagido daquele jeito.

— Emma. — O tom de Jo era muito doce. — Não precisa pedir desculpas por ter reagido daquele jeito depois de ter sofrido assédio sexual. — Ela fez uma pausa. — Quer se sentar?

Emma assentiu. Jo deu a volta na mesa e a conduziu até o sofá, chegando perto, mas sem tocá-la. Quando Emma se sentou, ela se sentou também, embora a quase um metro de distância.

— Quer um copo de água? — Jo ficou de pé outra vez. — Você comeu hoje? Eu tenho barrinhas de cereal, iogurte... Ou...

— Chefe, eu estou bem — repetiu Emma.

Jo voltou a se sentar. Ela esticou os braços para tocar Emma, mas interrompeu o movimento e recolheu as mãos, cerrando os punhos sobre os joelhos.

— Emma, eu lamento muito — disse ela. — Lamento muito por isso ter acontecido com você e mais ainda por não ter percebido. Ele não vai mais dirigir nenhum episódio. Nem nunca mais vai entrar neste estúdio.

— Não, Jo, eu...

Jo ergueu a mão.

— Isso está fora de discussão. Uma pessoa que faz isso com você não é bem-vinda aqui.

Aquilo fez Emma chorar ainda mais. Um minuto antes, ela estava acusando Jo de não a apoiar e lá estava ela, ficando do lado de Emma sem hesitar nem por um segundo.

— Eu gostaria também da sua permissão para publicar uma nota esclarecendo que ele não foi convidado para dirigir por ter assediado sexualmente uma de minhas funcionárias.

Emma arregalou os olhos.

— Não, chefe. Não. Não quero causar nenhum problema. Ele é Barry Davis. E eu...

— Ele é Barry Davis e assediou você. Foi ele quem causou problemas. — Emma podia jurar que a voz de Jo estava embargada. — Não vou citar seu nome, é claro, mas eu gostaria de soltar essa nota.

— Ele vai saber que fui eu — disse Emma. — Se eu quiser fazer qualquer coisa em Hollywood, ele vai me queimar e garantir que eu não consiga. Ele disse que poderia conseguir algumas oportunidades para mim, o que significa que também pode garantir que eu nunca mais faça nada.

— Que se fodam as oportunidades dele — disparou Jo. Ela parou e respirou fundo, mas ainda estava nitidamente furiosa quando voltou a falar. — Desculpe. É que... Talvez ele *não saiba* que foi você. Homens como ele não escolhem uma única mulher para assediar. E, mesmo que saiba, a nota será meu primeiro passo para garantir que *ele* não consiga mais trabalhar na indústria, não você. Quem ele pensa que é para vir até aqui e fazer isso com você? Ou com qualquer uma? Se ele já não tivesse ido embora, eu mesma o colocaria para fora daqui.

Emma deixou escapar um sorriso tímido. Ela fungou e esfregou o nariz.

O relacionamento das duas parecia ter virado do avesso em questão de cinco minutos. Emma passara tanto tempo pensando que Jo não se importava com ela, que não era importante.

E via que isso não era verdade.

E não poderia ser diferente diante da forma como Jo olhava para ela, tão preocupada e apreensiva, ansiosa para fazer alguma coisa. Jo a apoiava. Em situações como aquela, isso nem sempre acontecia. Era muito comum que chefes não acreditassem na palavra dos funcionários. As pessoas colocavam muitas coisas horríveis debaixo do tapete só para poupar outras com base no talento alheio. O fato de Jo estar tão pronta para defendê-la… Emma não podia mais dizer que Jo não se importava. Ela sentiu um frio na barriga.

Jo inspirou fundo e soltou o ar devagar, como se tentasse se acalmar.

— Podemos falar mais sobre isso amanhã, se quiser — disse ela. — Não quero pressionar você.

— Está tudo bem, chefe — insistiu Emma, embora não estivesse.

Quando Jo sorriu carinhosamente para ela, Emma sentiu mais lágrimas escaparem de seus olhos. Ela riu de si mesma.

— Vou ficar bem — disse ela, endireitando a postura. — Precisa de mim para mais alguma coisa hoje? O pessoal já terminou no set?

— Emma.

A quantidade de vezes que Jo estava dizendo o nome de Emma fez com que ela sentisse um aperto no peito, principalmente depois de ter sido chamada de "srta. Kaplan" o dia todo.

— Já está tudo certo no set. Não há nada que você precise fazer hoje, exceto ir para casa e se cuidar.

— Está bem — disse Emma.

Jo se levantou, e Emma imitou o movimento. Ela queria um abraço, mas Jo era sua chefe, e elas estavam falando sobre assédio sexual. Não pareceu uma boa ideia. Em vez disso, Emma encolheu os ombros desajeitadamente.

— Até amanhã, chefe.

— Tenha uma boa noite, Emma — disse Jo. — Dirija com cuidado. Se precisar de alguma coisa… Se quiser tirar o dia de folga amanhã… Qualquer coisa. É só me dizer.

Emma fez que sim com a cabeça e, depois de um aceno curto, saiu pela porta.

Doze

Emma

Emma entrou em casa e trancou a porta do apartamento, depois largou as chaves e a bolsa na mesinha que ficava na entrada e se jogou no sofá.

Que dia.

Ela olhava fixamente para a TV sentindo uma energia inquietante correndo por seu corpo, mas não conseguia se mexer. Após flexionar as panturrilhas e mexer os dedos dos pés, ela recapitulou sua manhã, em como ela tinha tentado se acalmar enquanto esperava a chegada de Barry Davis. Tudo parecia ter acontecido uma vida antes.

Emma esfregou as costas da mão com força sobre os olhos molhados. O sentimento de frustração era *insuportável*. As mulheres não deveriam mais ter de lidar com aquele tipo de situação. *Ninguém* deveria. Tudo parecia ter sido contaminado: seus filmes favoritos, o sonho de ser diretora, seu local de trabalho. Ela precisava de um banho.

Emma flexionou os dedos dos pés mais uma vez, mas não se levantou do sofá.

Barry Davis tinha sido um herói para ela. Doze horas antes, ele estava no topo da lista de pessoas que Emma almejava conhecer e naquele momento não queria vê-lo nem pintado de ouro, muito menos pensar na existência dele. No entanto, ele continuaria dirigindo filmes e as pessoas continuariam a amá-lo. Se ela continuasse na indústria, jamais conseguiria fugir dele.

Se ela continuasse.

Bastou um dia para que ele a fizesse repensar seus sonhos e objetivos. Ela apoiou os cotovelos nos joelhos e afundou a cabeça nas mãos. Talvez pudesse aprender a cozinhar, ir trabalhar para Avery. Emma tinha abandonado a faculdade de cinema, todo mundo achava que ela só tinha aquele emprego porque estava tendo um caso com a chefe e, como se não bastasse, ela tinha confrontado publicamente um homem que poderia alavancar ou destruir sua carreira com um estalar de dedos. Como ela faria para ser diretora um dia?

Emma respirou fundo.

Jo jamais permitiria que ela pedisse demissão.

Jo, com quem ela não estava mais brava. Jo, que a apoiara sem pestanejar. Jo, que era lésbica. Emma se inclinou para trás e colocou os pés sobre a mesa de centro, roendo a unha do polegar.

Jo tinha se desculpado de maneira genuína, inclusive por não ter pedido desculpa direito antes. Emma não a perdoara no dia anterior, mas Jo finalmente tinha falado sobre os motivos pelos quais Emma estava decepcionada. Ela se perguntou se Jo ainda estaria no trabalho, pensou que deveria ter ficado lá também, garantido que Jo fosse para casa em um horário razoável. Mas a chefe era bem crescidinha. Ela conseguiria voltar para casa por conta própria. Mas… a bem da verdade, talvez Emma quisesse cuidar de Jo.

Não. Nada de "talvez". Não mais. Emma dissera que *talvez* sentisse algo por Jo quando a mãe perguntou, só que não estava mais confusa.

Naquela tarde, Jo a fizera se sentir segura, acolhida e amparada. Era assim que ela se sentia com Jo havia meses. Emma finalmente estava pronta para admitir isso, finalmente era capaz de enxergar isso. Ela se perguntou como teria sido sua vida sem os boatos. Jo e ela definitivamente haviam se aproximado mais ao longo do ano, mas isso fazia sentido já que, no ano anterior, ela era assistente de cenografia. Jo e ela nunca tinham trabalhado juntas, e Emma mal pôde acreditar quando Aly disse que Jo queria roubá-la. Mas desde então elas tinham passado muito tempo juntas, então é claro que se aproximariam. Não era culpa dos boatos.

E os sentimentos que ela passara a nutrir também não. Não foram os boatos que fizeram Emma se sentir segura perto de Jo. Não foram os boatos que fizeram de Jo uma mulher linda, afetuosa e gentil. Não foram os boatos que fizeram com que Emma tivesse uma quedinha por ela. Na verdade, ela deveria ter percebido aquela quedinha antes se os boatos não tivessem existido. Ela ficou tão focada em dizer que aquilo seria errado que não parou para pensar que não seria, afinal. Ou talvez ela não se sentisse daquela forma quando tudo começou, mas as coisas mudaram em algum momento.

Não que admitir aquilo fosse mudar alguma coisa. Jo ainda era chefe de Emma. Podia até se preocupar com ela, cuidar dela, mas isso não significava que houvesse sentimentos. Tudo o que tinha acontecido naquela tarde tinha a ver com condutas inadequadas no trabalho. Jo jamais se interessaria por uma funcionária.

Jo queria expor Barry e arruinar a carreira dele. Talvez fosse bom conseguir algo parecido com vingança, mas ele era *Barry Davis*, e Emma era só uma assistente que todos pensavam estar dormindo com a chefe. Quem seria levado a sério nessa situação? Emma precisava ser realista.

Aquela era uma situação comum. Para todos os homens que tinham sofrido consequências, Hollywood provavelmente teria milhares de outros que jamais seriam punidos. Mesmo que as pessoas acreditassem em Emma, será que valeria a pena? Ela não queria mais aparecer nos sites de fofoca ou em qualquer outro veículo de imprensa. Estava farta de que as pessoas falassem sobre ela e de que a julgassem. Emma não queria que isso acontecesse com ela e definitivamente não queria que acontecesse mais com Jo. Uma nota já seria prejudicial para a carreira de Emma: uma vadiazinha fazendo acusações falsas sobre um queridinho da indústria. Jo não precisava estar ligada a isso também. Ela já tinha usado sua influência para levar Barry ao set. Emma não precisava levar a carreira de Jo para o ralo com a dela.

Emma se acomodou nas almofadas do sofá e pegou o celular. Só lia as coisas que diziam sobre ela quando recebia links de Phil ou, raramente, de Avery. Ao pesquisar seu nome no Google, ela se deparou com muito mais do que imaginava: havia posts daquele mesmo dia. Emma clicou em um.

— Como eles *já* descobriram isso? — perguntou ao apartamento vazio.

Era um post sobre a grosseria que Jo fizera com ela no set. Havia citações de uma fonte; aparentemente, o responsável pelos vazamentos estava de volta, porque tudo o que estava lá era exatamente o que tinha acontecido. A parte em que Jo dissera que ninguém se importava com as opiniões de Emma, a parte em que a chefe mandou que ela fosse buscar café. Emma interrompeu a leitura e enviou uma mensagem para Jo.

> Alguém no set está vazando coisas para a imprensa. Já tem um post sobre meu desentendimento com Barry...

A matéria também falava que Jo tinha sido vista com o antigo coadjuvante. Emma já sabia que eles não estavam juntos, mas o autor do post, não, e afirmava que Jo e Emma tinham terminado. Isso era bom, pensou Emma. Se as pessoas deixassem de acreditar que elas estavam juntas, talvez ela não precisasse se preocupar e pudesse ficar à vontade na sala de Jo, rir de suas piadas ou qualquer outra coisa que até então as pessoas estavam interpretando como algo além do que realmente era.

> Eu sei. Não há muito a ser feito sem que pareça que estou iniciando uma caça às bruxas para tomar as dores da minha namorada.

Emma sentiu um frio na barriga quando Jo se referiu a ela como sua namorada, embora fosse obviamente uma piada. Ela respondeu:

> Ah, ninguém te contou? Não somos mais namoradas. Pelo visto você partiu meu coração.

Emma estava apenas citando a fonte do post, que dizia que ela estava triste havia uma semana, mas mesmo assim pareceu estranho. A fonte *estava certa*. Emma de fato estava triste por causa de Jo. Na verdade, não era difícil entender de onde tinha surgido o mal-entendido sobre a relação das duas. Jo respondeu:

> Não soa muito plausível.

Mas Emma achou que soava extremamente plausível. Então outra mensagem chegou logo em seguida:

> Só espero que continuem achando que "terminamos". Vai ser bom ter um descanso de toda essa fofoca.

Emma digitou: "É só você sair com aquele cara de novo. Isso resolveria tudo." Mas não enviou. Ia parecer ciúme, além de deixar claro que ela estava ciente do que Jo fazia fora do trabalho mesmo que não tivessem conversado sobre isso, o que seria esquisito. Fosse como fosse, Jo provavelmente tinha lido as mesmas coisas que Emma e já sabia dos rumores sobre ela e Sam Allen estarem juntos. Não era necessário repetir. Então respondeu:

> Tá bom. Vou me lembrar de fingir que estou na fossa no trabalho.

Os três pontos que indicavam que Jo estava digitando uma mensagem piscaram na tela por um bom tempo, até que a resposta surgiu:

> Eu falei sério quando disse que quero que o trabalho seja um ambiente onde você possa prosperar. Não deixe que boatos ou qualquer outra coisa atrapalhem isso.

> Eu sei, chefe.

Emma manteve o aplicativo de conversa aberto. Os três pontinhos piscaram na tela por quase cinco minutos, mas Jo não enviou mais nenhuma mensagem.

Emma abriu a conversa com a irmã e a convidou para sair no dia seguinte, depois do trabalho. Ela queria contar a Avery sobre Barry, mas, naquela noite, só conseguia pensar em cuidar de si mesma. Isso significava pedir comida vietnamita e tomar um longo banho de banheira depois do jantar. Ela deixou as luzes do banheiro apagadas e entrou na banheira iluminada apenas pela luz de velas. Emma considerou a possibilidade de adotar um gato, um animalzinho fácil de cuidar e que ela poderia abraçar depois de um dia difícil. Não dava para continuar pedindo a Avery que ficasse para cima e para baixo com os rottweilers. A própria irmã tinha mencionado o gatinho daquela vez, então provavelmente percebera que ela não estava muito bem. Talvez tivesse lido sobre o término de Emma e Jo e deduzido que essa fosse a razão. Emma estava torcendo para que a suposta separação convencesse. Qualquer coisa para que seu nome saísse dos sites de fofoca.

Enquanto Emma se secava e vestia o pijama, pensava no que aconteceria quando Jo saísse de *Inocentes*. Não era tão ingênua a ponto de imaginar que Jo poderia se interessar por ela quando já não houvesse o vínculo entre empregadora e funcionária, mas esperava que pudessem ser amigas.

Jo parou em frente à mesa de Emma quando chegou no dia seguinte.

— Obrigada pelo chai — disse Emma, levantando o copo.

Jo respondeu com um sorriso apreensivo. A testa dela estava franzida, expressando preocupação, e isso causou um aperto no peito de Emma.

— Estou bem — informou Emma antes que Jo perguntasse.

— Se não quiser ficar hoje, não tem problema. Você pode…

— Chefe, eu estou bem — repetiu Emma. — Mesmo.

— Se precisar de alguma coisa, me avisa?

Era mais uma pergunta do que uma ordem.

— Aviso.

— Certo.

O coração de Emma disparou quando Jo sustentou seu olhar. Por fim, ela revirou os olhos, tanto para si mesma quanto para sua chefe, e disse, brincando:

— O roteiro não vai se editar sozinho.

— Sim. Tem razão — concordou Jo com um sorriso hesitante.

Ela entrou na sala dela e deixou a porta aberta.

A programação de Jo para o dia era passar o tempo todo escrevendo, fazendo algumas pausas para resolver um pepino ou outro caso alguém precisasse de alguma coisa no set. Em dias como aquele, ela geralmente ficava muitas horas atrás da tela.

No entanto, em menos de uma hora Jo apareceu à porta da sala e se encostou no batente.

— Você está bem? — perguntou.

Emma assentiu, sem jeito. A atenção de Jo deixava seu coração quentinho, e ela sabia que precisava se controlar. Não seria possível sobreviver à quedinha por sua chefe se ela enrubescesse a cada interação entre as duas.

Jo voltou para dentro da sala. Quando Emma apareceu mais tarde para verificar se ela precisava de mais café, Jo segurou o copo fora do alcance de Emma.

— Precisa de alguma coisa? Posso fazer algo? — perguntou Jo.

Emma soltou uma risada exasperada.

— Sim, preciso encher o seu copo, Jo — respondeu Emma. — Preciso fazer meu trabalho.

— Sabe que se precisar de tempo para...

— Você só está piorando as coisas perguntando toda hora se estou bem. — Emma não estava mentindo ao dizer: — Eu realmente estou bem, chefe.

Jo sorriu com ternura, e Emma sentiu um frio na barriga. Ela se lembrou de que aquela quedinha era irrelevante, nada iria acontecer entre elas. E tudo bem. Ser amiga de Jo — e elas eram amigas; o fato de Jo ser sua chefe não queria dizer que não era sua amiga também — não era um prêmio de consolação. Emma gostava de como Jo contava com ela. Gostava de tudo em Jo, e desde antes de descobrir que sentia algo mais por ela. O fato de estar a fim de Jo não precisava mudar nada entre elas contanto que conseguisse se recompor e parar de ficar nervosa toda vez que Jo a olhava.

O semblante de Jo ficou ainda mais severo.

— Quero tomar providências.

— Eu, *não* — rebateu Emma. Era mais fácil pensar em seus sentimentos por Jo do que em tudo o que tinha acontecido com Barry. — Não quero causar nenhum alvoroço. Eu... Eu sei que deveria. Sei que deveria me posicionar e fazer o possível para garantir que ele não faça isso com mais ninguém, mas...

— A maneira como ele se comporta não é sua responsabilidade — afirmou Jo. — Não carregue esse peso. Eu entendo perfeitamente por que você não quer dizer nada.

Emma respirou fundo e deixou os ombros caírem.

— Mas eu... Você não precisa fazer nada — adiantou-se Jo. — Mas estou pedindo sua permissão para resolver as coisas do meu jeito. Sei que não quer que eu solte uma nota sobre o motivo pelo qual ele não foi convidado a dirigir um episódio e não vou fazer isso. Mas de que adianta ser uma ex-estrela mirim queridinha de Hollywood se não posso defender pessoas que não podem fazer isso sozinhas? Sem dúvida, você não foi a única para quem ele disse algo assim. Quero que Barry pague por isso.

— Não quero fazer parte disso — disse Emma, sentindo-se impotente.

— E você não precisa fazer — explicou Jo. — Eu ia seguir em frente sem te pedir nada, mas... achei melhor contar.

Emma conseguiu entender o que Jo estava dizendo nas entrelinhas. Elas tinham acabado de *fazer as pazes* — e talvez esse não fosse o termo correto, mas teria de servir por falta de outro — depois de uma briga causada pelas omissões de Jo. Emma não tinha dado importância para o primeiro pedido de desculpas porque parecera um gesto vazio, mas aquilo tinha mudado. Jo estava se redimindo com ações. Mesmo assim, Emma não mudara de ideia.

— Não quero fazer parte disso — repetiu. — Pelo menos não agora. Também não quero ficar sabendo sobre nada em relação a isso. Agradeço por ter me contado, mas... Não quero saber de mais nada. Pode fazer o que achar melhor, eu só não quero me envolver.

— Certo — disse Jo. — Obrigada.

— Obrigada.

Emma foi almoçar com Phil. Ele a olhava de maneira tão piedosa que ficou claro que a achava patética.

— E como é que estão as coisas com Jo, afinal? — perguntou ele.

— Tudo bem — respondeu Emma imediatamente.

Ela não queria tocar no assunto, não queria contar como tinha se sentido segura com a reação de Jo ao que Barry fizera. Também não queria contar a mais ninguém o que Barry dissera e não sabia se conseguiria explicar direito como as coisas estavam entre as duas se omitisse aquele detalhe.

— Amiga, ela *acabou com você* ontem — disse Phil.

— É, mas ela se desculpou. — Emma deu de ombros. — E disse que eu tinha razão.

— E depois te deu um beijinho para selar as pazes?

Chantal passou por ali e, pelo olhar que lançou aos dois, provavelmente os ouviu. Emma deu um tapa no braço de Phil e revirou os olhos.

— Sabe que nunca estivemos juntas de verdade, né? — questionou ela. — Mas graças a Deus os sites de fofoca decidiram que a gente terminou. Agora as pessoas podem parar de dizer que só estou aqui porque transei com alguém.

Phil deu um empurrãozinho amigável em Emma com o ombro.

— Eu sei que a gente sempre brinca sobre isso, mas os boatos eram tão ruins assim?

— Sim — respondeu Emma, sem hesitar. — Eram.

— Acho melhor eu parar de vender histórias para os sites de fofoca então.

Emma revirou os olhos.

— Espero que a pessoa do set que está fazendo isso *realmente* pare. Ou que pelo menos faça parte do grupo que acha que nós terminamos.

Emma pensou em Chantal, que acabara de passar por ali, perguntou-se se haveria uma publicação sobre como Jo e Emma tinham "trocado beijos" para fazer as pazes. Mas

Chantal trabalhava com Jo havia anos; nada indicava que pudesse ser ela. Emma olhou em volta. Ninguém mais estava perto o suficiente para ouvir sua conversa com Phil.

— Não entendo por que alguém daqui diria aos sites de fofoca que Jo e eu temos alguma coisa. Todo mundo aqui que nos vê juntas sabe que não temos nada.

Emma presumiu que Phil faria uma piada sobre como ela olhava para Jo ou qualquer coisa do tipo, como sempre acontecia. Ela geralmente ria, mas estava cansada desse tipo de brincadeira. Principalmente naquele momento. Como ela olhava para Jo, afinal?

Mas Phil apenas deu de ombros.

— O dinheiro faz as pessoas fazerem coisas idiotas.

Emma retribuiu o empurrãozinho amigável e voltou a se concentrar em seu almoço.

No geral, o dia correu bem. É claro que houve momentos em que alguém mencionou Barry Davis, e Emma sentiu o corpo inteiro travar. Ela também precisou aguentar os olhares do elenco e da equipe, que deixavam claro que até mesmo aqueles que não estavam lá quando Jo gritou com ela sabiam que aquilo tinha acontecido. Isso, no entanto, não a incomodou, porque Jo não parava de monitorá-la, observando-a com ar preocupado e as sobrancelhas franzidas. Toda vez que Jo olhava para ela, Emma sentia como se derretesse por dentro. Parando para pensar, não era tão diferente do que sempre sentia perto da chefe. O que tinha mudado era saber o que isso significava. Emma se deu conta de que jamais poderia contar aquilo para a irmã, porque nunca mais teria paz.

Ela passou o dia tão concentrada em Jo que até se esqueceu de que precisava contar a Avery sobre a situação com Barry. Só se lembrou disso quando a irmã chegou a sua casa e foi lhe dar um abraço. Emma se deixou envolver, permitiu que a irmã a aninhasse por um momento. Avery a abraçava forte, pressionando a bolsa pesada contra as costas de Emma enquanto Cassius esperava pacientemente no chão.

— Eu trouxe o jantar — avisou Avery.

O jantar em questão era um pedaço grande de pão crocante e seis tipos diferentes de queijo.

— Ave, não precisava trazer comida para me consolar.

Apesar disso, Emma riu, sentindo-se muito querida com a demonstração de cuidado da irmã.

— A gente não precisa de um motivo para comer queijo-quente, não acha? — indagou Avery.

Emma não podia discordar.

Avery observava a irmã de soslaio enquanto preparava o sanduíche. Emma se sentou no chão com as costas apoiadas no sofá e deixou Cassius subir em seu colo. As duas conversaram sobre a confeitaria enquanto Avery cortava fatias generosas de pão e passava manteiga de um lado de cada uma.

— Imagino que tenha lido as coisas sobre Jo e eu, certo? — começou Emma.

— Talvez — disse Avery. — As coisas não parecem estar bem.

— Sim! É maravilhoso! — exclamou Emma. Avery olhou para ela sem entender. — Que as pessoas pensem que terminamos, quer dizer. Espero que isso cole, assim elas *nos deixam em paz*.

— Sim, pode ser, mas... — Avery colocou uma frigideira para esquentar no fogão. — Não seria melhor se ela *não* gritasse com você na frente de metade da equipe da série?

Emma sorriu e deu de ombros.

— No final, deu certo.

Ela coçou a orelhinha de Cassius e criou coragem para falar sobre o que acontecera. Emma contou a Avery sobre a forma como se dirigiu a Barry depois do comentário equivocado dele e sobre como fora interrompida por Jo. Contou a ela que Jo se desculpara depois, por tudo. Só não disse nada sobre a ironia de os sites de fofoca estarem dizendo que as duas tinham terminado bem quando Emma percebera que de fato tinha uma quedinha pela chefe.

— Então está tudo bem entre vocês agora? — Avery lançou um olhar cético para a irmã.

— Bom, as coisas parecem ter voltado ao normal — disse Emma. — Agora tenho vontade de ir para o de novo.

Ela também não falou nada sobre Jo ter se assumido para ela. Avery já desconfiava de que Jo era *queer*, mas Emma sabia que não cabia a ela contar isso para ninguém, nem mesmo para a irmã, que Emma tinha certeza de que não falaria nada nem para o marido caso ela pedisse. Além do mais, talvez ela tivesse outras razões para não querer discutir as preferências amorosas de Jo. Razões egoístas.

Avery colocou o pão na frigideira já quente com o lado da manteiga virado para baixo, depois acrescentou o queijo e por fim mais uma fatia de pão por cima. Ela não disse mais nada enquanto cozinhava, deixando Emma contar sobre as coisas com Jo e sobre como ela tinha a possibilidade de ir ao último jogo de beisebol dos gêmeos no dia seguinte.

Quando os queijos-quentes ficaram prontos, Avery os empratou e os levou até o sofá enquanto Emma se servia de um copo grande de leite e pegava um menor para a irmã. Ela seguiu para a sala de estar também, acompanhada por Cassius, que se deitou aos pés delas mesmo sabendo que não ganharia nada.

— Então Barry Davis não é o cara mais legal do mundo como você imaginou? — Avery falava de forma despreocupada, mas Emma sentiu um aperto no peito. — Quer dizer que você não se apaixonou loucamente pelo talento dele nem nada?

— Nem brinca com isso — disse Emma, enojada. — Ele passa longe de ser uma pessoa decente, no fim das contas.

— Longe?

— Muito longe — reforçou Emma. Ela deu uma mordida no sanduíche e tentou parecer despreocupada quando continuou a falar. — Bom, antes de mais nada, isso está uma delícia e eu te amo.

Avery ergueu o copo de leite em resposta.

— Enfim — disse Emma. — Ele meio que agiu como se não fosse um problema me pedir para masturbá-lo, já que eu supostamente já estava tendo um caso com a Jo. Sabe, para ter mais oportunidades e tal. Mas a verdade é que, se eu estivesse tendo um caso com alguém para crescer na vida, acho que eu já seria mais do que uma assistente.

Avery não riu com a piada. Ela encarou Emma enquanto o queijo de seu sanduíche caía no prato.

— Ele te pediu isso? — perguntou.

— É. Pois é. — Emma acenou com a mão no ar, agindo como se a proposta não tivesse sido explícita e direta. Não se tratava de um comentário tirado de contexto. — Ele é um imbecil. E definitivamente não é mais o meu diretor favorito.

— Em — disse Avery.

Emma sabia que a irmã queria saber mais, que queria conversar, mas ela não queria. Não queria falar sobre aquilo, nem pensar no que tinha acontecido, nem fazer nada a respeito. Queria se concentrar em coisas boas.

— Não precisa ficar preocupada. Eu gritei com ele, e Jo me apoiou muito quando contei a ela. Ele não vai dirigir nada na série. Nunca mais vou precisar vê-lo.

Avery colocou o prato de lado.

— Emma, você está bem?

Emma suspirou e tentou sorrir para a irmã.

— Estou — respondeu. Isso se tornava mais verdadeiro a cada vez que ela repetia.

— Vou conversar com o rabino Blumofe sobre isso no fim de semana. Não quero que se preocupe.

— Eu sou sua irmã mais velha, é claro que vou me preocupar com você.

Avery pulou um assento no sofá e abraçou Emma, que segurou o sanduíche o mais longe que pôde para não sujar nada, mas não se afastou.

Depois que terminaram de comer e estavam procurando algo para assistir nos streamings, o telefone de Emma vibrou e o nome "Mãe" apareceu na tela.

— Oi, aqui quem fala é sua filha favorita — disse Emma ao atender, sorrindo para Avery, que revirou os olhos.

— Oi, meu bem. Como você está?

— Bem, mãe — respondeu Emma. — Avery está aqui. Ela fez o jantar para mim.

— Ah, que bom — disse a mãe. — Ela está cuidando de você direitinho?

Avery estava atirando bolinhas de guardanapo em Emma, o que talvez não correspondesse à ideia de cuidado da mãe.

— Por que ela precisaria cuidar de mim, mãe?

Emma tinha quase certeza de que sabia a resposta.

— Bem... Você sabe... Ouvi dizer que talvez você estivesse precisando.

Emma riu.

— Andou lendo sites de fofoca e quis ligar para saber como estou?

— Às vezes parece que essas páginas são a única forma de eu ficar sabendo o que anda acontecendo na sua vida! — reclamou a mãe. — Você quase não me liga.

Era o que ela sempre dizia, embora Emma ligasse todo sábado e, quase sempre, pelo menos mais uma vez durante a semana.

— Está tudo bem, mãe — afirmou Emma. — Jo e eu estamos bem, apesar do que dizem os sites de fofoca.

— Certo.

Avery atirou uma bolinha de guardanapo bem no olho de Emma, que xingou baixinho.

— Preciso desligar para bater na sua filha mais velha. Prometo que estou bem. Eu ligo no fim de semana, tá bem?

— Tudo bem, tudo bem — disse a mãe, conformada. — Amo você.

— Também te amo, mãe.

Emma desligou o telefone e se jogou em cima da irmã.

Emma tinha cinco centímetros a mais que Avery, pernas compridas e corpo de corredora, mas Avery tinha o porte de uma levantadora de peso. Para descontentamento de Cassius, as duas rolaram pelo chão, e Avery quase a imobilizou, até que Emma apelou e partiu para uma sessão de cócegas. Emma só parou quando Avery se rendeu.

— Eu te odeio — disse Avery, ainda com dor na barriga de tanto rir.

— Claro que odeia. Por isso veio me visitar com essa cara de preocupação e um monte de comida gostosa? Realmente. Quanto ódio.

Avery deu um soquinho no ombro de Emma, mas depois levantou as mãos para mostrar outra vez que se rendia quando Emma pareceu estar considerando recomeçar as cócegas.

— Tá bom — disse Avery, voltando a se acomodar no sofá. — Pode ser. Talvez eu te ame.

— Talvez eu te ame também. — Emma se jogou no assento ao lado da irmã. — E não conte nada para a mamãe, tudo bem? Não quero que ela se preocupe.

— Ok — concordou Avery. — Mas você sabe que não precisa sentir vergonha nem nada. Pode contar para ela, se quiser.

— Eu sei, Ave — disse Emma.

Ela não estava com vergonha, mas não queria lidar com aquilo.

— Eu não vou contar para a mamãe ou dizer como você deve reagir a toda essa situação — disse Avery —, mas, se eu encontrar Barry Davis, vou ser obrigada a dar um chute no meio das pernas dele.

Emma riu.

Avery deu uma olhada para Emma, depois pulou para o lado no sofá e bateu no assento entre elas.

— Cash, quer subir?

O cachorro pareceu ponderar o convite por apenas um segundo, depois subiu no sofá com as duas. Emma olhou para Avery de queixo caído.

— Pelo visto você me ama mesmo! — exclamou ela, aconchegando-se no rottweiler.

— É. Mas eu escolho o que vamos assistir.

— Combinado.

Treze

Jo

Jo não sabia o que diria a Emma quando fosse buscar o café na quinta-feira de manhã. Ela parou ao lado da mesa, abriu a boca e…

— Você vai ao jogo hoje à noite, não vai? — Ela nem deu tempo para que Emma respondesse. — É o último jogo da temporada, e o time vai tomar sorvete depois. Posso te dar uma carona, se quiser. Você não pode perder o último jogo.

— Eu ia passar em casa para me trocar antes — disse Emma. — Eu não trouxe nada, só estou com isso.

O "isso" em questão era um vestido azul-marinho com detalhes em branco, claramente elegante demais para um jogo de beisebol. Emma ficava muito bonita com ele. Jo se apressou em afastar aquele pensamento.

— Pode ir para casa na hora do almoço e trocar de roupa. Ou pegar uma muda de roupas para vestir aqui depois. — Jo desviou o olhar. — E posso evitar as arquibancadas se preferir. Você pode ficar lá com sua irmã e…

— Não fala basteira — interrompeu Emma. — Nós podemos ficar juntas. Estamos bem.

— Tudo bem — concordou Jo.

Mas ela sentia que o pior ainda estava por vir.

— Eu me troco antes de irmos — disse Emma, sorrindo de forma tranquilizadora. — E agradeço a carona. Obrigada.

Jo assentiu brevemente e seguiu para sua sala.

Talvez o que havia de ruim para acontecer fosse o que já tinha acontecido com Barry Davis. Depois que Emma contou a Jo sobre o assédio, ela esperou que Emma fosse embora e ficou em sua sala em completo silêncio, sentindo vontade de gritar.

Ainda sentia essa vontade. O assistente de Barry tinha telefonado na quarta, mas Jo não conseguiu atender. Se falasse com ele naquele momento poderia destruí-lo pelo telefone, e isso não ajudaria na situação. Ela precisava se recompor, descobrir como afastá-lo e arruinar a carreira dele sem que houvesse consequências para Emma.

Emma não queria fazer nenhuma declaração e, por mais frustrante que isso fosse, Jo entendia. Aquela era a mesma indústria que, apesar da fama, a ostracizara quando ela denunciou uma situação de xenofobia. O que aconteceria com sua assistente? Mas Jo tinha enriquecido, tinha estabilidade. Não estava disposta a deixar nada para lá.

Avery telefonou para Jo e disse logo de cara, sem rodeios:

— Você vai fazer alguma coisa, não vai?

Sua voz estava carregada de ódio.

— Vou — garantiu Jo. — Talvez demore um pouco, mas, sim. É claro que vou.

— Quando ela me contou... Juro por Deus... Fiquei com vontade de matá-lo.

— Eu o trouxe até aqui, Avery. — Jo finalmente disse em voz alta o que estava pesando em seus ombros desde a conversa com Emma. — Eu o convidei para nosso ambiente de trabalho. Fui eu quem apresentou aquele filho da puta para Emma.

— Mas o filho da puta é ele, Jo — disse Avery. — Isso não é culpa sua, da mesma forma que não é culpa de Emma.

É claro que não era culpa de Emma. Mas ela *deveria* saber. Ela estava na mesma indústria que Barry Davis, deveria ter ouvido algum comentário.

— Você tem muita grana. Com certeza consegue bancar um matador de aluguel.

Jo soltou uma gargalhada.

— Não posso dizer que não tenha considerado a possibilidade.

A tensão diminuiu um pouco. Jo ouviu o sorriso na voz de Avery quando ela perguntou, brincando:

— Esta linha é segura?

Elas passaram quinze minutos discutindo as coisas horripilantes que gostariam de fazer com Barry Davis. Se alguém *de fato* estivesse ouvindo na linha, Jo e Avery seriam presas. Jo desligou se sentindo bem pela primeira vez naquela semana.

Emma correu para casa para trocar de roupa antes de saírem e voltou com um short jeans e uma camisa de botão xadrez por cima de uma regata branca.

Jo dirigiu até o campo dizendo a si mesma durante todo o trajeto que aquilo não precisava ser constrangedor. Emma e ela já tinham estado juntas em um carro, mas era estranho estar com ela no próprio carro, não em um alugado e recém-limpo. Havia, por exemplo, um recibo de compra no assoalho, sob os pés de Emma, e um copo vazio de café no porta-copos entre elas. O café que Emma entregava a Jo todas as manhãs era pelo menos o segundo que ela tomava no dia, às vezes o terceiro.

Depois de sobreviverem à conversa no carro, elas chegaram. Era um pouco tarde, então Avery, Dylan, Vincent e Sally já estavam sentados. Avery e Vincent esperavam as duas com um sorrisinho enquanto elas subiam as escadas da arquibancada.

— Sua chefe tirana deixou você tirar folga à tarde? — perguntou Vincent a Emma.

Emma sorriu em resposta, mas Jo revirou os olhos. Ela abraçou Sally e cumprimentou Thomas, seu sobrinho mais novo, com um *high five*.

— Está animado para tomar sorvete depois do jogo? — perguntou a ele.

— Muito! — gritou Thomas, puxando o braço do pai. — Sorvete! Sorvete!

— Valeu mesmo, hein — resmungou Vincent enquanto a abraçava.

Jo também cumprimentou Dylan e Avery, que se levantaram para mudar de lugar e abrir um pouco de espaço no banco. Mas não havia muito espaço para começo de conversa, apenas dois lugares entre Avery e Vincent. Foi bom ficar sentada ao lado de Emma. Elas tinham passado um bom tempo sem conversar direito e ali estavam, sentadas tão perto que suas coxas quase se tocavam. Jo chegou mais perto do irmão, obrigando-o a chegar mais para o lado, para deixar um pouco mais de espaço entre as duas. Ela torceu para que nenhum dos pais presentes ali fosse do tipo que venderia uma foto para as páginas de fofoca. Os boatos voltariam a todo vapor se as pessoas as vissem daquele jeito, como se fossem um casal de tias lésbicas torcendo pelos filhos dos respectivos irmãos. Emma até estava vestindo *camisa xadrez*.

Avery deu um empurrãozinho em Emma com o ombro.

— Como você tá? — perguntou ela, baixinho.

Jo tinha certeza de que não deveria estar ouvindo aquilo.

— Tudo certo — disse Emma, retribuindo o gesto.

Jo respirou fundo e relaxou.

O jogo foi praticamente como qualquer outro. Emma estava com eles, o que era novidade, mas não mudava muita coisa. Eles conversaram pouco, Vincent e Avery continuaram pegando no pé de Jo. Em certo momento, Vincent brincou que era muito irritante ser irmão dela porque, quando as pessoas descobriam isso, só queriam falar sobre ela. Emma riu, irônica.

— Claro — disse ela. — Deve mesmo ser muito difícil para você ter uma irmã famosa que nem usa o mesmo sobrenome que o seu. A fama provavelmente é mais incômoda pra você do que pra Jo, que tem um bando de paparazzi se metendo até na vida sexual dela. Nossa, como você sofre!

Avery caiu na risada, e Vincent imediatamente fechou a boca. Jo, por sua vez, teve que conter um sorriso.

— Graças a Deus — disse ela. — Geralmente não tenho ninguém para me defender.

— Irmãos existem para tirar a gente do sério — pontuou Emma, como se sua irmã não fosse sua melhor amiga.

Vincent teria argumentado, mas tinha chegado a vez de Ethan de arremessar.

Ethan já tinha feito uma rebatida dupla. Ele nem sequer olhou para a arquibancada antes de entrar na área de rebatedores. Quando era mais novo, sempre que era sua vez, Ethan procurava a família na multidão para se tranquilizar. Jo não conseguia acreditar na rapidez com que ele estava crescendo. Ainda ficava nervosa quando ele tinha uma jogada importante. O primeiro arremesso foi um sucesso. Vincent bateu palma.

— Mandou bem!

O arremesso seguinte veio forte assim que saiu da mão do arremessador. A bola atingiu Ethan bem no pulso. O coração de Jo quase saiu pela boca, e ela quis ficar de pé e ir gritar com o arremessador. É claro que eram só crianças e não tinha sido intencional, mas seu sobrinho estava machucado, agachado no chão com a cabeça entre os joelhos, segurando o braço contra o peito. Vincent e Sally também estavam tensos ao lado dela.

Jo cerrou o punho. No campo, o técnico estava cuidando de Ethan. Ele conseguia mexer o braço, mas Jo conseguia ver da arquibancada que o sobrinho estava chorando. Jo já tinha quebrado o braço. Ela era criança, mas ainda se lembrava da dor aguda que sentira ao aterrissar de maneira errada em uma apresentação de ginástica, que definitivamente não era uma das coisas nas quais ela tinha talento. Ela estava a ponto de colocar Ethan no carro e correr para um hospital.

Emma pousou a mão não exatamente sobre a de Jo, mas perto da dela. Seu dedo mindinho se enganchou no de Jo, e ela olhou para as mãos das duas, juntas, depois olhou para Emma.

— Ele está bem — tranquilizou ela. — Ele é muito corajoso. Está vendo? Não quer nem sair do jogo.

Emma tirou a mão para bater palmas quando Ethan saiu correndo em direção à primeira base. Enquanto aplaudia também, Jo trocou um olhar de alívio com Sally.

O time das crianças ganhou o jogo, o que foi uma ótima maneira de encerrar a temporada, ainda que provavelmente não fosse conseguir chegar aos playoffs. Depois da partida, todos foram tomar sorvete. Emma foi com Avery, espremida no banco de trás do carro com os gêmeos.

O pulso de Ethan ainda estava um pouco inchado, mas ele estava pronto para outra. Mesmo assim, Jo quis mimá-lo.

— Que tal uma banana split para nosso herói ferido? — perguntou ela, bagunçando o cabelo do sobrinho.

Ethan sorriu, mas seus pais não. Ela não ligava. Ele merecia todo o sorvete que quisesse. Jo não pediu nada para si mesma, sabendo que Ethan deixaria metade do seu sorvete e ela poderia terminar de comer.

Jo se sentou na ponta do banco para esperar pelos outros, que foram chegando conforme pegavam seus sorvetes. Emma se sentou no meio do banco num primeiro momento, mas, quando Dani e Ezra foram se sentar, ela deslizou para a borda, ficando colada em Jo. Ela sorriu como se para pedir licença, mas não se mexeu. Jo se ajeitou só um pouco, o suficiente para que ambas tivessem mais espaço para mexer os braços, mas seus quadris e coxas continuaram colados.

Ninguém prestou muita atenção nas duas, nem mesmo Avery fez nenhum comentário engraçadinho. Ethan estava na outra ponta do banco, meio sentado para fora, mas não reclamou. Depois vinham Dani e Ezra seguidos por Emma e Jo. Avery, Vincent e Sally — com Thomas no colo — estavam do outro lado da mesa. Dylan estava de pé atrás de Avery. Os outros integrantes do time e seus respectivos pais também estavam lá, e a sorveteria estava cheia de crianças.

Todos estavam falando alto e dando risada. Ninguém olhava para Emma, esmagada contra Jo. Emma também não parecia se importar. Talvez Jo não precisasse se preocupar com boatos que já haviam morrido, talvez pudesse simplesmente aproveitar o passeio. Ela relaxou, deixando que seu ombro roçasse no de Emma, que em momento algum interrompeu a conversa sobre coberturas de sorvete com as crianças.

Ethan não tinha tomado nem metade do sorvete quando o deslizou pela mesa de piquenique em direção a Jo. Quando a tigela passou por Emma, ela pegou a última cereja sobre o chantili e a colocou na boca. Não pareceu nem um pouco arrependida e sorriu para Jo antes de dar uma longa lambida no próprio sorvete. Jo baixou o olhar para o que restava do sorvete de Ethan.

A verdade era que Jo não tinha palavras para descrever quanto estava feliz por elas terem resolvido as coisas. Ela *sentira saudade* de Emma. Em alguns momentos, chegou a pensar que Emma fosse pedir demissão. Jo estava muito aliviada por isso não ter acontecido. Sentia-se muito grata por, em vez disso, elas estarem juntas, sorrindo uma para a outra enquanto tomavam sorvete.

Depois que todos terminaram de comer, as crianças foram brincar no parquinho da sorveteria e as famílias foram se dispersando aos poucos. Jo estava distraidamente jogando conversa fora com Vincent e Dylan quando ouviu Emma dizer à irmã:

— Eu voltei para o trabalho de ônibus. Não precisa me levar para o estúdio, só para casa. Por favor, Avery.

Jo pigarreou e as duas olharam para ela.

— Eu trouxe você — disse. — Posso te levar para casa. É caminho.

Emma sorriu.

— Seria ótimo.

Jo notou a expressão sugestiva no rosto de Avery antes de ela se virar outra vez, mas tentou não dar importância.

Na volta, juntas no carro de Jo outra vez, não houve nenhum clima desconfortável. Emma tagarelou o caminho todo sobre como foi brincar de pega-pega com as crianças na sorveteria, sobre a bolada que Ethan levou, sobre como Dani queria ser apanhadora, mas os pais tinham receio porque consideravam aquela uma posição perigosa. Ela estava muito animada. Jo não fez nada além de deixá-la falar até chegarem.

Jo não tinha pensado que poderia ser estranho se ela fosse vista deixando sua assistente em casa até o momento em que Emma indicou a direção do apartamento dela.

— O meu é o terceiro prédio à direita — disse Emma.

Jo ficou tensa, prestando atenção nos arredores em busca de paparazzi, mas tentando disfarçar. Emma percebeu mesmo assim.

— Ah, é mesmo — disse ela, como se tivesse acabado de lembrar que aquela não era uma boa ideia. — Mas, na real, pelo visto eles perderam o interesse. Eles apareceram depois do nosso "término", mas acho que desistiram quando viram que eu não estava com cara de maluca, chorando de soluçar pelos cantos.

Até então, Jo apenas desconfiara de que os repórteres tinham descoberto o endereço de Emma. Ela não sabia como interpretar a maneira despreocupada como Emma estava falando daquilo. Com que frequência eles tinham estado ali?

— Tudo bem — disse ela, por fim.

Ela ligou o pisca-alerta e estacionou em frente às escadas que davam para a entrada do prédio.

— Obrigada por me trazer, chefe — disse Emma, com um sorriso tão grande que Jo não conseguia pensar em mais nada —, e por insistir para que eu fosse. Foi muito legal. Eu amei você.

Jo ergueu as sobrancelhas, e Emma ficou da cor de um pimentão.

— Quer dizer... Amei estar com você. Você entendeu...

Jo riu.

— Sim, entendi. Foi muito divertido.

— Bom, então nos vemos amanhã.

As pálpebras de Emma pareciam pesadas. Ela se demorou olhando para Jo antes de abrir a porta e sair do carro. Jo esperou até que ela tivesse entrado antes de dar seta e seguir seu caminho.

Catorze

Jo

Jo ainda guardava a foto com Emma na gaveta superior direita da mesa. A foto original. As duas estavam no tapete vermelho do SAG Awards, sorridentes, com vestidos elegantes e joias brilhantes e completamente imersas uma no olhar da outra. Emma também sorrira para ela daquele jeito depois do jogo de beisebol. Jo guardava a foto na gaveta havia quase oito meses e quase nunca a pegava, mas às vezes...

Às vezes olhava para as duas e entendia, ao menos um pouco, por que as pessoas tinham visto algo ali.

Não parecia haver nenhum paparazzi à espreita na rua de Emma, nem ninguém vendendo fotos do jogo de beisebol para os sites de fofoca. Não havia artigos sobre elas, nem fofocas desde que todos decidiram que tinham terminado. Isso era bom. Jo imaginara que aconteceria mais cedo, mas estava feliz por finalmente poderem ter um pouco de paz. Ela se perguntou se, no fim das contas, negar tudo não teria sido melhor. Mas não havia muito o que fazer naquela altura do campeonato.

Emma bateu à porta na segunda de manhã, despertando Jo de seus pensamentos.

— Tem um minuto?

— Claro, pode entrar.

Jo endireitou a postura, sentando-se com a coluna ereta. Emma se aproximou com um semblante sério, mantendo os pés firmemente plantados no chão como se precisasse estar em uma pose de poder para dizer o que quer que fosse dizer.

— Quero que emita uma nota — avisou ela. — Não com meu nome, mas explicando por que não ofereceu a direção de um episódio para Barry.

— Tem certeza? — perguntou Jo. — Não quero que faça nada que não queira fazer.

— Tenho — disse Emma. — Conversei com meu rabino. Preciso fazer alguma coisa. Sei que pode não dar em nada, que as pessoas podem não acreditar, ou talvez acreditem e não faça diferença. Mas tenho que tentar.

Jo concordou com a cabeça. Estava orgulhosa de Emma por ela ter lidado com a situação, mas especialmente por querer se posicionar.

— Vou providenciar um esboço — afirmou Jo. — E aprovar com você antes da divulgação.

— Eu agradeço. Obrigada — disse Emma, relaxando um pouco.

— Você é... — "Maravilhosa" foi a primeira palavra que veio à mente de Jo, mas ela se conteve. — Você é muito forte, srta. Kaplan. Não existe um manual para lidar com esse tipo de coisa. Você está indo muito bem.

— Obrigada, chefe.

Emma voltou para sua mesa enquanto Jo dava uma olhada em seus contatos para encontrar o número do assessor da Dinastia Jones em quem ela mais confiava. Já tinha se passado quase uma semana desde a visita de Barry ao set, mas Jo ainda não tinha falado com ele, pois estava furiosa demais para isso. Dar a notícia de que ele não dirigiria episódio algum por meio de um comunicado à imprensa parecia muito mais divertido.

Jo colocou prioridade total na nota em questão para que fosse divulgada o mais rápido possível. No meio-tempo, telefonou para Annabeth Pierce, embora não estivesse certa de que seria uma boa ideia. O primeiro filme de Annabeth tinha sido dirigido por Barry Davis. Ela já era uma atriz de renome, mas, na época do filme, era desconhecida, e, se Jo conhecia homens como Barry Davis, sabia o que isso significava.

O agente deu o número de Annabeth para Jo sem pestanejar. Ele deveria ter pensado que era para uma participação especial ou talvez um papel importante no filme do Agente Silver, e Jo não se deu ao trabalho de explicar. Aquele assunto precisava ser tratado com o máximo de cuidado.

Annabeth e ela conversaram sobre amenidades antes de Jo mencionar Barry.

— Barry Davis esteve no set outro dia — comentou ela, esforçando-se para soar casual. — Seu primeiro filme foi dirigido por ele, não foi?

— Sim, isso mesmo — confirmou Annabeth. — Foi Barry.

Seu tom não denunciou nada. Continuou alegre, com um leve sotaque da Geórgia.

— Falamos sobre a possibilidade de ele dirigir um episódio, só que não vai mais acontecer. — Jo fez uma pausa, mas Annabeth não disse nada. — Imagino que você saiba o porquê.

Se Jo estivesse errada...

Mas a maneira elusiva como Annabeth falou em seguida deixou claro que ela não estava.

— Por que eu saberia?

— Minha produtora vai divulgar uma nota, provavelmente amanhã de manhã, sobre o motivo pelo qual ele não recebeu o convite — explicou Jo. — Tem a ver com um comportamento inadequado em relação a uma jovem que trabalha para mim, coisa que não vou tolerar. Ele não sabe que isso vai acontecer, mas queria avisar a você. Só por via das dúvidas.

— Entendo.

Jo não interrompeu o silêncio.

Por fim, Annabeth suspirou profundamente do outro lado da linha.

— Agradeço muito, sra. Jones — disse ela. — Não quero desligar do nada, mas acho que preciso falar com meu assessor de imprensa.

— É claro. Estou aqui se precisar de alguma coisa, srta. Pierce — disse Jo.

— Obrigada pela ligação.

A nota ficou pronta à tarde. Apesar de confiar nas pessoas cujo trabalho era elaborar aquele tipo de coisa, Jo fez algumas alterações mesmo assim. Depois chamou Emma.

— Aqui está — anunciou ela, empurrando o papel sobre a mesa. — Pensei que fosse gostar de lê-la aqui.

Jo queria que Emma tivesse privacidade e se sentisse à vontade para reagir como precisasse reagir.

— Vou pegar mais café — disse Jo. — E deixar a porta fechada. Venha falar comigo quando estiver pronta.

Emma assentiu, parecendo prestes a vomitar. Jo pegou seu copo e saiu. Ela queria confortar Emma de alguma forma, segurar sua mão ou tocar as costas dela, mas não achou que fosse apropriado e não queria tocar Emma de alguma maneira que ela não desejasse. Por isso deixou-a sozinha e fechou a porta.

Quando Jo voltou da cozinha, no entanto, a porta estava aberta. Emma estava na poltrona trabalhando no tablet, mas assim que viu a chefe deixou o eletrônico de lado. Emma sorriu, e a tensão nos ombros de Jo se evaporou imediatamente.

— Ficou muito bom.

— Sim. Eu concordo. — Jo se sentou à mesa. — Será divulgada amanhã, logo pela manhã. Provavelmente antes mesmo de você chegar.

Emma se levantou e se aproximou da mesa de Jo.

— Configure seu telefone hoje à noite para mandar todas as ligações direto para o correio de voz. Grave uma mensagem automática informando o número para o qual as pessoas devem telefonar caso queiram falar sobre isso. Você não precisa atender ligações amanhã, talvez nem depois.

— Certo — disse Emma, franzindo as sobrancelhas.

— Não precisamos fazer isso se você não quiser — lembrou Jo.

— Eu quero — reforçou Emma no mesmo instante. Ela respirou fundo. — Estou nervosa, mas quero.

— Não me surpreenderia se esse fosse o assunto da equipe amanhã — disse Jo. — Talvez do elenco também. Esteja pronta para isso. Não quero que seja pega de surpresa.

— Obrigada, chefe.

Jo não sabia para quem mais Emma tinha contado. Para Avery, certamente, mas talvez mais ninguém. Ela estava torcendo para que ninguém descobrisse quem era a pessoa da declaração, não queria que Emma precisasse revelar a própria identidade se não quisesse. A nota era breve, sem nomes além dos de Barry e Jo, e mesmo assim Jo estava apreensiva.

A nota já estava no ar quando Jo acordou no outro dia. Ela preparou um expresso na máquina e leu as notícias enquanto tomava café. Alguns reviraram seu passado, falando sobre como ela nunca fugira de controvérsias e mencionando a maneira como ela expusera *A dinastia Johnson* anos atrás ou como defendia sua equipe em negociações de contrato. Isso significava que a maioria das pessoas acreditava na nota, felizmente.

Quando ela chegou ao trabalho, viu que havia uma nova matéria com citações de Annabeth Pierce e três outras atrizes detalhando assédios de Barry Davis. Jo sentiu vontade de fazer um balde de pipoca para acompanhar as notícias. Ela trocou um sorriso de cumplicidade com Emma quando a assistente apareceu para fazer uma pergunta sobre o cronograma de filmagem. Depois que Annabeth Pierce viera a público, ninguém mais se preocupou em descobrir quem Barry tinha assediado no set de *Inocentes* — aquela passara a ser uma briga de peixes grandes.

Jo precisava dizer algo ao elenco e à equipe. Ela estivera certa ao imaginar que aquele seria o assunto do momento, mas não queria que Emma perdesse tempo com isso nem que ela tivesse que reviver aquele momento toda vez que alguém perguntasse sobre o assunto.

Ela apareceu no set depois que todos já tinham voltado do almoço. Tudo o que precisou fazer para que ficassem em silêncio foi erguer as mãos.

— Imagino que todos vocês já ouviram as notícias sobre Barry Davis. — Ela respirou fundo e decidiu abrir o jogo um pouco mais. — Estou furiosa com essa situação, furiosa por ele ter pensado que poderia fazer isso com um membro da família de *Inocentes*. Não tenho palavras para descrever a raiva que sinto.

Mas todos perceberam pela forma como sua voz oscilava.

— Sei que isso está claríssimo desde o primeiro dia, mas comportamentos como o dele não serão tolerados. Seja por parte de diretores indicados ao Oscar, de roteiristas vencedores do Emmy, de supervisores ou entregadores. Se alguém aqui já foi assediado ou agredido sexualmente por outra pessoa neste estúdio... — Ela fez uma pausa e respirou fundo. — Não quero dizer para que me procurem, porque acredito que devam lidar com isso da maneira que acharem melhor. Mas, se vierem até mim, anonimamente ou não, encontrarão uma aliada. E eu farei o que for preciso.

Ninguém disse nada.

— Certo — disse Jo. — Vamos voltar ao trabalho.

Quando Evelyn telefonou naquela noite, Jo estava jantando.

— Foi a Emma, não foi? — perguntou ela assim que Jo atendeu. — Por isso que ela estourou com ele.

— Estou bem também, Evelyn, obrigada — disse Jo. — E eu não disse que foi com Emma.

— Não, mesmo. Mas foi. Bom, isso explica por que vocês duas de repente estão tão bem.

Talvez explicasse, pensou Jo. Será que Emma a teria perdoado se aquela coisa horrível não tivesse acontecido? Ela preferia que as duas ainda estivessem brigadas, por mais que odiasse a ideia, a ver Emma lidando com aquela situação.

— Não sei como vocês não foram parar nas páginas de fofoca de novo agora que você está bancando a heroína com ela.

Jo revirou os olhos.

— Não estou *bancando a heroína*.

— Tem certeza? Soltando uma nota daquelas? E essa parte é só suposição minha, mas imagino que tenha entrado em contato com outras atrizes que deduz terem sido assediadas também, não é? Um esforço coordenado para ferrar com a carreira do sujeito. Parece algo que uma heroína faria.

— Tudo bem — admitiu Jo —, mas não é só por Emma. Eu faria exatamente a mesma coisa por qualquer pessoa que tivesse sido assediada porque ele é a criatura mais desprezível que…

— Eu sei, eu sei — disse Evelyn, interrompendo-a, e Jo quase conseguiu enxergar a amiga acenando no ar do outro lado da linha. — Calminha.

Jo pegou um pedaço de frango com os hashis e o colocou na boca. Quando terminou de mastigar, disse:

— Preciso de advogados.

— Para defender você depois que mandar matar Barry Davis?

— Nós duas sabemos que eu poderia fazer com que parecesse um acidente — disse Jo. — Mas é sério. Advogados especializados em assédio sexual. E difamação. Qualquer tipo de advogado que possa ajudar uma vítima agredida ou assediada por uma celebridade.

— O que tem em mente?

— Ainda não tenho certeza — respondeu Jo. — Quero conversar com outras pessoas e pensar no que fazer. Eu sei que não é sua especialidade, mas você tem contatos. Encontre as pessoas certas para mim.

— Você é incansável — disse Evelyn.

Aquela não era uma solução real, não iria mudar a cultura de Hollywood ou a forma como homens tratam mulheres. O apoio após o ocorrido não era a mesma coisa que a prevenção. Mas já era algo.

— Vai me passar alguns contatos? — insistiu Jo.

— Vou falar com algumas pessoas amanhã — prometeu Evelyn.

— Profissionais competentes.

— Como se eu me metesse com outro tipo de profissional.

Emma ligou o telefone de novo na quinta de manhã, mas as ligações perdidas eram tantas que Jo pediu a ela que o desligasse de novo. Sem ligações, a semana foi tranquila. Poucas pessoas tinham o número do ramal de Jo, mas ele tocou na sexta-feira à tarde. Ela não reconheceu o número, o que significava que a ligação não vinha da equipe de *Inocentes* nem do estúdio da franquia Agente Silver.

Era Annabeth.

— Espero que sua semana não tenha sido muito difícil — disse Jo.

— Céus, está sendo desastrosa — confessou Annabeth, embora estivesse rindo. — Mas de um jeito bom, se é que isso é possível.

— Sei como se sente. Mas duvido que tenha sido algo parecido com o que está acontecendo com você.

— É, provavelmente não.

— Você se saiu bem. Está lidando bem com tudo isso.

— Obrigada. Na verdade, estou ligando para agradecer por ter me alertado, e pelo incentivo para que eu me posicionasse.

Jo não gostou de como aquilo soava.

— Srta. Pierce, não foi minha intenção forçá-la a fazer nada que não quisesse.

— Antes de mais nada, pode me chamar de Annabeth. E eu sei que não foi a intenção. O fato de você *não ter me pressionado* era o que eu precisava para finalmente decidir fazer alguma coisa. Foi a escolha certa. Obrigada.

— Fico feliz em ouvir isso.

— E Barry foi pego de surpresa, não foi? — Annabeth deu uma risada.

Jo também riu. A equipe de gestão de crise de Barry vinha tentando controlar a narrativa desde o começo da semana, mas sem muito sucesso. Se o problema fosse apenas Jo e a funcionária anônima de *Inocentes*, talvez ele tivesse conseguido virar o jogo, mas não era o caso, já que outras mulheres tinham se manifestado. Ele estava afundando, o que para Jo era motivo de deleite e só reforçava seu desejo de fazer a mesma coisa com todos os vermes de Hollywood.

— Estou pensando em fundar um grupo de assessores de imprensa e advogados para ajudar mulheres que queiram denunciar esse tipo de coisa. Para orientar sobre como conduzir denúncias, oferecer proteção contra processos e ameaças…

— Parece ótimo em teoria — disse Annabeth —, mas os problemas não são só esses. Eu não teria dito nada se estivesse em começo de carreira, mesmo amparada por advogados e tudo o mais. Isso não ajudaria uma atriz adolescente que está prestes a estourar. Ela vai aguentar tudo calada por achar que esse é o preço da fama. Falo por experiência própria.

— Não deveria ser assim — rosnou Jo, deixando-se levar pela raiva que borbulhava em seu peito ao falar sobre o assunto. Ela suspirou, tentando manter a calma. — Quero fazer alguma coisa para acabar com essa ideia de que as mulheres precisam aguentar esse tipo de coisa em nome da fama.

— Teria de conectar as vítimas a outras oportunidades de emprego, garantir de alguma forma que suas carreiras não seriam arruinadas se elas decidissem falar. — Annabeth fez uma pausa, depois acrescentou: — E as vítimas não deveriam ter de se expor. Essa nem sempre é a melhor escolha para elas, isso vai de pessoa para pessoa. É melhor não forçar ninguém a nada, porque nem todo mundo está pronto para lidar com as consequências disso.

Jo coçou a testa.

— Minha intenção é criar um espaço seguro — explicou. — Quero que as vítimas tenham acesso a tudo que possa ajudá-las, independentemente do que decidirem fazer.

A linha ficou em silêncio por um momento, mas, quando Annabeth falou de novo, havia uma centelha de entusiasmo em sua voz.

— Você vai precisar de consultores jurídicos, além de advogados e assessores de imprensa. Talvez de atrizes que também já tenham passado por isso e que tenham interesse em atuar como mentoras, ajudar as vítimas também no campo profissional.

— Talvez não apenas atrizes, mas qualquer cargo em Hollywood.

— E haveria registros — continuou Annabeth. — Ainda que alguém não quisesse se manifestar publicamente, haveria registros de cada agressor. Se posteriormente uma vítima procurasse a organização, ou seja lá o que for, poderia haver um histórico que informasse: "Três outras mulheres fizeram queixas parecidas sobre esse homem."

— Boa Ideia. Muito boa.

— Deus, daria um trabalhão... E custaria muito dinheiro.

— Ainda bem que dinheiro é algo que não nos falta.

— Está falando sério? Mesmo?

— Com certeza — disse Jo no mesmo segundo. — Seria ótimo poder contar com sua ajuda, mas vou seguir em frente com isso de qualquer forma.

— Estou dentro.

— Uma amiga já me passou o contato de advogados que podem estar interessados em participar. A logística vai ser complexa, mas vamos chegar lá.

Ela sentiu a adrenalina correndo em suas veias. Jo nunca fora do tipo que fica de braços cruzados. Tomar atitudes era sua forma de lidar com problemas. Era muito melhor se concentrar em criar aquela organização do que se deixar afundar no ódio que estava sentindo.

Na semana seguinte, ela contou à Emma sobre o projeto.

— Estou fazendo mais do que apenas divulgar a nota — disse Jo. — Podemos envolver você no projeto ou não. Seu nível de participação é uma decisão inteiramente sua.

Emma estava apreensiva.

— O que mais você está fazendo?

— Ainda não está definido. Estou pensando em alguma fundação sem fins lucrativos, algum tipo de organização para apoiar pessoas que passaram por assédio ou agressão sexual em Hollywood. Ainda não saiu do papel, mas o plano é incluir consultores jurídicos, assessores de imprensa que possam cuidar do processo de divulgação de depoimentos e tudo o que for público, além de advogados para proteger as vítimas de ameaças e retaliações.

— Chefe… Está falando sério?

Jo tentou não se inquietar com a maneira como Emma a encarava.

— Claro que sim — disse Jo. — É algo que precisa existir, e tenho o dinheiro e a influência para concretizar essa ideia.

— Jo, isso é incrível — afirmou Emma. Mas Jo desviou o olhar. — Isso é tão… É uma maneira muito nobre de usar o dinheiro e a influência que você tem. É fantástico.

— Queria ter pensado em algo assim antes para que você não precisasse ter passado por isso.

— Bom, fico feliz por estar fazendo isso agora. Parece que o que aconteceu pelo menos está rendendo algo positivo.

Jo não sabia como aceitar o elogio, então continuou explicando:

— Vai haver muitas ligações e convites para reuniões quando tudo estiver rodando para valer — avisou ela. — Posso lidar com essas coisas sozinha se você quiser manter distância, ou…

— Eu quero estar envolvida. E não vou deixar você responsável pela própria agenda bem agora que está tentando criar uma fundação do zero. Mesmo que eu não quisesse me envolver, não poderia deixar de fazer meu trabalho.

— Poderia, sim — argumentou Jo. — Assédio sexual é uma coisa séria. Se parte do seu trabalho coloca você em contato com coisas que são difíceis de lidar, eu apoio totalmente que essa função específica deixe de ser sua responsabilidade.

— Mas, Jo, isso é absurdo! — Emma riu. — Eu sou sua assistente. Vou atender seus telefonemas e agendar suas reuniões. Agradeço a preocupação, mas não sou tão frágil assim.

— Não acho que você seja frágil, srta. Kaplan.

Emma deu de ombros.

— Só quero fazer meu trabalho, chefe. Principalmente porque imagino que as coisas vão se tornar uma loucura. Por favor, me avise sobre o que eu puder ajudar para criar a organização ou o que quer que venha a ser.

Jo assentiu. Ela deveria ter imaginado que Emma iria querer fazer parte daquilo, que ela não recuaria.

E Emma tinha razão: o trabalho estava sendo uma loucura. Chantal estava praticamente liderando *Inocentes* sozinha quando as coisas começaram a ficar mais intensas na franquia do Agente Silver. O roteiro de Jo — o segundo rascunho, já que o primeiro tinha sido uma porcaria — já estava passando pelo processo de crítica e revisão de outros roteiristas. Jo alternava entre roteiros, dividindo-se também em assuntos de produção. Além de tudo isso, ela tinha o Projeto Cassandra, como estava sendo chamado até então. O nome era em homenagem à figura da mitologia grega e fazia referência ao fato de que, por muito tempo, as mulheres foram descredibilizadas quando se tratava de assédio e agressão sexual. Com tudo o que estava acontecendo, arranjar tempo para experimentar as roupas para a cerimônia do Emmy era um aborrecimento maior do que o habitual.

Emma acompanhou Jo em tudo: solucionando conflitos de agenda, lembrando-a de comer e facilitando tudo como sempre fazia. Na sexta-feira, após a última prova do vestido, Emma estava na sala de Jo. Ela compartilhou um breve resumo da agenda de filmagens da semana seguinte, depois perguntou se a chefe precisava de mais alguma coisa. Jo mordeu o lábio inferior.

— Quer ir comigo? — perguntou.

A cerimônia aconteceria no domingo, então ela estava basicamente fazendo o que tinha feito no SAG Awards, convidando Emma dias antes. Dessa vez, no entanto, era realmente um convite, não uma exigência de trabalho. Emma achou graça, mas engoliu a risada quando viu que Jo estava falando sério.

— A gente acabou de se livrar das fofocas. Você realmente quer mexer nesse vespeiro?

Jo suspirou.

— Não, mas também não quero ir à porcaria da cerimônia.

— Por que não?

— O GLAAD e o Globo de Ouro são divertidos — respondeu ela com um gesto vago. — O GLAAD é importante, e no Globo de Ouro todo mundo enche a cara. Mas, na maior parte das vezes, essas cerimônias se resumem a um monte de pessoas com roupas desconfortáveis se achando muito importantes e se premiando entre si.

— Você não pareceu detestar tanto o SAG Awards — observou Emma.

— Só porque você estava lá — respondeu Jo.

No mesmo momento, ela percebeu que aquela não deveria ser a única explicação e se apressou em complementar:

— Você foi um bom escudo e uma boa distração — completou. Mas aquilo também não ajudou. — Quando vou sozinha, as pessoas acham que podem simplesmente se aproximar e falar comigo. Talvez não tenha percebido, mas no SAG você me salvou de pelo menos umas cinco conversas com pessoas que eu detesto.

Emma riu e colocou o cabelo atrás da orelha.

— Bom, acho que eu poderia ir com você ao Emmy. Se você quiser — disse a assistente, hesitante.

Jo olhou para ela. Ela queria. Queria muito. Emma sustentou o olhar, observando-a com aqueles olhos castanhos tão convidativos. Então Jo interrompeu o silêncio com uma risada forçada.

— Mas tem razão — disse ela. — Nós acabamos de ficar livres de todas as especulações, realmente seria burrice cutucar esse vespeiro. Além do mais, você odiou o tapete vermelho.

— É.

— Mas obrigada. Por ter considerado a possibilidade.

— Claro, chefe.

Jo fechou os olhos e respirou fundo.

— Às vezes acho que deveria me desculpar por não ter contestado os boatos — admitiu ela.

— Sério? — disse Emma, sem acreditar. — Não, chefe. Você nunca fez comentários sobre sua vida amorosa. Não acho que deveria ter feito isso agora só porque eu estava envolvida.

— Mas não foi só o caso de as pessoas se metendo na minha vida sexual. As pessoas acham que você dormiu comigo para conseguir esse emprego, o que é errado, absurdo e injusto com você. E não sei se dizer algo teria evitado isso, mas talvez eu pudesse ter tentado.

— Mas nós sobrevivemos. — Emma a tranquilizou, dando de ombros. — E eu amo meu trabalho, mesmo que as pessoas achem que só cheguei aqui porque tive um caso com alguém. Amo essa série e amo ser sua assistente. — Emma olhou para o chão, arrastando a sapatilha sobre o carpete. — Não vejo a hora de ser produtora associada, sei que é um passo importante rumo à direção. Mas… vou sentir falta do que faço hoje.

Jo respirou fundo, sentindo uma onda de calor irradiar de seu peito.

— Eu sei — disse. — Também vou.

Emma sorriu e voltou para sua mesa, e Jo voltou ao trabalho. Antes de ir embora, ela espiou a foto em sua gaveta com um suspiro, desejando que a cerimônia do Emmy pudesse ser tão boa quanto aquela noite.

No domingo à tarde, Jo ouviu o celular vibrar quando estava fazendo o cabelo. Ela tinha deixado o telefone de lado desde a hora do almoço; ninguém procurava por ela nos dias de premiação. Jo pediu a Jaden que parasse de enrolar seu cabelo por um momento para ir buscá-lo.

Emma tinha mandado uma mensagem de manhã:

> Espero que Kelli e cia estejam cuidando bem de você.

Depois, a que chegara naquele momento:

> Jaden está tagarelando no seu ouvido?

Jo tentou conter um sorriso e respondeu:

> Ele está contando uma história muito longa e detalhada sobre o gato de estimação de um parente distante.

— Que sorrisinho é esse, hein? — perguntou Kelli.
— Não é nada. — Jo bloqueou a tela do telefone.
A equipe se entreolhou.
— A namorada mandou mensagem?
Jo revirou os olhos.
— Achei que tínhamos terminado.
O rosto de Kelli se iluminou com um sorriso capcioso.
— Quer dizer que ela realmente mandou uma mensagem?
— Estou atualizando Emma sobre o gato da filha da prima da mãe de Jaden. Ela está muito interessada.

Então o foco da conversa passou a ser Jaden e o gato, e Jo relaxou.

Ela ficou com o celular na mão e continuou trocando mensagens com Emma. Não era nada importante; ela estava assistindo ao esquenta da cerimônia com Avery. Jo não conseguia entender por que alguém chegaria tão cedo. Ela mesma estava indo mais cedo do que o normal, mas só para conseguir dar uma ou duas entrevistas sobre o Projeto Cassandra.

Emma escreveu:

> Estou morrendo de vontade de comer enroladinhos de salsicha.

E imediatamente emendou com outra mensagem:

> Brincadeira. Eu pedi para Avery fazer, então na verdade estou agorinha mesmo comendo um monte de enroladinhos.

Jo segurou uma risada outra vez e respondeu:

> Sua irmã é bem legal.

> É, ela não é tão ruim.

Algumas horas depois, Jo saiu para ir ao teatro. Ela ficou mais tempo no tapete do que o normal, fez pose onde pediram para que fizesse pose e concedeu quatro entrevistas. Assim que entrou, pegou o celular. Emma tinha mandado três mensagens.

> Uau, chefe, você está muito linda.

> A entrevista para a E! foi espetacular.

> É sério, se vc não estiver em alguma lista de mais bem-vestidos, é porque todo mundo ficou maluco.

Jo sorriu para a tela e foi se sentar ao lado de Chantal e do elenco.

Ela não desligou o celular durante a cerimônia, aproveitando para dar uma olhada nas mensagens durante os intervalos. Emma era uma boa distração até pelo telefone, embora fosse menos divertido conversar por mensagens. Jo tinha gostado muito mais do SAG Awards, de cochichar coisas para Emma para rirem juntas e baixinho. Emojis e risadas digitadas não eram a mesma coisa que a forma como Emma mordia o canto da boca para segurar o riso.

Quinze

Jo

Algumas semanas depois do Emmy, Jo ouviu uma batida silenciosa à porta de sua sala. Quando levantou os olhos, viu Emma e sorriu, mas só até registrar a expressão no rosto de sua assistente.

— Aconteceu alguma coisa?

— Seu pai ligou — avisou ela. — Disse que vai passar por aqui na hora do almoço.

Jo endireitou a postura automaticamente.

— Ótimo — disse ela, respirando fundo, embora a mandíbula continuasse cerrada. — Obrigada por me avisar.

— Eu disse que sua agenda estava cheia e sugeri marcar um horário melhor, mas ele disse que você ia dar um jeito e desligou.

Era a cara do pai dela.

— Obrigada, Emma — repetiu Jo. — Não será um problema.

Seria, é claro, mas já não havia nada a ser feito. Quando seu pai colocava algo na cabeça, estava decidido. Jo arranjou quinze coisas diferentes para Emma fazer às onze horas e disse que ela poderia almoçar fora.

— Trago seu almoço, chefe?

— Não, não precisa.

— Tem certeza?

— Tenho.

A verdade era que Jo tinha ficado enjoada só com a ideia da visita do pai e irritada consigo mesma por isso. Ela tinha quarenta e um anos e era multimilionária, mesmo assim ficava ansiosa só de pensar em não receber a aprovação dele. O pior era que ela sabia desde criança que ele não a aprovava e já deveria ter superado, mas, em vez disso, lá estava ela, com o estômago embrulhado e sem apetite. Jo aguardou em sua sala, batendo um dos pés sem parar e sem conseguir trabalhar.

Então, seu pai, enfim, apareceu diante da porta aberta, com sua postura ereta e expressão severa, e bateu no batente como se ela não o tivesse notado. Jo respirou fundo e sorriu, levantando-se para cumprimentá-lo.

— Oi, pai.

— Josephine.

Jo não vacilou ao ouvir seu nome inteiro. Ela ofereceu a bochecha para que ele a beijasse — era isso ou um aperto de mão, já que seu pai não era de abraços — e deixou a porta da sala aberta. Não havia muitas pessoas por perto, mas seu pai não sabia disso. Talvez isso o impedisse de criar uma cena.

A estratégia funcionou, de início. Ele perguntou sobre a vida dela, e, embora não parecesse interessado de verdade, o fato de ter perguntado já era alguma coisa. Também falou de Vincent com o orgulho de sempre. Jo não ligava. Quando conseguia refletir racionalmente sobre o assunto, ela verdadeiramente não se importava em desapontar o pai.

Mas o comportamento agradável dele durou só cerca de dez minutos.

— Toda a confusão com Barry Davis — começou ele, balançando a cabeça. — Você poderia ter lidado melhor com a situação.

— Estou lidando muito bem com a situação — rebateu Jo. — E não vou discutir isso com você.

Ele fez uma cara de desaprovação e olhou para a porta, depois de volta para Jo.

— Que bom que se livrou daquela assistentezinha.

Jo revirou os olhos.

— O nome dela é Emma. Ela é mais do que "uma assistentezinha", e eu não me livrei dela. Ela está resolvendo algumas coisas para mim.

— Ela ainda trabalha para você... Mas eu estava falando daquela bobagem toda de namoro. Que bom que parece ter acabado. Sinceramente, Josephine, que papelão.

Jo sentiu um bolo na garganta, e sua respiração saiu de forma irregular. Ela não ia morder a isca.

Mas não havia uma isca para ser mordida, na verdade. Seu pai não estava dizendo aquilo com a intenção de irritá-la; era simplesmente como ele pensava. Ela não conseguia suportá-lo.

— Você pode demitir a menina no fim da temporada. As pessoas trocam de série, isso é normal.

Ele disse isso como se entendesse alguma coisa sobre televisão, como se alguma vez tivesse se importado com a carreira de Jo. Era a mãe quem a acompanhava em audições, era a mãe quem participava dos pormenores da indústria quando Jo era criança. Ela duvidava muito que o pai tivesse visto ao menos um episódio de *Inocentes*.

— Eu jamais demitiria Emma por uma especulação como aquela — rebateu Jo.

Ela não deveria ter posto aquilo daquela forma. A verdade era que ela jamais demitiria Emma por qualquer que fosse a razão.

— Talvez seja melhor dispensar a garota quando a temporada terminar — disse o pai como se não tivesse ouvido uma palavra sequer.

Jo começou a se irritar ainda mais. Ela pretendia *promover* Emma, não a demitir.

— Se não estão mesmo indo para a cama juntas, não vale a pena tê-la aqui. Isso prejudica sua reputação.

É claro que Emma chegou exatamente naquele momento.

Ela apareceu à porta com uma embalagem da hamburgueria favorita de Jo em uma das mãos e uma bebida na outra, olhando para o homem com um olhar hostil que se suavizou quando ela se voltou para Jo.

— Sei que disse que não queria almoçar — disse Emma, como se o pai de Jo nem estivesse presente —, mas pensei que ia acabar ficando com fome.

Jo engoliu em seco.

— Está bem. Muito obrigada.

Emma entrou na sala e colocou a sacola de papel sobre a mesa de Jo, estendendo a bebida para ela.

— É milkshake de morango.

Jo provavelmente deixara transparecer o quanto estava nervosa naquela manhã. Milkshake de morango era sua bebida preferida quando estava estressada, e Emma sabia disso. Jo aceitou o copo.

— Obrigada.

— Posso ajudar em mais alguma coisa, sra. Jones?

Emma sustentou o olhar de Jo. Ela ouviu quando o pai pigarreou, mas não interrompeu o contato visual com Emma.

— Não, Emma. É só isso.

Emma se virou para sair, e, assim que fez isso, o pai de Jo abriu a boca.

— Vai realmente jogar sua reputação no lixo por essa vadiazinha?

Ele falou em cantonês, por isso Emma não conseguiu entendê-lo e continuou fingindo que ele nem sequer estava ali enquanto se dirigia à porta. Se Jo estivesse conseguindo raciocinar, talvez ficasse orgulhosa de Emma por tê-lo ignorado. Mas de repente o mundo externo ficou turvo e um zumbido soou em seus ouvidos. Ela mal conseguia pensar. Estava *furiosa*.

— Cale essa boca! — ordenou ela.

Isso fez com que Emma parasse onde estava. Tanto a assistente quanto seu pai a encararam, incrédulos e de olhos arregalados.

— O que foi que disse?

— Cale a boca — repetiu Jo pausadamente, como se cada palavra fosse uma frase.

Ela ficou de pé, inclinando-se sobre a mesa em direção ao pai.

— Não se atreva a falar assim dela.

— Como tem coragem de falar assim comigo? — devolveu ele. — Eu sou seu pai. Eu…

— Você sempre foi uma pessoa deplorável. Peça desculpas a Emma ou saia daqui.

— Vai tratar seu próprio pai dessa forma por causa dessa *menina*?

Ele disse a última palavra com tanto escárnio que poderia muito bem estar ofendendo-a novamente. Jo tinha deixado a porta aberta para que seu pai não fizesse uma ceninha, mas, em vez disso, era ela quem estava fazendo. Jo bateu com as duas mãos sobre a mesa e vociferou:

— Essa *mulher* é fantástica e competente, e é a única razão pela qual em muitos dias eu consigo continuar de pé. Esse é um fato que não depende de estarmos *transando* ou não. E também não depende da sua aprovação.

— Josephine!

— Eu não só posso tratar você como bem entender, como também posso fazer com que alguém tire você daqui.

Ela pegou o telefone e ligou para o segurança.

— Mason, poderia mandar alguém à minha sala para escoltar meu pai até a saída? E, mais uma coisa, ele não tem permissão para entrar nas dependências da produtora novamente sem minha aprovação prévia e explícita. Ótimo. Obrigada.

Ela se voltou para o pai com um sorriso impassível.

— O segurança vai chegar em um minuto para acompanhar você até a saída. Vai falar esse tipo de merda em outro lugar que não aqui.

O pai de Jo a encarava, boquiaberto, mas ela não movia um músculo sequer.

— Eu sei sair sozinho. Muito obrigado — disse ele, saindo pela porta sem nem sequer olhar na direção de Emma.

Assim que o pai foi embora, Jo desabou, apoiando-se com as duas mãos sobre a mesa. Ela soltou um suspiro longo e exaurido como se liberasse todo o ar de seus pulmões.

Jo baixou a cabeça e ouviu Emma fechar a porta. Ela se sentiu aliviada com o gesto, precisava mesmo de um momento para se recompor. No entanto, houve um movimento dentro da sala, e ela olhou para cima, dando de cara com Emma. Jo não estava sozinha, afinal. Emma tinha fechado a porta, mas não tinha saído, e se aproximava hesitantemente da mesa de Jo.

— Chefe... você está bem?

Jo fez que sim com a cabeça.

— Está tudo bem.

Ela tocou a mão com que Jo segurava a borda da mesa, e Jo afrouxou os dedos, permitindo o toque.

— Como posso ajudar? — perguntou ela.

Jo não estava exagerando quando disse que Emma a mantinha de pé na maioria dos dias. E era por coisas como aquela, pela forma como ela a apoiava, como cuidava dela. Em partes era seu trabalho como assistente, é claro, mas Emma ia muito além.

Jo apertou a mão de Emma.

— Nada. Estou bem. O milkshake vai ajudar.

Emma olhou para o milkshake e para a sacola de papel ainda sobre a mesa, depois de volta para a chefe. Então levou a mão à bochecha de Jo que, sem hesitar, fechou os olhos e aninhou o rosto no toque dela.

— Tem certeza de que está bem, chefe? — perguntou Emma outra vez, em um sussurro.

Jo abriu os olhos e assentiu, mas Emma não moveu a mão.

Emma era tão linda. Ela estava com as sobrancelhas franzidas, o semblante preocupado, observando Jo atentamente com seus olhos um tom mais escuros do que a cor do mel. Emma acariciou a bochecha de Jo com o polegar antes de deslizar a mão para colocar uma mecha de cabelo atrás de sua orelha. Jo prendeu a respiração. Emma deixou escapar um suspiro, e Jo conseguiu senti-lo suave em seu rosto. Ela piscou devagar e, quando voltou a abrir os olhos, de alguma forma as duas estavam ainda mais próximas uma da outra. Perto demais. Jo deveria ter caído em si, deveria ter recuado, se afastado, mas, em vez disso, ela se inclinou para mais perto, seu nariz roçando o de Emma. Então....

De repente o telefone sobre a mesa de Jo tocou, alto demais.

O toque estridente soou pela segunda vez antes de Jo se forçar a abrir os olhos. Emma já estava do outro lado da mesa, nitidamente nervosa e com o rosto pegando fogo. Jo atendeu.

— Sim?

— Só queria avisá-la de que seu pai já foi acompanhado até a saída e não poderá voltar sem sua permissão. — Era Mason, o segurança. Jo respirou.

— Certo. Agradeço muito.

— Não tem de quê, senhora.

Jo desligou. Emma continuava lá. Jo viu sua garganta se mexer quando ela engoliu em seco.

Jo queria...

Ela queria falar sobre o que tinha acabado de acontecer e ignorar completamente a situação ao mesmo tempo. Mas o que ela queria, acima de tudo, era que o telefone não tivesse tocado.

— É melhor comer antes que esfrie — aconselhou Emma. — Vou voltar a trabalhar. Estou aqui caso precise de alguma coisa.

Ela se virou para sair, mas Jo simplesmente não conseguia deixá-la ir.

— Emma.

Emma se deteve. Quando se virou, Jo viu que o olhar dela era apreensivo.

Jo baixou a cabeça.

— Obrigada pelo almoço — disse ela, por fim.

— Não precisa agradecer, chefe — respondeu Emma, baixinho, antes de sair pela porta.

Jo sentiu os olhos marejados de lágrimas ao piscar.

No fim do dia, Emma apareceu à porta de Jo. Mal passava das cinco horas, mas Jo estava exausta. Emma olhou para ela, depois desviou o olhar.

— Posso ajudar em mais alguma coisa, sra. Jones?

Jo pensou em quando Emma estava magoada, na forma como ela parou de chamá-la de "chefe" por uma semana inteira.

— Emma...

Ela queria pedir desculpas. Queria agradecer. Queria beijá-la. Mas apenas disse:

— Não. Obrigada. Nos vemos amanhã, srta. Kaplan.

Dezesseis

Emma

Emma abriu a porta do apartamento.

Ela não se lembrava do caminho para casa, nem mesmo se lembrava de onde tinha estacionado o carro. Era como se estivesse no piloto automático: colocar as chaves no gancho da parede, tirar os sapatos, deixá-los perto da porta. Na cozinha, ela pegou um copo de água, tomou um gole e o colocou sobre o balcão.

Ela quase tinha beijado a chefe.

Emma se inclinou sobre a pia, a ponto de vomitar.

Ela quase tinha *beijado* a *chefe*.

Tudo bem. Tudo bem. Não era nada de mais. Não tinha que ser. Ela praticamente já tinha beijado a chefe meses antes! Se daquela vez não tinha sido um grande problema, dessa também não seria.

Só que dessa vez não tinha sido por acidente.

Ela não estava bêbada, não tinha errado a boca de Jo. Não. Ela estava completamente sóbria e consciente das próprias ações. E era tudo culpa de Emma. Ela ficou na sala de Jo, ela deu a volta na mesa de Jo, ela tocou o rosto de Jo, ela se inclinou para a frente. Mas Jo também tinha se inclinado, Emma tinha quase certeza disso.

Mas talvez ela estivesse imaginando coisas.

Da primeira vez, Emma tinha tentado de tudo para fugir do assunto. Seu sentimento inicial após a festa foi de constrangimento. Agora, no entanto, ela sentia apenas… *desejo*.

Ela queria tocar no assunto. Queria beijar Jo de verdade. Não porque estava bêbada, nem pelo calor do momento. Queria beijar Jo para dizer oi e para se despedir, queria beijá-la mesmo depois de comer um prato com muito alho e também de manhã, antes de elas terem escovado os dentes.

Mas é claro que nada disso era possível. Jo era sua *chefe*. Jo tinha literalmente criado uma organização voltada a combater o assédio no local de trabalho. Emma não poderia chegar do nada e dizer que estava com vontade de beijá-la.

Mas, depois do que acontecera, Jo já tinha percebido isso. Ela se encolhia diante do pai, sempre tinha sido assim. Jo, uma gigante, uma mulher imponente por mais baixinha que fosse, a heroína de Emma, diminuindo a si mesma na presença daquele homem. Emma o odiava. Jo era como o sol, era como a própria gravidade. Emma queria tirar o peso de seus ombros por um minuto que fosse.

A voz de Avery surgiu na mente de Emma, e ela quase ouviu a irmã perguntando de onde ela tinha tirado que *beijar* Jo ajudaria a tirar o peso dos ombros da chefe. Emma não tinha uma resposta. Ela só se vira desesperada para fazer alguma coisa. O anseio em seu peito ainda não tinha desaparecido, era como se houvesse uma corda enrolada em seu coração ligando-a a Jo. O sentimento era tão forte que Emma queria ir até ela, simplesmente aparecer na casa de Jo para dizer quanto ela era maravilhosa.

Emma pegou o copo, tomou o restante da água e o deixou na pia.

Antes aquilo não passava de uma quedinha insignificante. Jo era linda, brilhante, e a tinha protegido ferozmente na situação com Barry Davis. Quem não teria uma queda por ela? Isso parecera completamente normal e compreensível quando Emma entendeu os próprios sentimentos. E nada tinha mudado. Claro, ela notou que seu coração ficava acelerado e o rosto enrubescia na presença de Jo, mas aquilo não era nada de mais. Era como ter uma quedinha por uma celebridade. Não importava quão deslumbrante, inteligente ou gentil Jo fosse, Emma não tinha a menor chance. Sem falar no fato de que Emma tinha pensado que Jo era heterossexual por tanto tempo que o contrário realmente parecia impossível.

Naquele dia, porém, Jo tinha se inclinado na direção de Emma. Era inegável. Emma não tinha imaginado aquilo. Ela ainda conseguia sentir a pele macia e acetinada do rosto de Jo sob seu polegar. Seus dedos formigavam. Elas estavam tão perto que respiravam o ar uma da outra, Emma conseguiria contar os cílios da chefe se quisesse. Talvez ela devesse estar assustada com esses sentimentos, mas a lembrança era inebriante demais para que ela os temesse.

Sentando-se no sofá, Emma pegou o celular e encarou o contato da irmã na tela. Avery poderia ajudá-la a lidar com aquilo, mas ela sabia que não poderia contar nada para a irmã sem ouvir um "eu avisei". A intenção seria boa, é claro, mas não era o que ela queria ouvir, não quando seu coração parecia frágil feito papel, como se pudesse se desfazer a qualquer momento.

Porque aquilo não podia acontecer.

Mesmo que o sentimento fosse recíproco, a situação era complicada demais. Além de trabalhar para Jo, a chefe já estava sendo subestimada por pessoas que achavam que uma mulher não seria capaz de escrever um filme de ação. Isso só daria mais um motivo para que falassem mal dela, para que a julgassem e dissessem que mulheres eram sensíveis demais, que não se concentravam no que era importante.

Enquanto a ansiedade de Emma tentava convencê-la de que aquilo era impossível, seu pragmatismo entrou em ação. Ela gostava de resolver problemas, de organizar coisas. Se alguém poderia encontrar uma solução para aquela bagunça, seria ela.

Dentro de alguns meses, Jo estaria trabalhando em tempo integral no filme do Agente Silver, e Emma seria produtora associada de *Inocentes*. Projetos diferentes, hierarquias de supervisão diferentes. Talvez ela pudesse adiantar o processo de contratação do novo assistente de Jo, se ela concordasse, e passar mais cedo para o cargo de produtora associada. Talvez a ideia de um relacionamento não fosse muito boa, talvez elas fossem devoradas vivas pelos sites de fofoca, mas Emma já tinha passado por tanta coisa que conseguiria aguentar. Talvez fosse possível, afinal.

É claro que tudo dependia de Jo realmente corresponder aos sentimentos de Emma. O fato de ela ter se inclinado para mais perto não significava nada. E o que raios ela tinha a oferecer a Jo Jones?

Mas... ao mesmo tempo, Jo não repetia constantemente o quanto Emma era importante para ela? Não era esse o motivo de toda a briga com o pai? O quanto Emma a ajudava a segurar as pontas todos os dias?

Se Jo estivesse interessada nela, Emma precisaria repensar todo o relacionamento das duas. Ela sabia que não deveria se perguntar se esse teria sido o motivo pelo qual Jo a contratara. Jo era profissional demais para isso, e Emma também não tinha uma queda por Jo naquela época. Então, quando foi que as coisas mudaram? Seria possível que Jo a tivesse levado ao SAG porque gostava dela? Emma não conseguia acreditar que isso pudesse ser verdade.

Então ela se lembrou do pânico de Jo na feira durante a crise de asma, da maneira como tinha acariciado suas costas. Era Emma quem estava preocupada com os comentários sobre as duas, era Emma quem ficava o tempo todo lembrando Jo do que as outras pessoas poderiam pensar.

Jo quase perdeu um painel importante para ficar cuidando de Emma e cancelou os planos que tinha feito para jantar com ela.

Quando estavam trabalhando juntas no recesso de verão, Jo dissera que Emma estava contratando sua próxima assistente, não sua próxima Emma. Ela não dera muita importância para isso na ocasião, mas seu coração se alegrava com a ideia de ser *a Emma de Jo*.

Talvez não desse certo. Talvez tocar no assunto fosse uma péssima ideia. Mas Emma estava entendendo a importância daqueles sentimentos e a importância da possibilidade de serem recíprocos. Ela não sabia o que iria dizer no dia seguinte, mas precisava dizer alguma coisa.

Quando viu Jo chegar, Emma se levantou. Por mais que estivessem em um ambiente interno, a chefe não tirou os óculos de sol enormes que usava. Emma segurou o copo de café quando Jo esticou o braço para pegá-lo.

— Podemos conversar?

Emma sentiu os dedos de Jo se fecharem com mais força em torno do copo.

— Sim. Claro.

Ela conhecia aquele tom de voz. Era o tom de voz que Jo usava com os executivos da emissora. Para aqueles que não a conheciam, soava aprazível e acolhedor. Mas não era o caso. Emma sabia que era um tom distante e ensaiado.

Elas entraram na sala de Jo e fecharam a porta.

— Como posso ajudar?

Emma fechou os olhos e respirou fundo. Comprimindo os lábios, olhou para Jo, que ainda não tinha tirado os óculos.

— Precisamos falar sobre ontem.

Jo cerrou a mandíbula.

— Sim, precisamos.

Aquela era a hora. Emma ia dizer tudo a Jo — bom, talvez não tudo. Ela queria sondar o estado de espírito de Jo antes de contar *tudo*. Emma respirou fundo e...

— Meu pai sempre me tira do sério e me faz agir de maneira inconsequente — disse Jo. — Eu não estava com a cabeça no lugar, e isso acabou resultando em uma situação inapropriada.

Uma *situação inapropriada*. Emma não soube como reagir.

— Não foi...

— Eu sinto muito — disse Jo, ajeitando o cabelo preso em um rabo de cavalo. — Não vai acontecer outra vez.

— Não, não tem problema... — Emma estava inquieta. — Era o que eu queria dizer. Que não tem problema.

Emma tinha mais coisas a dizer, mas Jo a cortou.

— Eu agradeço — disse ela. — Poucas pessoas entenderiam meu relacionamento com meu pai. Fico grata por ter sido você a estar aqui.

Ela fazia parecer que tinha sido ruim. Era como se Jo estivesse com vergonha do fato de quase terem se beijado. Emma corou ao se dar conta disso. Se Jo estava *envergonhada*, talvez Emma não devesse dizer nada. Mesmo assim, tentou outra vez:

— Estou aqui — começou Emma. — Eu *quero* estar aqui ao seu lado. Em relação ao seu pai, ou à emissora. Para o que você precisar.

Para o que você precisar. Ela esperava que Jo entendesse o que ela queria dizer. Jo tirou os óculos escuros e sorriu de maneira contida.

— Você tem a minha palavra de que nada parecido vai voltar a acontecer. — Ela já não usava mais o tom profissional. Não, aquele tom era diferente de tudo o que Emma conhecia. Era completamente vazio e inexpressivo. — Quer falar sobre mais alguma coisa?

Ficou claro para Emma que ela não deveria dizer mais nada.

— Não, sra. Jones — respondeu ela, baixinho.

Jo ficou em silêncio, mas Emma viu um músculo se tensionar em seu pescoço.

Dezessete

Jo

Jo passara a noite anterior assistindo a realities de culinária na TV, mas sem prestar a menor atenção. Quando ficou com fome, comeu três pãezinhos mergulhados em azeite e vinagre balsâmico acompanhados de um copo de água em temperatura ambiente. Ela não costumava tomar bebidas alcoólicas, já que, mesmo estando sóbria, mal conseguia raciocinar.

Aquela noite não seria muito diferente, mas Jo pelo menos jantou de verdade, o que significava tirar enchiladas do congelador e levá-las ao forno. Bebeu água enquanto comia, mas finalmente percebeu que estava adiando o inevitável.

Ficar bêbada não era algo que fazia com frequência, mas ela faria naquela noite. Não conseguia parar de pensar na sensação da mão de Emma em seu rosto. Quando piscava, via os olhos castanhos dela, tão penetrantes, atentos e ávidos. Ela guardou o que sobrou de comida na geladeira, colocou a louça na pia e, em seguida, pulou o vinho e foi direto para o uísque.

Tudo resolvido.

A parte de ficar bêbada, pelo menos. Mas o álcool não ajudou a esquecer o modo como Emma olhara para ela logo antes de quase se beijarem. Elas quase se beijaram. Ela quase beijou Emma e, apesar de saber que era uma péssima ideia, ali, bêbada e jogada em seu sofá, o que Jo queria mais do que tudo era beijar Emma *de verdade*. Ela estava ferrada.

Ela se odiou por colocar Emma naquela posição. Emma, que já tinha sofrido assédio no trabalho. Emma, que passara por uma tarde inteira de desconforto no trabalho antes de sugerir que deveriam falar sobre o ocorrido. E elas de fato falaram, o que foi bom, embora se lembrar daquilo fosse tão desconfortável quanto o som de arranhar uma lousa na memória de Jo. Elas abordaram o assunto, e Jo prometeu que nada parecido voltaria a acontecer, embora ela quisesse muito. O sentimento de humilhação era grande. Ela pensou em Emma, inquieta e desconfortável diante dela, dizendo que "estava tudo bem" como se aquilo fizesse parte do trabalho. Se o ambiente profissional não tinha se tornado um lugar hostil para ela com todas as especulações sobre o relacionamento das duas, certamente passara a ser depois de quase ter sido beijada pela própria chefe.

O fato de Jo estar pensando em Emma daquela forma só podia ser culpa de todos os boatos espalhados sobre elas. Jo nunca tinha se interessado por ninguém no trabalho antes, não desde a adolescência, quando Jane Fonda fez uma participação especial em *A dinastia Jones*. Jo adorava seu trabalho, mas era *trabalho*. Nunca tinha pensado em nenhum de seus colegas de maneira romântica.

Ela pensou naquela foto, ainda guardada na gaveta. Pensou em como ela olhara para Emma em janeiro. Certamente parecia haver um olhar romântico ali. Ou será que ela só tivera essa impressão porque era o que todos estavam dizendo? Seria possível que ela só enxergasse Emma daquela forma porque era como todo mundo ao redor *achava* que era como ela enxergava Emma?

No entanto, os boatos já tinham morrido. Na verdade, tinham morrido dois meses antes de tudo aquilo. Ninguém a obrigou a olhar para Emma daquela forma. Emma era determinada, inteligente e extremamente leal. Ela era linda e bondosa, e Jo queria muito poder beijá-la. Emma merecia muito mais do que ser vista como alguém que teria um caso com a chefe só para crescer na carreira. Ela merecia muito mais do que ser assistente de Jo. Ela merecia muito mais do que ser chamada de vadiazinha pelo pai de Jo.

Jo queria dizer tudo isso a ela. Era tarde, mas não *tão tarde*, e Jo já estava embriagada demais para enxergar aquela decisão como algo inapropriado.

Ela desbloqueou o celular para mandar uma mensagem para Emma. Sem parar para pensar, digitou:

> Eu falei sério ontem. Para mim, você é maravilhosa.

Ela clicou em "Enviar" e se serviu de mais uma dose de uísque. Mal tinha terminado de recolocar a tampa da garrafa quando o celular tocou. O celular tocou, e Jo não entendeu.

Era Evelyn, mas eram quase três horas da manhã em Nova York. Por que Evelyn estava ligando para ela?

Jo atendeu.

— O que está fazendo acordada?

— Minha melhor amiga acabou de me acordar com uma mensagem dizendo que sou maravilhosa.

Ah.

Talvez fosse melhor, mesmo, que ela tivesse mandado a mensagem para Evelyn por engano. Emma não precisava receber uma mensagem esquisita e misteriosa da chefe na calada da noite.

— O que está rolando? — perguntou Evelyn.

Jo suspirou e massageou as têmporas. Depois tomou outro gole do uísque.

— Meu pai me visitou ontem.

Evelyn suspirou do outro lado da linha com a compreensão instantânea que apenas uma melhor amiga poderia oferecer.

— Você está merecendo tomar um porre, mesmo — disse ela, fazendo Jo rir. Depois de um segundo, Evelyn perguntou: — O que aconteceu, Jo?

— Ele chamou Emma de "vadiazinha" e agiu como se ela não fosse *nada*. — Jo sentiu vontade de dar um soco em alguma coisa só de pensar. — Meu deus, Evelyn, será que isso é o que todo mundo pensa dela? Como eu não fui a público desmentir todos aqueles boatos se é isso o que pensam dela? Eu deveria soltar uma declaração amanhã mesmo.

— Ok, querida, vamos com calma — disse Evelyn, apaziguadora. — Não deveria, não. *De jeito nenhum.*

— Eu deveria, sim! Eu…

— Você vai dar um jeito de ficar sóbria — interrompeu Evelyn. — E vai perceber que soltar uma nota tanto tempo depois do início das especulações, e, pior ainda, agora que *já cessaram*, vai ser mais prejudicial do que qualquer outra coisa. Não esqueça que, de acordo com os sites de fofoca, vocês duas nem estão mais juntas. Todo mundo acha que você deu um pé na bunda de Emma para ficar com Sam.

— Eu jamais faria isso.

— Sim, porque você é muito lésbica, eu sei.

Isso era parte do motivo, é claro, mas não era só isso. A ideia de terminar com Emma era… Elas nem estavam juntas, é claro, mas Jo *jamais* faria isso. Pensar em abandoná-la, em colocar outra pessoa em seu lugar… Era impossível. Ela era *Emma*.

— Jo, são quase três da manhã aqui. Por favor, será que você pode tomar um pouco de água e ir dormir? Amanhã eu te ligo cedo para te atormentar no meio da sua ressaca, mas agora estou exausta.

— Tá bom, tá bom — disse Jo, gesticulando e quase derrubando uísque por todo lado. Ela pousou o copo na mesa antes de continuar: — Vá dormir então.

— Promete que não vai fazer nenhuma besteira hoje?

Jo revirou os olhos, mas prometeu mesmo assim.

Quando Evelyn desligou o telefone, Jo fez o que a amiga mandou: foi até a cozinha, tomou um copo de água e se deitou na cama. Enquanto se acomodava debaixo dos lençóis, olhou para a tela do celular e pensou que seria muito simples enviar aquela mensagem para a pessoa certa. Mas já era madrugada e ela tinha feito uma promessa a Evelyn. Além do mais, ela já estava sóbria o suficiente para saber que ainda estava um pouquinho bêbada. Jo deixou o celular de lado e apagou a luz.

Dezoito

Jo

Emma se esforçou para agir como se tudo estivesse normal entre as duas no dia seguinte, mas seu sorriso ao entregar o café de Jo tinha algo de calculado, e Jo o conhecia bem demais para saber que não era real. Ela praticamente desabou sobre a cadeira ao entrar em sua sala, lembrando-se de como Emma tinha segurado sua mão ali mesmo. Jo tomou um gole generoso de café e queimou a garganta.

Ela se lembrou de que foi Emma quem se aproximou primeiro. Foi Emma quem deu o primeiro passo e quase a beijou. Mas aquilo parecia uma desculpa fajuta. Jo estava em uma posição de poder e teria responsabilidade por qualquer coisa que acontecesse entre elas. E algo quase tinha acontecido. Jo sentiu vontade de se desculpar outra vez, ao mesmo tempo que sentiu vontade de beijá-la.

Muita vontade. Ela passara a noite anterior pensando nisso, bêbada e enviando mensagens para a pessoa errada, mas agora estava sóbria e ainda não conseguia tirar Emma da cabeça, não parava de pensar em como tudo o que dissera ao pai era verdade. Emma era *sua base*. Todos os dias ruins que Jo tivera naquele ano foram justamente aqueles em que as coisas estavam estranhas com Emma. Quando tudo ia bem entre as duas, não havia nada que Jo não fosse capaz de lidar — os boatos idiotas, os babacas da emissora, o bloqueio criativo. Ela era mesmo maravilhosa, mas Jo era uma *idiota* por só perceber isso agora.

Emma estava na sala de Jo falando sobre locais de gravação para as cenas de primavera de *Inocentes* quando uma mensagem de Evelyn chegou.

> E aí, meu anjo? Como é que vai essa ressaca?

Jo ignorou a mensagem. Um minuto depois, o celular vibrou de novo.

> E como vai Emma? Ainda maravilhosa?

Emma parou de falar e olhou para Jo, dando tempo para que ela respondesse às mensagens se quisesse. Jo estava feliz por Emma ter parado de evitar contato visual com ela. Ela digitou uma resposta para Evelyn:

> Sim. Ainda.

Ev respondeu imediatamente:

> Sapatona.

Emma desviou o olhar. A cabeça de Jo ainda doía. Será que já estava no horário de tomar outro ibuprofeno?

> Eu estou de ressaca, tendo uma crise de meia-idade e descobrindo que estou apaixonada pela minha assistente. Me dê uma colher de chá.

O celular tocou. Ela deveria ter imaginado. Jo recusou a ligação e fez um gesto para que Emma continuasse a falar.

— Calgary parece uma boa opção — sugeriu ela. — É mais barata que Vancouver e...

O telefone tocou de novo. Jo recusou a ligação outra vez. Emma fez uma pausa, depois continuou:

— As opções de externas são excelentes, é claro. Também é interessante...

Quando o telefone de Jo tocou pela terceira vez, ela deu um sorrisinho para Emma e pediu:

— Podemos continuar depois?

Emma assentiu e começou a organizar suas coisas enquanto Jo atendia a ligação.

— Alô?

— *Você está falando sério?*

Evelyn falou tão alto do outro lado da linha que Jo ficou com medo de Emma ter ouvido.

— Não posso falar agora. — Jo tentou disfarçar.

— Ela está aí na sua sala, não está?

— Sim.

Emma terminou de reunir as coisas e, segurando uma pilha de papéis e o tablet contra o peito, deu um sorriso constrangido para Jo e se dirigiu à porta.

— Precisamos falar sobre o que aconteceu quando seu pai esteve aí — disse Evelyn.

— Não precisamos, não — retrucou Jo, embora ela precisasse falar sobre aquilo *com alguém*. Ela desejou poder ser sincera com Emma sobre tudo aquilo, desejou poder dizer a ela o quanto queria beijá-la, e de preferência sem ser no calor do momento durante uma bebedeira. — E eu não posso falar agora. Te ligo mais tarde.

— Jo Jones, se você não me ligar… — ameaçou Evelyn em tom incisivo. — Se não me ligar para me contar tudo, vou aparecer do nada em Los Angeles.

Jo não duvidava que a amiga fizesse isso.

— Sim, sim — disse ela. — Nos falamos depois.

Ela desligou o telefone. Emma já tinha saído da sala e fechado a porta para o caso de Jo precisar de privacidade. Ela deixou a cabeça cair sobre a mesa, batendo a testa no tampo sólido. O impacto só fez com que sentisse ainda mais dor.

Emma ficou distante o dia todo. Depois de dispensá-la para ir embora, Jo ligou para Evelyn. Ela ameaçara aparecer em Los Angeles caso não recebesse uma ligação, e Jo sabia que a amiga não estava blefando.

— Já fiz pipoca — disse Evelyn quando atendeu. — Quero saber de tudo nos mínimos detalhes.

Jo suspirou. Normalmente não se incomodava com as brincadeiras de Evelyn, mas aquele tinha sido um longo dia. Evelyn pareceu compreender.

— Certo — disse ela do outro lado da linha, agora mais séria. — Me conte o que aconteceu.

Jo respirou fundo. Ela poderia contar tudo a Evelyn sem se aprofundar nos próprios sentimentos. Suas mãos tremiam, mas ela manteve a voz firme e falou sobre a visita do pai, sobre o que ele dissera para Emma e sobre o que ela dissera para ele.

— Depois o coloquei para fora do prédio.

Evelyn assobiou.

— Caramba, mulher. Já era hora, mesmo. Podemos falar sobre toda essa questão com Emma depois, mas estou orgulhosa de você. Já deveria ter dado um basta no seu pai há muito tempo.

Jo sabia que era verdade.

— E sobre Emma... Tem mais uma coisa.

— O quê?

— Nós quase nos beijamos. — A voz de Jo não passava de um sussurro. — Ev, a gente teria se beijado se meu celular não tivesse tocado.

A respiração de Jo estremeceu, e ela se recostou na cadeira, esgotada, embora não tivesse feito nada além de relatar uma série de acontecimentos.

— E depois? O que aconteceu? — perguntou Ev em tom cuidadoso.

— Depois Emma saiu correndo e mal olhou para mim até o fim do dia. Nós falamos sobre isso ontem, eu deixei claro que não vai se repetir. Mas eu...

— Já sei. Está sem saber o que fazer com os sentimentos que nem sequer sabia que existiam? — chutou Evelyn. — O que foi isso? Seu pai ofende Emma e de repente você percebe que está apaixonada por ela?

Só que era mais do que isso. Jo se sentia assim havia mais tempo do que queria admitir. Emma tinha feito com que o Emmy fosse tolerável e ela nem sequer esteve presente. Jo tinha ficado vermelha como uma adolescente só por encostar na assistente enquanto ela lambia sua casquinha; as duas tinham se sentado uma ao lado da outra no banco de uma sorveteria após o jogo de beisebol. Emma a acalmara, entrelaçando o dedo mindinho no dela quando ela estava preocupada com Ethan. Antes disso, Jo se sentiu arrasada todos os dias em que Emma não falou com ela mais do que era necessário para o trabalho. E quando precisaram escolher um vestido para que ela fosse ao SAG, tantos meses antes, Jo mal conseguira olhar para Emma porque sua beleza era desconcertante.

O confronto com o pai só fez com que a ficha caísse, mas a verdade era que Jo estava caidinha por Emma já tinha muito tempo.

Mas ela não contou nada disso para Evelyn. Aqueles sentimentos faziam com que se sentisse vulnerável, completamente frágil.

— E o que Emma disse quando vocês conversaram?

— Ela agiu como se estivesse tudo bem. Como se entendesse que agir assim fosse um pré-requisito para ser minha assistente. Foi horrível.

— Emma não é boba — disse Evelyn. — Ela não acha que é um requisito. Ela conhece você.

Jo passou a mão pelo cabelo. Emma dissera que queria estar ao lado dela. Ela só podia querer dizer como assistente. Porque, se ela quis dizer que... Pensar nisso deixou Jo momentaneamente sem ar. Mas Emma não poderia querer *estar ao lado dela* de um jeito que extrapolasse seu papel como assistente, e, mesmo que quisesse, não importava. Era inapropriado, Jo sabia disso. Mas, apesar de saber, pensava que não teria feito nada diferente.

— Por que não me conta sobre o seu dia? — sugeriu Jo, cansada de pensar sobre a própria vida. — Me distraia.

Evelyn era a melhor amiga de Jo por muitas razões, mas uma delas era que, sem nem questionar, ela começou um monólogo sobre um de seus clientes assim que Jo pediu e não voltou a tocar no nome de Emma durante o restante da ligação.

No dia seguinte, Emma continuou tentando agir como se nada tivesse acontecido, e Jo entrou na onda. As duas forçaram sorrisos e uma sucessão de "precisa de mais alguma coisa, sra. Jones?" e "não, srta. Kaplan, muito obrigada" até que Jo foi almoçar sozinha para escapar do clima sufocante entre a mesa dela e de Emma.

Quando voltou do almoço, encontrou Emma de pé na porta de sua sala, impedindo a entrada de uma mulher. A mulher em questão era Evelyn.

— Está atormentando meus funcionários? — perguntou Jo.

As duas outras mulheres se viraram para Jo quando notaram a presença dela.

— Não, querida — sorriu Evelyn. — Essa função é exclusivamente sua.

Jo riu e abraçou a melhor amiga, fechando os olhos quando Evelyn a apertou com força. Quando os abriu, viu que Emma a encarava com uma expressão que lembrava frustração. A assistente desviou o olhar depressa.

— Eu não imaginei que você viria.

— Imaginou, sim — disse Evelyn.

— Tem razão. Imaginei, mesmo. — Jo riu. Era a primeira vez que ela se sentia alegre desde que Emma aparecera para avisar que seu pai a faria uma visita. — Parece que já conheceu minha assistente, Emma. Emma, esta é Evelyn. Evelyn, esta é Emma.

Jo percebeu que Emma estava tentando entender quem Evelyn era exatamente antes de sorrir e estender a mão.

— Muito prazer, Evelyn.

Evelyn apertou a mão de Emma, sorrindo.

— O prazer é meu. Desculpe se te dei trabalho.

— Ela não está nem um pouco arrependida — brincou Jo.

Emma estava confusa com a interação.

Jo fez um gesto para que Evelyn a acompanhasse até sua sala.

— Por favor, transfira apenas as ligações urgentes — pediu antes de fechar a porta.

Uma pequena parte de Jo se sentiu mal ao fechar a porta diante de uma Emma atordoada, mas ao mesmo tempo deixou o sentimento de lado, afinal sua melhor amiga tinha atravessado o país por ela.

Evelyn deu um abraço forte em Jo e a puxou para o sofá.

— Nem consigo acreditar que você está aqui — disse Jo.

— Pois pode acreditar, porque vai ter que me manter entretida por seis dias.

— Evelyn!

Ev sorriu e deu de ombros.

— Eu tinha uns dias de férias para tirar. E seu aniversário está chegando.

Jo a abraçou de novo.

O maior problema de Jo com a fama era a falta de autenticidade nas interações com as pessoas. Por quase toda a vida, ela nunca teve certeza de quais eram os motivos que levavam as outras pessoas a se relacionarem com ela. Mas não havia nada por trás do fato de Evelyn ter atravessado o país para estar ali.

Jo teria dito que isso significava mais do que Evelyn imaginava, mas Ev a conhecia tão bem que sabia exatamente o quanto sua presença era necessária.

— Você tem mesmo um cão de guarda, hein? — ironizou Evelyn. — Ela estava *fisicamente* me impedindo de entrar na sua sala. Eu pensei que ela ia me jogar no chão.

— Seja gentil com ela — disse Jo.

— É claro que vou ser gentil com a sua namorada.

Jo ruborizou imediatamente. Era como se ela fosse uma adolescente.

— Lembre-se de que, segundo os sites de fofoca, a gente terminou meses atrás.

— Eu me lembro é de você me dizendo que vocês quase se beijaram *três dias* atrás.

Evelyn riu, mas não insistiu ao ver o olhar aterrorizado de Jo.

— E aí? Vai fazer um tour comigo pelo estúdio?

— Não acredito que essa é a primeira vez que você vem aqui — disse Jo, sem se mexer para sair do sofá.

— Eu sou uma péssima amiga, eu sei, eu sei — alegou Evelyn. Aquilo estava longe da verdade, mas, antes que Jo pudesse refutar, Evelyn continuou: — Mas vamos fazer o tour. Eu preciso conhecer Tate e decidir se quero dar uma surra nele por te dar tanta dor de cabeça ou se quero ajudá-lo.

— Se for pra ficar do lado dele, não vou apresentar vocês dois de jeito nenhum.

Mas é claro que apresentou. Ela mostrou o set a Evelyn, obrigou-a a ficar de boca fechada enquanto assistiam à gravação de um episódio, depois a apresentou para a equipe quando tiveram um intervalo.

Tate apertou a mão de Evelyn, virou-se para Jo e perguntou, fingindo cochichar:

— A madame está solteira?

— O coração dela já é de Sam Allen — respondeu Jo no mesmo instante.

Tate não entendeu, e Emma franziu a testa, mas Evelyn caiu na risada. Jo não se importou por ninguém mais entender a piada.

A presença de Evelyn não estava ajudando a melhorar as coisas com Emma, que permanecia distante, mas, no geral, continuava ajudando Jo. Ela se sentia jovem, como nos velhos tempos, ao fechar a porta de sua sala para fofocar e dar risada com a melhor amiga. O fato de saber que Evelyn pegaria um avião só porque Jo estava triste por causa de uma mulher também ajudava.

— Por que ela ainda está aqui? — sussurrou Evelyn. — Já passou das cinco. Até que horas ela trabalha?

— Ah. — Jo não tinha percebido. — Emma!

Evelyn arregalou os olhos, mas Jo a ignorou. Emma apareceu à porta.

— Sim, sra. Jones?

— Pode ir para casa. Bom descanso, nos vemos amanhã.

Emma acenou com a cabeça e sorriu para Evelyn.

— Tenham uma boa noite.

Evelyn esperou um tempo para garantir que Emma já estivesse longe o suficiente para não ouvir antes de perguntar:

— Ela faz um horário diferente? Ela não vai embora até você dispensá-la?

— Bom, normalmente ela avisa antes de sair. Acho que ela não quis nos interromper.

— Será que ela é submissa assim na cama, também?

— Evelyn! — ralhou Jo.

Não, elas não iam falar de Emma daquela forma. Toda aquela situação já era inapropriada o bastante.

— Brincadeira, brincadeira — disse Evelyn. — Mas é sério, vamos falar sobre isso.

— Você não quer falar sobre isso, quer só zombar de mim.

— Ã-Jo — insistiu Evelyn mansamente. — Estou falando sério.

Jo suspirou.

— O que há para ser dito?

— Como está se sentindo? Como acha que ela está se sentindo? O que você quer fazer? Quais são os próximos passos para conseguir o que você quer?

Todas aquelas perguntas pareciam descabidas. Próximos passos? Não havia nenhum. Ela jamais poderia ter o que queria. E, ainda que pudesse, não merecia. O que ela tinha a contribuir em um relacionamento? Dinheiro, fama, escrutínio. Nada do que era primordial.

— Estou me sentindo idiota — confessou Jo. — Um clichê ambulante. Chefe de meia-idade e assistente. Que inédito. E só piora quando penso no fato de que os paparazzi pareceram ficar sabendo antes de nós.

Jo abriu a gaveta, levantou algumas pastas e pegou a revista com a foto das duas, atirando-a por cima da mesa para Evelyn.

— Às vezes fico olhando para essa foto — admitiu ela.

Evelyn deu uma olhada na página.

— Você pode querer estar com ela.

— Não, *não posso*. Não posso mesmo, Ev. Ela é mais do que uma década mais nova e é minha assistente. Eu seria a definição de lésbica predadora.

— Você não é uma lésbica predadora — insistiu Evelyn. — Não trata Emma como *uma presa*. Você gosta dela, e isso não é um crime. Pode se abrir com ela. Talvez não agora, mas Emma vai ficar em *Inocentes* quando você for de vez para o filme, não vai? Talvez seja um bom momento. Você pode fazer isso.

Jo tinha quarenta e um anos e estava com os olhos marejados de lágrimas por causa de uma moça. Era muito constrangedor.

Ela tentou se esquivar.

— *Apaixonada* foi uma palavra forte — disse Jo, referindo-se à mensagem do dia anterior. — Foi exagero.

Evelyn arqueou uma sobrancelha.

— Eu não posso estar apaixonada por ela — argumentou Jo. — Nós mal nos conhecemos fora do trabalho.

— Ah, sim, claro, claro. Ela com certeza é uma pessoa completamente diferente da que você conheceu no último ano — ironizou Evelyn. — Da que trabalhou sozinha com você ao longo de todo o recesso, que viaja com você. Da pessoa que... Como você tinha dito? Que te mantém de pé todos os dias?

Jo tinha dito que Emma era a única razão pela qual ela continuava de pé *na maioria dos dias*, mas decidiu não corrigir Evelyn.

Jo estava extremamente resistente em relação a isso. Amar Emma parecia inconcebível, parecia absurdo demais. Como poderia estar apaixonada por ela e não ter percebido isso até que quase se beijassem?

— Talvez todos aqueles boatos tenham mexido com a minha cabeça — sugeriu Jo.

Mas Evelyn soltou um riso debochado.

— Jo, os boatos já cessaram faz tempo. Quem está guardando essa foto na gaveta é você. Não tem nada a ver com o que as pessoas acham que você sente por ela. Tem a ver com o que você sente por ela. Não vou entrar no mérito sobre você estar apaixonada ou não, mas não tente se convencer de que não é assim que se sente.

Jo fez uma careta, mas se segurou para não resmungar em resposta.

— Estou tentando criar um espaço seguro para mulheres da indústria que sofrem assédio e quase beijei minha assistente — disse ela. — Como sou hipócri...

— Mas você não beijou sua assistente — interrompeu Evelyn. — E não vai beijar, ainda que ela obviamente queira a mesma coisa, porque não faria isso se não estivesse maluca de estresse depois de uma visita do seu pai. Você não beijaria sua assistente e não basearia nenhuma decisão profissional ou empregatícia no fato de ela ter ou não correspondido seu beijo. Você não está assediando Emma, não está se aproveitando dela.

Racionalmente, Jo estava ciente disso. Realmente estava. Mas seus sentimentos por Emma pareciam *inadequados* e ela não sabia como consertar isso.

— Venha — chamou Evelyn. — Vamos pedir comida em casa e embebedar você.

— Acho melhor não tomar um porre duas vezes na semana. Eu já bebi terça-feira.

— Pois é, eu bem sei — disse Evelyn.

Jo apenas revirou os olhos.

No fim das contas, elas não beberam. Apenas pediram comida do restaurante onde comiam desde a época em que eram crianças e moravam em Chinatown e jantaram no chão da sala de Jo.

Evelyn conduziu a conversa por boa parte da noite. Falou sobre Nova York, sobre sua empresa e sobre os pais. Jo a ouvia, sorridente, sentada de pernas cruzadas comendo seu macarrão de arroz.

Elas já estavam abrindo os biscoitos da sorte quando Evelyn voltou a falar de Emma.

— Precisa decidir o que vai fazer a respeito disso — disse Ev. — Eu não vim para cá para passar seis dias vendo você triste. Eu quero muito pegar no seu pé com esse assunto, mas só é divertido se você fica irritada, não quando te deixa deprimida.

— Não deixa — contestou Jo. — Mas não há nada a ser decidido. Eu vou passar a trabalhar no filme do Agente Silver em tempo integral daqui a pouco. Emma vai se tornar produtora associada, e eu vou para outro lugar e seguir em frente. Isso não vai continuar sendo um problema.

— Boa ideia — disse Evelyn. — Promova ela, vá trabalhar em outro lugar e *chame Emma ela para sair,* sua bocó.

— Não vou chamar Emma para sair — resmungou Jo, como se a ideia fosse absurda.

— Bom, tudo bem. Mas vai ficar triste se eu te provocar por causa disso?

Ela adoraria não se sentir mal com a maneira como Emma fazia seu coração disparar, mas não poderia prometer nada.

— Vou tentar.

Na manhã seguinte, Emma ofereceu o café a Jo com um sorriso no rosto.

— Evelyn não vem hoje?

— Ela vem mais tarde.

Jo tentou dizer a si mesma que era só imaginação sua a forma como o sorriso de Emma murchou.

Evelyn tinha atravessado o país por Jo, mas tinha outras pessoas para visitar enquanto estava na cidade. Além do mais, Jo tinha que trabalhar; ela não precisava de Evelyn a atormentando em sua sala o dia todo.

Ela pensou em convidar Emma para entrar, dar uma brecha para garantir que as duas estivessem bem. Concluiu que era melhor não, que não queria que isso fosse mal interpretado. Mas deixou a porta aberta mesmo assim.

— Vamos sair hoje à noite — disse Evelyn ao aparecer na sala de Jo naquela tarde.

Jo não tirou os olhos da tela.

— Ah, é?

— Sim, é claro! Vai ser uma comemoração antecipada do seu aniversário.

Jo terminou o parágrafo que estava lendo antes de olhar para Evelyn.

— Eu detesto comemorar meu aniversário.

— Você detesta comemorar seu aniversário com sua família — corrigiu Evelyn. — Ou publicamente, com pessoas que só se importam com o seu aniversário porque é uma celebridade. Ainda bem que tem sua melhor amiga aqui para comemorar com você.

Evelyn não deixava de ter razão, por mais que Jo não quisesse admitir.

— Por favor, por favor — insistiu Evelyn, arrastando as palavras. — Quero levar você para sair, embebedar você e fazer com que se esqueça de como…

Ela parou de falar, olhando para a porta aberta. Emma trabalhava a sua mesa. Jo fuzilou Evelyn com um olhar ameaçador, mas não estava brava.

— E eu tive uma ótima ideia. Podemos sair com Sammy.

Jo tinha de concordar que era realmente uma boa ideia.

— Tudo bem — aceitou ela. — Mas você não vai dizer a ninguém no restaurante que é meu aniversário.

Evelyn revirou os olhos.

— Uma péssima condição, mas eu aceito.

Jo se divertiu pela primeira vez em semanas, e, embora Evelyn tenha flertado a noite inteira com Sam, o único assunto das páginas de fofoca no dia seguinte era que ele e Jo estavam namorando.

Jo e Evelyn passaram o fim de semana revisitando os lugares aonde costumavam ir juntas, percebendo que as duas provavelmente estavam velhas demais para a maioria deles. Mesmo assim, se divertiram muito.

Evelyn voltou para o estúdio com Jo na segunda-feira de manhã, e Emma as recebeu com um sorriso gentil.

— Eu teria trazido um latte para você também se soubesse que ainda estaria aqui — disse ela para Evelyn.

Evelyn riu, mas Jo interveio antes que sua amiga falasse o que não devia.

— Ela vai sobreviver.

As duas entraram na sala de Jo e fecharam a porta. Ela se perguntou o que Emma estaria achando da visita de Evelyn. Será que Jo estava dando na cara demais, precisando do amparo da melhor amiga depois que ela e Emma quase se beijaram? Talvez estivesse sendo óbvia demais, mas não importava. Evelyn era a única coisa que a mantinha sã naquele momento.

— Você escolheu bem, sabia? — disse Evelyn, se esparramando no que Jo via como o sofá de Emma. — Nitidamente muito legal. E, claro, um agrado para os olhos.

— Cale a boca.

Claro que Jo sabia que Emma era atraente. Ela sempre soubera, desde antes de contratá-la, quando ela ainda era do departamento de cenografia. Ela era uma mulher bonita, mas até então isso não era relevante.

Jo odiava pensar no fato de que passara a ser. Odiava ter começado a notar a beleza de Emma em momentos aleatórios, mesmo antes da visita do pai. Em certos momentos, Emma estava falando sobre uma reunião, e Jo se distraia com a forma como o cabelo dela caía sobre o rosto. Isso fazia com que Jo se sentisse tola e errada. Emma ainda era sua funcionária. Mais do que isso, era sua funcionária e já tinha sido assediada sexualmente no trabalho. Não precisava de uma chefe dando em cima dela.

Evelyn passou o último dia inteiro de sua visita amolando Jo sobre como Emma era ótima. E Jo não podia discordar.

— Você não vai me levar até o aeroporto? — Evelyn estava indignada.

— Meu serviço de motoristas vai — disse Jo, organizando papéis em sua mesa. — Eu, por outro lado, tenho um emprego que negligenciei durante a sua visita.

— Até parece que você já foi negligente com qualquer coisa em toda a sua vida — murmurou Evelyn.

Jo deu a volta na mesa e ficou de frente para a melhor amiga.

— Obrigada por ter vindo.

Evelyn sorriu.

— Que bom que eu vim.

— Eu também acho.

Elas trocaram um abraço apertado, e Evelyn disse no ouvindo de Jo:

— Não há nada de errado com seus sentimentos. Você é ótima, ela é ótima, e, se as coisas derem certo, vai ser fantástico.

Jo tentou não retrucar, porque era claro que as coisas *não iam* dar certo, mas ela se sentiu grata pelas palavras.

— Vá logo, então — disse Jo. — Vai acabar perdendo seu voo.

— Eu volto se você precisar. Sabe disso, não sabe?

Jo sentiu um quentinho no coração.

— Eu sei.

Sem Evelyn, não havia nada distraindo Jo de Emma e do fato de que o sorriso dela ainda parecia frio feito gelo. Jo queria que Emma tivesse uma alternativa caso a situação estivesse insustentável, então pediu a ela que fosse até sua sala.

— Você me chamou?

— Entre.

Emma entrou, com os olhos percorrendo a sala, nervosa. Jo odiava fazê-la se sentir assim.

— Como está indo a busca pelo meu próximo assistente? — perguntou Jo.

Emma coçou a nuca.

— Tudo bem. Ainda estou selecionando currículos.

— Eu estava pensando que, se você quisesse, poderia passar para produtora associada antes do meio da temporada. Assim que contratar um substituto, podemos oficializar sua promoção.

— Sim, eu sei — disse Emma devagar, como se não estivesse entendendo. — Era o combinado.

— Sim, mas quis dizer que podemos adiantar isso, se quiser.

Emma olhou sem dizer nada enquanto Jo ajeitava alguns papéis na mesa. Jo suspirou, mas não disse o que realmente queria dizer. *Eu entendo se você estiver desesperada para ficar longe de mim.*

— Certo, então vou trocar de cargo no meio da temporada — disse Emma. — Como eu disse, ainda estou analisando currículos. Quero fazer isso com cuidado para garantir que vou contratar a pessoa certa. Não está com pressa, está?

— Não, claro que não — afirmou Jo. — Se você não quiser... Claro que não há pressa.

Se Emma quisesse se afastar dela, Jo não a impediria. Mas ela não queria, aparentemente. Isso fez Jo se sentir um pouco melhor.

Jo não gostava de fazer muito alarde em seu aniversário. Evelyn estava certa sobre o motivo; ela sempre sentiu que as pessoas não comemoravam *por ela,* e sim para adulá-la por ser uma celebridade. Ela não precisava ser o centro das atenções mais do que já tinha sido por boa parte da vida.

No ano anterior, um cupcake esperava por ela sobre a mesa quando ela chegou. Ela sabia que tinha sido deixado por Emma, é claro, mesmo que não a tivesse visto fazendo isso. Além do cupcake, no fim do dia Emma tinha discretamente desejado feliz aniversário, e isso foi tudo. Jo ficou feliz, sentiu que Emma tinha feito aquilo por ela, para que ela se sentisse especial, não apenas porque era algo que se fazia no aniversário de alguém.

Naquele ano, mesmo depois do quase beijo, mesmo depois de todo o constrangimento entre elas, outro cupcake apareceu na mesa de Jo quando ela retornou de uma reunião. Era enorme, como o do aniversário anterior, de massa escura com uma cobertura de glacê branco e confeitos de menta. Pelo aroma, Jo imaginou ser uma versão de mocha de menta em formato de cupcake. Ela o comeu no mesmo momento. Era tão grande que ela precisou vasculhar as gavetas para encontrar um garfo de plástico, ou acabaria com o rosto todo coberto de glacê.

Estava delicioso desde a primeira mordida. O sabor de menta era acentuado, e o bolo era macio e muito saboroso. Ela não merecia a assistente. Emma era demais para Jo, era observadora e generosa e, às vezes, parecia trabalhar ainda mais do que a própria chefe. Enquanto comia o cupcake que ganhara de presente dela, Jo inexplicavelmente sentiu vontade de chorar.

No fim do dia, antes de ir embora, depois de já ter sido liberada, Emma se demorou à porta de Jo por um instante.

— Feliz aniversário, chefe — desejou ela, baixinho.

Jo queria ter respondido que a amava. Que sentia muito por tudo.

Por fim, disse apenas:

— Obrigada, Emma.

Dezenove

Emma

Emma tinha selecionado quatro candidatos para serem os próximos assistentes de Jo. Era estranho escolher o próprio substituto e mais estranho ainda era fazer isso depois de… tudo.

Depois de perceber que tinha uma queda por Jo, de quase beijá-la e de tentar encontrar uma forma de as coisas darem certo, e depois de ser obrigada a ver Jo aparecer com sua *namorada*. Jo e Evelyn tinham saído para jantar com Sam, o ex-coadjuvante de Jo, e por mais que os sites de fofoca tivessem interpretado isso como uma confirmação do relacionamento de Jo e Sam, Emma sabia que não era bem assim. Ela sabia que, naquela noite, o casal era outro.

Claro que Jo tinha namorada. Como não teria? Ela era linda e bem-sucedida, engraçada e carinhosa. Todos os motivos pelos quais Emma estava interessada nela eram também os motivos pelos quais ela obviamente já tinha namorada. Fazia sentido, mesmo que doesse.

Emma queria que Jo tivesse dito que não estava interessada nela. Em vez disso, ela recebeu a namorada para uma longa visita, como se fosse um aviso de que Emma tinha passado dos limites, como se estivesse dando um recado sem ter que conversar diretamente com ela. Pior ainda foi a forma como Jo se oferecera para promovê-la antes do previsto, como se quisesse criar uma distância entre elas e não confiasse mais no profissionalismo de Emma.

Mas não fazia mal. Emma tinha se policiado. As coisas entre ela e Jo estavam bem, quase normais. Emma contrataria seu substituto.

Todos os candidatos eram qualificados e qualquer um deles se sairia bem, mas ela queria alguém que excedesse expectativas. Era o que Jo merecia. Se Emma contratasse o assistente perfeito, provaria que aquela quedinha irresponsável não afetava seu trabalho. Suas mãos suavam toda vez que ela examinava o currículo dos candidatos.

A última entrevista era com Phil. Ela ficou surpresa por ele ter se candidatado. Phil entrara na série um ano antes que ela e nunca tinha mudado de departamento ou ao menos demonstrado qualquer desejo de fazer isso. Na época da cenografia, ele era o tipo de colega piadista e os dois se davam bem porque ele a fazia rir, mas era sempre mais provável que ele passasse o dia fazendo brincadeiras do que se dispondo a fazer qualquer trabalho que fosse além do mínimo. No entanto, talvez Jo se beneficiasse da presença de alguém descontraído, então Emma marcou a entrevista.

Phil sorriu ao apertar a mão dela.

— Vamos pular logo para a parte em que sou promovido — brincou ele.

Emma não gostou.

— Phil, eu entrevistei três candidatos muito bons. Isso não é uma mera formalidade, não está automaticamente contratado só porque somos amigos.

— Claro que não — disse Phil. — Mas você sabe que eu seria ótimo no cargo.

— E por quê? — Emma tentou assumir um tom sério de recrutadora, sentando-se à mesa de reuniões e fazendo um gesto para que Phil ocupasse a cadeira à sua frente. — Por que acha que seria bom nisso?

— Emma, é só um cargo de assistente. Acho que consigo dar conta do recado.

Emma ergueu as sobrancelhas.

— Você acha que meu trabalho foi *fácil* nos últimos três semestres?

— Não, claro que não. — Phil voltou atrás. — Quis dizer que não é como se eu fosse proteger códigos de bomba nuclear.

Emma riu, mas, por dentro, ficou incomodada. As pessoas sempre agiam como se ser assistente de alguém não fosse difícil, como se o trabalho se resumisse a pedir almoços e buscar as roupas limpas na lavanderia. Phil deveria saber que não era assim. Emma cruzou as mãos sobre a mesa.

— Como você lidaria com os aspectos mais difíceis desse cargo?

Phil pareceu identificar a frustração na voz dela e mudou de postura, começando a levar tudo mais a sério. No fim das contas, foi uma entrevista muito boa. Seria uma decisão difícil para Emma. Depois que terminaram, eles voltaram ao modo amizade e conversaram sobre bobagens — a próxima viagem de Emma e Jo para Calgary e o que Phil planejava fazer no recesso de inverno.

— Você tem alguma pergunta? — questionou Emma antes de encerrar oficialmente a entrevista.

— Quais são as dicas para deixá-la contente *nos bastidores*? — Phil deu uma piscadinha sugestiva para Emma. — Quero conseguir uma recomendação tão boa quanto a que você recebeu.

Era uma piada, Emma sabia disso, mas ela perdeu a paciência.

— Obrigada por ter vindo para a entrevista — disse ela, juntando os papéis sobre a mesa. — Mas infelizmente vou contratar outra pessoa.

Phil riu.

— Está brincando, né?

— Não acho que seja apropriado insinuar que sua recrutadora está tendo um caso com a própria chefe — disse Emma. — Você perderia a chance de ser contratado se fosse qualquer outra pessoa. Mas pelo menos Aly não vai ter que procurar outro assistente.

— Não acredito que está falando sério — disse Phil. — Foi uma *brincadeira*.

— Uma brincadeira que deixou claro que você não está pronto para um cargo como esse. É um bom assistente, Phil, mas esse não é o cargo certo para você.

Phil foi embora com cara de poucos amigos e sem dizer uma palavra sequer. O coração de Emma estava acelerado. Phil era seu melhor amigo no set, mas, para além da amizade, aquilo tinha sido completamente inapropriado. Seu trabalho poderia não ter nada a ver com bombas nucleares, mas isso não significava que não fosse importante. Não significava que pudesse ser feito por alguém sem tato algum, que não sabia o momento de fazer uma brincadeira.

Ela esperou um pouco para não correr o risco de encontrá-lo e, felizmente, não viu sinal dele ao sair da sala.

— Como foi a entrevista? — perguntou Jo assim que Emma voltou.

Emma tentou sorrir ao responder:

— Tudo bem. — Ela não queria pensar naquilo. — Vou escolher alguém até a nossa viagem para Calgary.

— Que bom. Nossa última viagem de negócios juntas.

Emma não queria pensar naquilo também. Ela estava nervosa com o assunto da promoção. Racionalmente, sabia que já fazia muitas coisas relacionadas à produção, sabia que tinha se destacado e feito mais do que o necessário como assistente. Mas alguma coisa na ideia de continuar em *Inocentes* em um cargo diferente depois da partida de Jo a assustava. Não tinha a ver com a quedinha que tinha por sua chefe; Emma sabia que não tinha nenhuma chance com Jo, quer trabalhassem juntas ou não. Mas não trabalhar com ela diretamente... A não ser na semana em que estavam brigadas, Jo sempre a apoiara. Ela acreditava inabalavelmente que Emma iria longe. Não importava o que estivesse acontecendo entre elas no âmbito pessoal, Jo sempre a apoiara no trabalho. Emma ficava nervosa ao pensar que perderia isso, principalmente logo quando começaria em um cargo novo.

— Não se esqueça da bombinha — disse Jo com uma piscadela.

Emma riu.

— Não, claro que não, chefe.

Em momentos como aquele, tudo parecia normal entre elas.

— Oi.

Emma se sobressaltou ao ouvir a voz logo atrás dela. Era Chantal, que ela nem tinha visto se aproximar. Chantal tinha a mesma estatura que Jo, mas não usava saltos que aumentassem sua altura ou anunciassem sua chegada.

Chantal olhou de Jo para Emma, arqueando a sobrancelha.

— Quero te fazer uma pergunta — disse ela a Jo.

— Entre — convidou Jo, dando um último sorriso para Emma antes de se retirar para sua sala acompanhada por Chantal.

Emma desejou poder perguntar a Jo se elas estavam bem mesmo. Ela queria poder dizer que sentia muito por quase tê-la beijado, que entendia que Jo estava com Evelyn e que não deveria ter feito aquilo ainda que ela não estivesse.

Mas claro que ela não conseguia fazer isso. Era melhor tomar cuidado para não olhar para Jo por muito tempo, não ficar muito perto, não deixar que seus dedos se roçassem ao entregar papéis ou café para ela. Era melhor ter certeza de que ela não chamaria Jo de *chefe* onde outra pessoa pudesse ouvir.

A viagem a Calgary era a etapa final da busca de locais de filmagem para um arco de *Inocentes*. Tudo tinha sido devidamente analisado e aprovado pela equipe de Jo, faltava apenas que ela viajasse até lá e desse uma olhada em alguns locais para bater o martelo. Emma e ela partiriam em uma rápida viagem de dois dias, saindo na sexta-feira de manhã e voltando no sábado à noite, um dia antes do aniversário de Emma. Ela não gostava de viajar a trabalho bem no fim de semana e tão perto de seu aniversário, mas *Inocentes* só tinha mais uma semana antes do recesso e aquela viagem parecia a última aventura em um emprego que ela ainda não estava pronta para deixar para trás. Ela não reclamaria disso.

Na quinta-feira, Emma foi jantar na casa da irmã para se despedir. Dylan tinha ido buscar os gêmeos na casa de um amiguinho, então as duas ficaram a sós enquanto Avery preparava o jantar. Ela estava usando o molho do peru do Dia de Ação de Graças para fazer uma sopa, e Emma observava de um banquinho, já que não tinha permissão para se meter na cozinha.

— E aí? Quem vai te substituir? — perguntou Avery enquanto refogava cenouras, aipo e cebola em uma panela.

— Uma mulher chamada Marlita. Acho que ela vai se sair bem.

— Acha que Phil vai ficar chateado por não ter sido escolhido?

Emma bufou.

— Quem está chateada sou eu. Eu avisei que ele não conseguiria o emprego no final da entrevista.

Avery adicionou um pouco de caldo na panela e mexeu antes de se sentar perto de Emma na ilha da cozinha.

— Como foi?

Emma contou tudo e se sentiu inocentada quando Avery exclamou:

— Ele que vá se foder então.

— Obrigada! — disse Emma. — Meu trabalho é importante. Se não fosse, por que Jo diria que…

Ela se interrompeu. Avery não sabia dessa história.

— Diria o quê?

Emma balançou a cabeça.

— Nada.

Avery estreitou os olhos.

— Não parece que seja nada. Sua cor de pimentão te entregou.

— Não estou da cor de um pimentão — protestou Emma, ficando mais vermelha ainda.

— O que foi que Jo disse?

Emma ficou com vontade de esconder o rosto nas mãos, mas isso seria pior do que ruborizar.

— Ela disse que às vezes eu era a única coisa que a mantinha de pé.

Ela imaginou que Avery fosse rir, mas ela apenas perguntou:

— Quando foi que ela disse isso?

— Faz um tempinho.

— E para quem?

Emma sentia o rosto pegando fogo.

— Para o pai dela.

Avery ergueu as sobrancelhas.

— Explique.

Emma não tinha contado a Avery sobre a visita do pai de Jo. Era delicado demais, íntimo demais. Além disso, Evelyn tinha aparecido logo depois, e Jo tinha se transformado em outra pessoa, risonha e alegre. Emma passou a semana inteira reclamando com a irmã sobre a namorada de Jo. Avery brincou que ela estava sendo ciumenta sem saber o quanto aquilo era verdade.

Avery tinha pedido a Emma que explicasse, então ela começou a contar a história do começo. Ela falou sobre o pai de Jo, sobre o milkshake, sobre Jo ter parecido tão arrasada que Emma sentiu que tinha que fazer alguma coisa.

— E você *teve* que beijar sua chefe?

— Nós não nos beijamos!

— E por que, mesmo? Por que não quiseram ou por que a porcaria do telefone tocou?

Emma baixou a cabeça.

— Foi o que eu pensei — disse Avery. — Você queria?

Emma fechou os olhos e assentiu.

— Ainda quer?

Emma abriu apenas um dos olhos.

— Sua panela vai transbordar.

Avery correu até o fogão para mexer a sopa, e Emma escapou por um triz.

— Deixe-me ver se entendi. Você está me dizendo que Jo Jones gritou com o pai para dizer que você é ótima, que você é *o que a mantém de pé na maioria dos dias*, e aí vocês quase se beijaram e você tem coragem de me dizer que não aconteceu nada de mais?

— Bom, mas é que...

— Não — disse Avery. — Não existe "mas". Você quase a beijou! Teria beijado se não tivessem interrompido! É ou não é?

Emma cutucou a cutícula de um dos dedos.

— É.

— Pois é. Isso é importante.

Não era. Não fazia diferença. Jo estava namorando Evelyn, e tudo bem, Emma já tinha se conformado. O fato de ela quase ter beijado Jo ou de ainda querer beijá-la não importava. O que ela realmente queria era voltar ao normal com Jo, como tinha sido no verão, quando elas estavam se dando bem, fazendo uma à outra rir e trabalhando juntas em harmonia. Quando Jo não desconfiava de que Emma tinha uma quedinha por ela. Quando não havia nenhum constrangimento e Emma não se sentia tão insegura.

— Não foi mesmo nada de mais — repetiu ela. — Só estou preocupada porque, depois que Evelyn foi embora, Jo disse que poderíamos oficializar minha promoção assim que eu contratasse o substituto, mesmo que fosse antes do previsto. Como se a promoção fosse porque ela estava tentando se livrar de mim, e não porque eu mereço.

Avery olhava fixamente para a irmã.

— Emma, ela já tinha dito que ia promover você no final da última temporada. Não tem nada a ver com o quase beijo.

Emma deu de ombros.

— Mas nós vamos viajar juntas e eu não queria que as coisas estivessem estranhas. Só isso. Quero que tudo volte ao normal.

Avery a observou em silêncio por um instante e então se levantou para colocar pãezinhos no forno enquanto balançava a cabeça.

— E o que é o normal? — perguntou ela.

— Como foi no verão. Quando tudo era mais simples.

— O normal é vocês estarem tão próximas que as pessoas chegam a comentar que estão namorando? — insinuou Avery, colocando temperos na sopa.

— Não — rebateu Emma imediatamente. — Não, não foi isso que eu quis dizer.

— Parece que foi, sim.

Emma apoiou os cotovelos no balcão da ilha e apoiou a cabeça nas mãos.

— Só queria não ter que me preocupar tanto.

— As coisas nem sempre são fáceis, Em — disse Avery. — Principalmente quando se está avançando na vida.

— Eu não estou avançando com Jo. — Emma fez uma pausa, depois resmungou: — Principalmente porque ela tem namorada.

— Eu estava falando do novo emprego, mas parabéns, agora estou plenamente convencida de que você não quer nada com Jo.

Emma sentiu vontade de se enterrar em um buraco.

— Você está indo para outro emprego, e Jo está indo para outra produção. É claro que as coisas vão estar diferentes entre vocês. Estariam independentemente de vocês quase terem se beijado — continuou Avery.

Emma apoiou o queixo em uma das mãos e olhou para a irmã.

— Vocês estão partindo em uma viagem de trabalho. Concentre-se no trabalho.

— E tento ignorar o quase beijo? — perguntou Emma timidamente.

— É.

— Por que não foi importante?

— Foi importante — repetiu Avery. — Mas sou uma boa irmã, então vou deixar para pegar no seu pé sobre isso quando você voltar.

— Você é uma irmã mais ou menos.

Avery apontou para Emma com a colher de pau que segurava.

— Se disser isso de novo, vamos começar a falar do beijo agora mesmo.

Emma deu risada.

— Não, não, você é uma ótima irmã, *a melhor de todas!*

— Muito bem.

Dylan e os gêmeos chegaram, e Emma ficou feliz pela distração, indo cumprimentá-los e depois ajudando Dani e Ezra a arrumar a mesa para o jantar.

○○○

Depois do jantar, Emma fez carinho nos cachorros e nos gêmeos por uma eternidade, e então Avery a acompanhou até a porta e voltou a falar de Jo.

— Sei que sempre pentelhei você por causa disso, mas não é proibido que você sinta algo por ela, tá?

Emma não deu o braço a torcer.

— Ela tem namorada. E ela jamais sairia com uma funcionária, de qualquer forma.

— Você não vai mais ser funcionária dela — lembrou Avery.

— Exatamente. Qualquer quedinha por ela seria irrelevante. Ela vai produzir o filme do Agente Silver, e eu vou continuar em *Inocentes*, e a gente nem vai se ver. Vai ficar tudo bem.

— Como está se sentindo em relação a isso? Em relação ao fato de não a ver mais?

Péssima.

Quando Emma não respondeu, Avery suspirou.

— Divirta-se na viagem. Tente trabalhar um pouco em vez de ficar roubando beijos por aí.

— Por isso eu não te contei nada! — exclamou Emma.

— Eu sei, eu sei. — Avery riu. — Mas, mesmo assim, você me ama.

— Será que eu amo? — brincou Emma.

Mas ela imediatamente se arrependeu e se jogou em cima de Avery para mais um abraço.

— Claro que eu amo.

Depois de quase esmagar a irmã, Emma a soltou.

— Bom, estou indo.

Vinte

Emma

Emma passou metade do voo para Calgary revisando tudo o que tinha preparado para a viagem: o itinerário, os locais que iriam visitar, as recomendações de restaurantes. Ela só parou quando Jo se aproximou e tocou seu ombro gentilmente.

— Como estão os preparativos para a viagem? — perguntou Jo.

— Ah, está tudo certo, chefe — respondeu Emma. — O carro vai estar esperando depois que pegarmos nossas malas, e então vamos direto para o hotel para fazer o check-in. Vamos ter que almoçar rápido antes de...

Ela parou de falar quando percebeu que Jo a olhava como se achasse graça de algo.

— O quê? Você perguntou sobre a viagem.

— Emma, você está revisando tudo já faz uma hora. Descanse um pouco. É uma viagem de dois dias. Eu sei para onde temos que ir, e vai dar tudo certo. Você não precisa conferir tudo pela vigésima vez.

Emma corou. Ela só gostava de estar preparada.

— Obrigada por ser tão cuidadosa e detalhista — disse Jo. — Mas tente não ficar tão apreensiva. Garanto que vai ser uma viagem tranquila.

Era a última viagem que fariam juntas. Emma sentiu um aperto no peito e se lembrou da viagem que fizeram juntas para a feira. Lembrou-se da crise de asma, e dos boatos que vieram depois. Ela não via o próprio nome em um site de fofocas havia meses. Emma não sabia por que, mas a pessoa que estava vazando informações sobre ela tinha parado completamente depois da visita de Barry Davis. Será que também acreditava que elas haviam terminado?

Será que a pessoa tinha notado como Emma e Jo pareciam estar pisando em ovos uma com a outra? Ela não sabia se mais alguém tinha percebido, mas parecia óbvio. As coisas estavam indo bem, mas, quando falavam sobre a saída de Jo ou sobre a promoção de Emma, o clima ficava estranho de uma forma que ela não entendia muito bem.

Mas tudo bem. Emma ia relaxar. Durante o restante do voo, Jo e ela assistiram a bobagens na TV do avião. Jo enrugava o nariz quando ria. Emma não ia se estressar.

◉

Como Emma dissera, havia um carro esperando para levá-las diretamente ao hotel.

Os quartos das duas eram um de frente para o outro. Emma desfez a mala e, feliz da vida, vestiu várias camadas de roupas quentes para aguentar o clima de dezembro em Calgary.

Pouco tempo depois, alguém bateu à porta. Emma olhou pelo olho mágico e viu Jo, com os cabelos presos em uma trança sobre o ombro.

— Quer almoçar? — convidou ela, sorridente.

Ela tinha um sobretudo pendurado no braço e estava com roupas de inverno, de cachecol e botas até o joelho.

— Eu topo — disse Emma. — Só vou pegar meu casaco.

— Sei que você sempre pesquisa restaurantes quando viajamos — disse Jo, esperando por Emma. — Chegou a ver alguma coisa sobre o vietnamita a alguns quarteirões daqui?

— Com certeza! — exclamou Emma. — Era o que eu mais queria conhecer.

Ela não sabia que Jo estava ciente de seu hábito de ficar procurando restaurantes quando elas viajavam. Em outras circunstâncias, Emma teria ficado constrangida, mas estava tão empolgada com a ideia de ir ao restaurante vietnamita que não se importou.

As duas saíram do hotel juntas. Quando chegaram ao restaurante, Emma ficou com água na boca por causa do cheiro que sentiu do lado de fora, e que só ficou melhor depois que entraram.

Emma nunca saía para comer com Jo sem ficar alerta, pronta para evitar as câmeras ou desbravar uma multidão para levá-la de volta ao carro. Mas, daquela vez, ela não precisava se preocupar com isso. Ninguém no restaurante estava olhando para elas.

Ela pôde se concentrar no sabor divino dos rolinhos primavera, e em como o pho estava delicioso. Foi uma refeição perfeita para um dia que provavelmente seria considerado de temperatura razoável para os padrões de Calgary, mas que ainda era mais frio do que o auge do inverno em Los Angeles. Jo ainda adicionou uma colher bem cheia de azeite quente ao pho, mas Emma preferiu deixar passar.

Jo estava tranquila e à vontade, mas Emma precisou de um dia inteiro para baixar a guarda. Ninguém reconheceu Jo, nenhuma câmera apareceu para fotografá-las do outro lado da rua. Enquanto trabalhavam, Jo fez algumas perguntas e levou sua opinião em consideração em todos os locais que visitaram.

Tudo correu bem, exatamente como Emma esperava que fosse.

Elas visitaram alguns lugares e conheceram as pessoas que estariam envolvidas se Calgary fosse escolhida como local de filmagem, e Jo explicou a Emma as dificuldades de produção ao filmar em dois lugares, naquele caso em Calgary e em um estúdio em Los Angeles. Emma ouviu com atenção, fazendo anotações e pensando em possíveis soluções para problemas que ainda nem tinham surgido.

O voo de retorno estava programado para o começo da noite de sábado. Como despedida de Calgary, Jo levou Emma para almoçar em uma delicatéssen.

As duas escolheram uma mesa de canto nos fundos.

— Dizem que este lugar tem a melhor carne defumada de Montreal — comentou Jo. — É como se fosse o pastrami do Canadá.

Emma sorriu. Ela não tinha encontrado aquele lugar em sua pesquisa, mas...

— É perfeito.

Jo pediu um Reuben. Emma não resistiu aos latkes.

— Quando eu era criança, comia isso até vomitar — contou Emma, mergulhando uma garfada no molho de maçã antes de levá-la à boca.

— Espero que isso não aconteça mais — disse Jo, achando graça. — Comigo era o bee hoon que a mãe da Evelyn fazia. É um macarrão de arroz com legumes, frango, camarão e carne de porco.

Naquele momento, Emma não sentiu ciúme de Evelyn. Apenas ficou feliz por Jo ter alguém que a fazia sorrir daquela forma.

— Há quanto tempo vocês estão juntas? — perguntou Emma.

O sorriso desapareceu do rosto de Jo no mesmo instante.

— Desculpe — disse Emma, depressa. — Eu não deveria ter perguntado isso. Você não tem que...

— Não, Emma! Não é nada disso. Meu Deus... — Jo pressionou os lábios como se estivesse segurando uma risada. — Evelyn e eu não estamos juntas nem nunca estivemos.

Ah. Emma reagiu mentalmente e respondeu em voz alta:

— Ah.

— Ev é minha melhor amiga desde que eu era criança — explicou Jo, ficando vermelha. — Ela teria uma crise de riso se soubesse que você pensou que estávamos juntas.

— Entendi.

Emma deu outra mordida no latke. Então Evelyn era a melhor amiga de Jo. Evelyn, que não saiu do lado de Jo depois que ela e Emma quase se beijaram. Avery era a melhor amiga de Emma, mas só ficou sabendo do beijo naquela semana. Será que Evelyn sabia? A possibilidade de Jo falar sobre Emma para uma amiga parecia absurda.

Jo empurrou o prato em direção a Emma, despertando-a de seus pensamentos. Ela não tinha tocado na outra metade do sanduíche.

— Experimente a carne — disse Jo.

Emma sentiu um frio na barriga. Com o garfo, ela puxou um pedacinho de carne do sanduíche de Jo. Era parecido com pastrami, mas não exatamente igual. O sabor era bom, mas, quando Emma engoliu, sentiu que não tinha mastigado o suficiente. Ela sorriu para Jo.

— É gostoso — disse ela, colocando o garfo na mesa. — Mas já estou satisfeita.

Jo usou o próprio garfo para cutucar a outra metade do sanduíche.

— Está animada para se tornar produtora associada? — perguntou ela.

Emma engoliu em seco.

— Estou.

Jo olhou para ela, atenta. Era como se estivesse tentando ler algo nas entrelinhas. Mas seu rosto se suavizou, e ela perguntou:

— Você escolheu um bom assistente para mim?

— Claro que sim, chefe — disse Emma, ainda que duvidasse de si mesma.

Marlita era excelente. Competente, simpática, parecia ser uma ótima funcionária. Mas Emma não confiava nela para assumir a responsabilidade do cargo. Quando Jo tivesse um prazo se aproximando, será que Marlita saberia que deveria não apenas levar o almoço dela, mas também garantir que ela parasse de escrever para comer? Que depois do almoço seus lattes deveriam ser descafeinados, a menos que elas fossem trabalhar até tarde?

Então a ficha caiu.

De repente, Emma entendeu o motivo pelo qual estava tão nervosa com a promoção. Não tinha nada a ver com o trabalho em si. A razão estava sentada bem ali, em frente a ela. A razão era a forma como Jo lhe dirigia um sorriso, de forma terna e quase tímida, como se Emma fosse um animal assustado prestes a sair correndo. A razão era a maneira como Jo se preocupava com ela e cuidava dela. A razão era a maneira como Jo lhe agradecia pelo café todas as manhãs. Emma sempre sabia como seria o dia com base naquele breve momento. Ela já sabia quando Jo não tinha dormido bem ou quando estava muito ocupada pensando em tudo o que precisaria fazer naquele dia. Emma gostava de começar o dia com Jo e de passar o restante do dia com ela também. A ideia de perder isso era assustadora.

O medo inexplicável que Emma vinha sentindo sempre que pensava no novo emprego estava, enfim, tomando forma. Não tinha a ver com o cargo. Ela gostava de onde estava, adorava de verdade, mas ser produtora associada seria melhor em longo prazo, ela sabia disso. A ideia de não ver Jo todos os dias, no entanto, fazia com que sentisse um aperto no peito.

Jo tocou a mão de Emma, mas a soltou depressa.

— Está tudo bem? — perguntou.

Emma fez que sim.

— Está — respondeu ela. — Eu só preciso… Vou dar um pulinho no banheiro.

Apesar de seguir devagar em direção ao banheiro, a sensação era de que ela estava correndo. O coração estava prestes a sair pela boca.

O banheiro possuía várias cabines, então Emma não teria muita privacidade. Mesmo que não houvesse mais ninguém lá dentro, não era como se ela pudesse se trancar sozinha.

Ela jogou um pouco de água no rosto e encarou o próprio reflexo no espelho acima da pia.

Quando as pessoas começaram a dizer que Jo e Emma estavam juntas, ela disse a si mesma que Jo deveria ser heterossexual. Quando descobriu que Jo conhecia Avery e que mentira para ela, Emma disse a si mesma que só estava chateada porque a relação delas era diferente do que ela pensava. Quando quase beijou Jo, Emma disse a si mesma que era só o calor do momento. Quando Jo a afastou depois — não de forma direta ou explícita, mas clara o bastante —, Emma disse a si mesma que não importava. Mas lá estava ela, com o coração disparado, arrasada em pensar que não veria Jo todos os dias. Lá estava ela, escondida no banheiro enquanto sua chefe, que era lésbica e solteira, por sinal, a esperava à mesa. A chefe lésbica e solteira que não seria mais sua chefe em breve.

Aquela era a última viagem a trabalho que as duas fariam juntas, e faltava apenas uma semana para que Emma deixasse de ser a assistente de Jo. O que aconteceria depois?

Emma respirou fundo e jogou mais uma água no rosto. Ela perdeu a noção de quanto tempo passara no banheiro. Quando voltou para a mesa, Jo estava esperando por ela com um semblante preocupado. Jo só poderia estar interessada em Emma. Tinha de ser isso. Não havia outra explicação.

— Está tudo bem? — perguntou Jo. — Eu não quis te deixar triste.

— Não estou triste — disse Emma.

— Tenho certeza de que Marlita vai ser ótima. Não tanto quanto você, mas isso seria impossível.

Quando Emma não disse nada, Jo emendou:

— Você é a melhor assistente que eu já tive, Emma — confessou ela. — E, antes de trabalhar comigo, eu sei que você foi a melhor assistente que a Aly já teve. Espero poder dizer daqui a um tempo que você é a melhor diretora com quem já trabalhei.

— *Chefe* — disse Emma, pega de surpresa. A palavra saiu como se por reflexo, mas de repente aquele começou a parecer um termo carinhoso.

Jo não desviou o olhar. Ela não só tinha reafirmado o quanto acreditava em Emma, como também dissera que esperava trabalhar com ela no futuro, quando ela fosse diretora. Isso poderia acontecer dali a anos, até mesmo décadas. Mesmo assim, Jo acreditava que ainda estariam na vida uma da outra. Emma também não interrompeu o contato visual.

— Vocês vão querer mais alguma coisa? — perguntou o garçom, aparecendo de repente e tirando as duas de seus devaneios.

Emma piscou algumas vezes e olhou para o garçom, que não percebeu que havia interrompido algo.

— Não. Estou satisfeita — disse Jo. — Emma?

— Eu também. Muito obrigada.

As duas ficaram em silêncio enquanto Jo pagava a conta. Lá fora no frio, esperaram o carro na calçada, e o coração de Emma estava na boca. Elas estavam tão perto uma da outra que praticamente se tocavam. A respiração de Emma se condensava e, de canto de olho, ela percebeu que Jo a observava. Ela disse a si mesma que era melhor não se virar para Jo, porque isso ou denunciaria seus sentimentos, ou faria com que algo acontecesse entre elas. Mas Emma decidiu se virar mesmo assim.

Assim que se virou, seus olhares se encontraram, e Jo se aproximou dela, estendendo as mãos em sua direção. Emma não conseguiu nem sequer respirar quando ela segurou seu cachecol. Jo não a puxou para mais perto, apenas mexeu no cachecol, ajustando-o melhor ao redor do pescoço de Emma.

— Emma — começou Jo, hesitante.

Emma queria dizer sim. *Sim* para seja lá o que acontecesse a seguir. Mas Jo engoliu em seco e se recompôs. Quando voltou a falar, sua voz soava menos embargada:

— Trouxe sua bombinha de asma?

Emma assentiu. As mãos de Jo ainda estavam em seu cachecol.

— Sim, chefe. Não se preocupe.

Emma não estava respirando, mas não tinha a ver com a asma. Ela estava prendendo a respiração porque não queria interromper o momento.

Jo olhou para sua boca. Emma sentiu vontade de se aproximar ainda mais, de se inclinar para ela. Jo e ela quase tinham se beijado um mês antes, e Emma fizera questão de não pensar naquilo desde então, mas talvez devesse fazer aquilo. Talvez não pensar naquilo fosse estupidez. Talvez ela quisesse beijar Jo naquele momento tanto quanto quis naquele dia, e talvez devesse seguir seu coração pela primeira vez.

Então o carro chegou, e Jo baixou as mãos. Emma notou que o rosto dela estava vermelho, mas provavelmente era só o frio.

Quando chegaram ao aeroporto, o voo supostamente estava no horário, mas, quando se encaminharam para o portão, depois de passar pela segurança, descobriram que estava atrasado em uma hora. Emma soltou um grunhido de frustração quando leram sobre o atraso nas telas de embarque.

— Não tem problema — declarou Jo. — Podemos beber alguma coisa.

Emma estava mesmo precisando de um drinque. Antes do atraso, o avião já estava previsto para pousar em Los Angeles depois das dez, então ela não ficou nem um pouco feliz com o fato de que chegaria mais tarde.

Jo a levou ao Vin Room, um lugar tão sofisticado que Emma nem acreditou que ficava em um aeroporto. Jo e ela se sentaram uma de frente para a outra em uma das extremidades de uma longa mesa curva com outros clientes.

— De que tipo de vinho você gosta? — perguntou Jo, dando uma olhada no cardápio.

Emma teve a impressão de que havia mais de cem tipos diferentes.

— Ah... Tinto?

Então fez uma careta por não saber tanto sobre vinho para tomar essa decisão.

Jo sorriu para ela e pediu uma garrafa de um vinho cujo nome Emma não sabia pronunciar.

Quando o garçom se afastou, houve um silêncio entre elas, e foi bem esquisito se comparado ao restante da viagem. Emma balançava a perna. Ela pensou que aquele provavelmente era o momento menos conveniente possível para descobrir que Jo estava solteira e, mais do que isso, *disponível*, se é que Emma ousava sonhar tão alto. Elas ainda tinham muitas horas sozinhas pela frente, e Emma não fazia ideia de como deveria lidar com a situação. Jo também estava mais calada que o normal, talvez percebendo o desconforto de Emma. As coisas estavam muito estranhas.

Jo deixou que Emma servisse a própria taça quando o vinho chegou. Ela colocou mais do que deveria e só depois se lembrou de que deveria *bebericar*, não tomar em goles.

— Eu sei que acabamos de comer, mas que tal se déssemos uma olhada no cardápio de sobremesas?

— Eu adoraria — disse Emma.

Álcool e açúcar: era exatamente como ela lidaria com aquela situação se estivesse em casa, então pareceu uma boa ideia. Elas vasculharam o cardápio e, por fim, pediram um tiramisu e um cheesecake de morango. Jo serviu mais vinho para as duas.

— Você... — arriscou ela em voz baixa, encarando a mesa. — No restaurante, estava chateada com alguma coisa. Está nervosa com a promoção?

O que acontecera no restaurante não teve muito a ver com a promoção, mas talvez Emma conseguisse despistar Jo. Ela *de fato* estava um pouco nervosa.

— Mais ou menos — admitiu. — Acho que eu gosto tanto do meu trabalho que fico receosa de fazer outra coisa e não gostar tanto.

Emma se sentiu vulnerável ao confessar aquilo, mas era melhor estar vulnerável em relação à carreira do que em relação aos próprios sentimentos.

— Vai dar tudo certo. Para nós duas — afirmou ela. — Estamos crescendo, experimentando coisas novas. Vamos nos sair bem.

Emma suspirou. As palavras de Jo soaram como uma promessa e dissiparam a tensão. Elas tomaram vinho, conversaram e comeram as sobremesas. Emma estava se sentindo bem. Tranquila. Ela teve um breve momento de pânico quando Jo soltou um gemido após a primeira garfada do tiramisu, mas, tirando isso, tudo estava correndo bem.

As duas já tinham terminado os doces, e o que restava da garrafa de vinho tinha acabado de ser servido quando Jo falou de trabalho novamente:

— Você vai ser uma diretora excepcional — disse. — Só Deus sabe a demora que é para se chegar lá, mas, quando isso acontecer, você vai ser ótima.

— Não sei — comentou Emma.

— Mas eu sei — afirmou Jo. — É inteligente e tem um talento especial para despertar o melhor nas pessoas. — Ela esticou o braço sobre a mesa e apertou a mão de Emma. — Você pode fazer *qualquer coisa*. Não quero que se deixe desmotivar por insegurança ou qualquer outra coisa.

Beber vinho talvez não tivesse sido uma boa ideia. Emma não estava nem perto de estar embriagada, mas sentiu um frio na barriga com o sorriso de Jo. O toque dela parecia arder em sua pele, mesmo depois de Jo ter retirado a mão. Beber com a chefe uma hora depois de finalmente aceitar os próprios sentimentos por ela não tinha sido a coisa mais sensata a fazer.

— Eu desisti da faculdade de cinema — contou Emma. Não era novidade para Jo, mas havia uma parte da história que ela não conhecia. — Meu namorado na época dizia que eu não levava jeito, e acho que eu não levava mesmo. Tenho medo de perceber isso de novo quando tentar fazer qualquer coisa que não seja ser sua assistente.

Jo suspirou.

— O fato de seu namorado dizer que você não era boa não significa que isso era verdade. Significa que ele era um babaca.

Emma deu risada.

— Às vezes, as coisas são difíceis — explicou Jo. — Muito difíceis. Às vezes, você precisa ter paciência e se aperfeiçoar. Às vezes, precisa fracassar primeiro. Mas isso não significa que não valha a pena tentar. — Ela gesticulava tanto que Emma afastou sua taça de vinho só por precaução. — Corra atrás do que você quer. Não importa o que os outros vão dizer ou pensar. Eu conheço você, Emma, e, se você se dedicar, pode fazer *qualquer coisa*.

Emma sorriu.

— Obrigada por levantar minha bola, chefe.

O rosto de Jo se iluminou com um sorriso, e o coração de Emma disparou.

Jo estava em Hollywood havia tanto tempo que devia moderar seu comportamento e suas expressões sem precisar pensar muito sobre isso. Emma não a via sorrir daquela forma com frequência, com um sorriso tão largo e espontâneo. Ali, diante dela, Emma simplesmente não conseguia tirar os olhos de Jo.

Vinte e um

Emma

Elas foram até o portão de embarque e se sentaram para esperar. Como o voo estava atrasado, elas ainda teriam de aguardar um tempinho antes de embarcar. Emma estava alegrinha, risonha. Ela se acomodou na cadeira ao lado de Jo, e nenhuma das duas disse nada. Parecia que tinham esgotado todos os assuntos possíveis, então Emma ficou observando os outros passageiros enquanto Jo dava uma conferida no celular.

Emma ouviu vagamente seu nome sendo chamado, mas foi distante demais para que ela prestasse atenção.

— Emma, acorde.

Emma virou a cabeça. Havia algo macio em sua bochecha.

— Vamos embarcar daqui a pouco.

Ela tinha quase certeza de que era Jo quem estava falando.

Emma piscou e percebeu que estava deitada sobre o ombro de Jo. Ela se levantou em um salto, endireitando a postura e esfregando a boca. Às vezes, ela babava enquanto dormia e, se tivesse babado em Jo, talvez precisasse se matar ali mesmo. Mas sua boca estava seca, e Jo olhava para ela com um sorriso, não com completa repugnância.

— Desculpe — disse Emma imediatamente. — Eu não... Foi sem querer... Desculpe por ter dormido em cima de você.

— Está tudo bem — disse Jo. Ela olhou para o balcão do portão. — Daqui a pouco começa nosso embarque.

— Certo — respondeu Emma.

Ela ainda não tinha acordado direito e se sentia muito sonolenta. O sorriso de Jo era tão acolhedor que Emma não conseguiu não a encarar. Jo percebeu.

— Você está bem?

— Eu? — Emma se sentou mais ereta. — Sim, estou bem. Tudo bem.

O embarque foi anunciado, e, enquanto juntavam as malas, Emma percebeu que Jo flexionava a mão esquerda, esticando os dedos e depois fechando-os como se estivesse tentando fazer o sangue circular outra vez. Por quanto tempo ela tinha dormido no ombro de Jo? Por quanto tempo Jo tinha deixado que ela dormisse? Emma se perguntou se aquilo significava alguma coisa ou se ela estava apenas vendo o que queria ver por querer tanto que seus sentimentos fossem correspondidos.

Ela não abriu a boca durante a decolagem e torceu para que Jo deduzisse ser porque estava cansada.

— Não se importa se eu tirar um cochilo, não é? — perguntou Jo. — Nem todo mundo tirou uma soneca antes de o avião chegar.

Emma respondeu com um sorriso.

— Claro que não, chefe.

— Pode me acordar se ficar muito entediada — avisou Jo, como se Emma fosse considerar a possibilidade.

Jo colocou uma máscara de dormir e reclinou o assento. Emma a observou com muita atenção, contente por finalmente poder fazer isso sem ser pega no flagra.

Ela era linda. Emma sempre achara isso. Todo mundo achava também. Não era estranho olhar para sua chefe no tapete vermelho e pensar que ela era linda, porque ela de fato era, ninguém discordava disso. Mas agora ela parecia diferente. Emma olhou para Jo, para seu cabelo comprido preso em um rabo de cavalo sobre o ombro e pensou em como ela só o usava assim quando estava estressada. Como, por exemplo, nas semanas de entrega, ela ia ao escritório nos fins de semana com uma blusa de gola alta e jeans justos para trabalhar descalça do sofá, deixando os sapatos de salto esquecidos ao lado. Emma olhou para o rosto de Jo e percebeu que sua beleza não tinha nada a ver com os padrões de beleza convencionais. De repente, observá-la dormir pareceu muito íntimo.

Uma estranha sensação de intimidade havia tomado conta da viagem. Talvez isso acontecesse em todas as viagens de negócios. Emma se lembrou das feiras de lançamento daquele ano, da mão de Jo em suas costas enquanto ela se esforçava para respirar. Ela se lembrou de Jo aparecendo em seu quarto de hotel com uma pizza. Porém, a viagem do ano anterior não tinha sido assim. Ela tinha explorado metade do Brooklyn sozinha, sem Jo por perto para alimentá-la, confortá-la nem se preocupar com ela.

Nem mesmo as feiras mais recentes foram como a viagem para Calgary. Dessa vez, elas conheceram a cidade juntas, Jo ajustou seu cachecol e olhou para sua boca, além de deixar Emma dormir em seu ombro, mesmo que tenha sido desconfortável para ela. Jo se mostrou descontraída o tempo todo, sorrindo, dando risada, e também pediu a opinião de Emma sobre tudo, desde o local de filmagem até o que comeria no jantar. Jo, que estava solteira e não queria mais ser a chefe de Emma. Isso a fez se perguntar se ela queria ser algo mais. Se Jo estivesse interessada nela, como Emma iria saber com certeza? Jo jamais tentaria algo. Não com uma funcionária e, principalmente, com uma funcionária que tinha sido assediada no local de trabalho. Jo nunca faria nada para deixá-la desconfortável. Ela nem mesmo tinha sido responsável pelo quase beijo. Tinha sido Emma. Se alguma coisa fosse acontecer entre elas, Emma tinha certeza de que teria que partir dela. E depois do discurso de Jo sobre correr atrás do que se quer, embora tenha sido sobre trabalho e carreira, Emma estava certa do que queria. Ela queria voltar ao momento na sala de Jo depois que o pai dela foi embora, queria ter tirado o telefone do gancho para que Mason não ligasse e as interrompesse. Ela queria voltar ao momento na calçada em que Jo segurava seu cachecol. Ela queria beijar Jo, mais do que qualquer outra coisa, e Jo de fato tinha dito que ela deveria correr atrás do que queria.

De volta a Los Angeles, Chloe foi buscá-las no aeroporto. Já passava da meia-noite quando elas seguiram primeiro para o apartamento de Emma. Por estar tarde, Emma não tinha certeza se era o sono ou se só estava imaginando coisas mesmo, mas o trajeto foi tenso, parecia que algo explodiria a qualquer momento.

A mão de Emma estava próxima da de Jo, posicionada entre elas no banco. Se Emma se movesse apenas alguns centímetros, as duas poderiam dar as mãos. A divisória de privacidade de Chloe estava fechada; Emma não sabia por quê. Já estava fechada quando entraram no carro, provavelmente porque já era tarde e Chloe pensou que Jo poderia querer descansar, então decidiu lhe dar privacidade para dormir, mas a sensação era de que aquilo significava algo mais.

Jo olhava pela janela, e Emma olhava para a mão de Jo no assento ao lado dela. Aquela era a última viagem de negócios que fariam juntas. Parecia significar o fim de um ciclo, e Emma se perguntou se poderia ser o início de algo mais. Seu coração batia forte quando Jo quebrou o silêncio.

— Eu gostei da viagem. Espero que você também.

— Gostei sim, chefe — disse Emma em voz baixa.

Jo olhou para Emma e desviou o olhar, e Emma puxou a mão de volta para seu colo. Ela jurou que Jo tinha visto o movimento.

Quando chegaram ao apartamento de Emma, Chloe saiu do carro para tirar a bagagem dela do porta-malas. Emma ficou na calçada, meio desconfortável como sempre ficava quando alguém fazia algo por ela que ela mesma poderia ter feito. O vidro de trás estava aberto, e Jo sorriu para Emma enquanto Chloe voltava para o banco do motorista.

— Que bom que não tivemos nenhum incidente como a crise de asma — disse Jo.

Talvez Jo estivesse falando apenas da asma, Emma tinha de parar de tentar ler coisas nas entrelinhas.

Mas o assunto da asma tinha passado a ser uma desculpa para quando Jo queria falar sobre algo mais, algo maior. Fazia sentindo que a asma fosse a metáfora para o que quer que houvesse entre elas, porque, às vezes, Jo olhava para Emma e ela sentia que não conseguia respirar. Jo sorria, e o peito de Emma se apertava. E, naquele momento, Emma sentia que precisava beijar Jo mais do que precisava de oxigênio.

— Feliz aniversário, srta. Kaplan — murmurou Jo. — Espero que tenha um bom dia.

Emma tinha se esquecido de que era seu aniversário. Era seu aniversário, e Jo tinha dito que ela era capaz de fazer qualquer coisa. Mesmo assim, Emma não conseguia acreditar no que estava fazendo, mesmo enquanto fazia. Ela se aproximou e apoiou a mão na porta do carro, sobre a janela aberta de Jo. Jo olhou para ela, e Emma se inclinou, aproximando o corpo.

Era o acúmulo de tudo o que acontecera na viagem, de Jo ajeitando seu cachecol, deixando-a dormir em seu ombro. Era o acúmulo de tudo o que acontecera no último ano inteiro, talvez. Emma se inclinou para a frente, e Jo se endireitou dentro do carro, talvez sem perceber, talvez por surpresa, mas o suficiente para que a boca de Emma pudesse pousar confortavelmente sobre a dela.

O beijo foi apenas um toque suave de lábios, sem desespero, sem língua. Jo se aproximou mais, e um arrepio percorreu o corpo de Emma. Ela queria gravar aquele momento na memória para sempre, tirar uma foto mental para que nunca mais se esquecesse. Tão depressa quanto se aproximou, ela se afastou, com a mão ainda segurando a porta.

Emma continuou de olhos fechados por um momento.

— Estou achando tudo ótimo até agora — disse ela, virando-se para subir as escadas do prédio.

A pele de Emma formigava, e ela sentia a boca dormente depois de se afastar da boca de Jo. Foram necessárias duas tentativas até conseguir colocar a chave na fechadura, mas ela não olhou para trás quando entrou.

Quando chegou ao seu apartamento, foi até a janela e olhou para a rua. Jo provavelmente fizera Chloe esperar até que as luzes se acendessem. O carro tinha acabado de dar partida e sair. Emma tocou os lábios, sem conseguir acreditar no que tinha acabado de acontecer.

A primeira coisa que Emma fez quando acordou foi ver o celular. Ela passou por várias mensagens de aniversário e não encontrou nenhuma de Jo. Isso era… bom, provavelmente elas se veriam no trabalho no dia seguinte e poderiam conversar.

Jo tinha correspondido ao beijo. Disso Emma tinha certeza. Não foi um beijo de língua, não foi um grande beijo, mas ela a beijara de volta. Ela se inclinara para mais perto. Emma se arrepiava só de pensar. Talvez Jo mudasse de ideia, talvez não quisesse o que Emma queria — embora a própria Emma ainda não soubesse o que era. Mas ela tinha correspondido. Ao menos disso tinha certeza.

Ela ainda estava pensando em Jo quando a irmã apareceu em sua porta com rolinhos de canela e um cupcake com uma vela.

Avery sorria enquanto cantava parabéns.

Emma fechou os olhos para apagar a vela. Ao soprar, desejou que Jo quisesse beijá-la novamente.

— O que você pediu? — perguntou Avery.

Emma se ocupou em levar os rolinhos para a cozinha para que a irmã não a visse corar.

— Sabe que não posso contar, senão não vira realidade.

— Não acredito que você segue as mesmas regras que meus filhos de dez anos — disse Avery.

— Bom, eles são mesmo precoces para a idade. Eu coloco os rolinhos no forno?

— Claro que sim. Somos selvagens, por acaso?

Emma colocou dois dos rolinhos de canela no forno. Sua irmã tinha levado uma dúzia. Ela teria o que comer no café da manhã a semana toda.

— Como foi a viagem?

— Boa — respondeu Emma, tentando disfarçar. — Ela aprovou tudo. Então é oficialmente onde vamos filmar.

— E como foi o beijo? — perguntou Avery.

Emma deu um pulo.

— O quê? Nós não... Por que você acha...

E, naquele momento, ela soube que tinha se entregado. O queixo de Avery foi ao chão.

— Caramba, eu só estava jogando verde, mas realmente se beijaram, não foi?

— Talvez?

— Emma Judith Kaplan! — exclamou Avery, dando um tapinha no braço de Emma. — Não acredito. Sensacional. Preciso de detalhes. Como foi? Como aconteceu?

Emma ficou vermelha, sem conseguir esconder um sorriso. Avery parecia tão animada quanto ela. O timer do forno apitou, e Avery tirou Emma do caminho.

— Deixe que eu pego — disse ela. — Desembuche!

Emma tentou explicar a situação no restaurante, como a ficha de se separar de Jo de repente caíra. Ela tentou explicar a tensão na calçada, no carro, no caminho do aeroporto até seu apartamento. A tensão no ar. Foi como um filme em que a trilha sonora deixa claro que algo importante está prestes a acontecer.

— E aí ela me desejou feliz aniversário, e eu simplesmente... Eu me inclinei, e ela se inclinou para cima, só um pouquinho, e eu a beijei.

Avery colocou um prato com um rolinho de canela diante de Emma, mas ela mal notou.

— Eu beijei Jo — repetiu. — E ela retribuiu. Não foi um beijão de cinema nem nada, mas foi *incrível*, Avery. Foi tão bom. *Ela me beijou de volta*. E depois eu só disse que meu aniversário estava sendo muito bom até então e entrei.

Avery fez um muxoxo.

— Caramba, minha irmã é boa de lábia.

Emma riu e esfregou a mão no rosto. Então pegou um garfo e atacou o rolinho de canela. Era de Avery, então claro que estava uma delícia.

— Pois é. Ela me beijou de volta. Agora vou passar o dia inteiro surtando por causa disso, e só Deus sabe o que vai acontecer no trabalho amanhã.

— Não vai mandar uma mensagem para ela nem nada?

— Não — disse Emma prontamente. — Para dizer o quê? Não, não. Claro que não.

— Entendi. Tem certeza?

— Não.

Elas comeram em silêncio. Emma ainda sentia o coração disparado.

— Dylan me deve cem pratas — disse Avery.

— Por quê? — perguntou Emma, de boca cheia.

— Porque eu apostei que você e Jo se beijariam antes do fim do ano — explicou Avery.

Emma franziu a testa.

— Você apostou sobre quando eu e Jo nos beijaríamos?

— Sim. Ele acreditou mais em você do que eu, porque apostou que seria antes do fim do recesso de verão.

— O quê?! — Emma a encarou. — Quando fizeram essa aposta?

— Um dia depois do SAG.

— Avery!

Mas Avery apenas sorriu.

— Que maldade — disse Emma.

— Não é maldade. Estávamos só brincando, não fizemos mal a ninguém.

— Foi maldade, sim — insistiu Emma. — Vocês fizeram uma aposta sobre quando nos beijaríamos com base em fofocas.

— Não foi, não — protestou Avery. — A gente sabia que você tinha uma queda por Jo antes mesmo do SAG. A premiação só acelerou um pouco as coisas.

Emma hesitou. O rolinho em seu prato tinha ficado esquecido.

— Avery, nem eu sabia que tinha uma queda por ela. Pelo menos não até o último verão.

— Mas sabe quando você está vendo uma série e dois personagens interagem e pensa que eles vão se apaixonar? E aí leva três temporadas, mas no fim das contas eles acabam se apaixonando? Foi tipo isso.

Emma ficou vermelha.

— Não estamos *apaixonadas*.

Avery sorriu e não disse mais nada. Emma teve a impressão de que aquela não era a única aposta que a irmã tinha feito sobre sua vida amorosa.

Emma acordou e saiu para correr antes do trabalho na segunda-feira. Ela estava tão nervosa que seu tempo de corrida diminuiu em um minuto. Quando voltou para casa, tomou banho e passou meia hora tentando deixar o cabelo bonito, mas não tão bonito que parecesse proposital. Pegou uma calça azul-marinho e um suéter cinza no armário, sua escolha mais confortável para o trabalho, já que fazia com que ela se sentisse como se estivesse aconchegada em seu sofá, mas sem deixar de ser profissional. Se o dia não fosse bom, pelo menos ela estaria confortável.

Na cafeteria, havia um chai latte esperando junto ao pedido de Jo. Emma não sabia se isso era bom ou não. Talvez fosse um recado meio: "Desculpe, vou ter que partir seu coração mais tarde." Ela disse a si mesma que não iria se preocupar, mas imediatamente começou a ficar ansiosa pensando em como cumprimentar Jo quando ela chegasse. Será que o "Bom dia, chefe" era descontraído demais? Será que ela deveria agir como se nada tivesse acontecido? Ela mal conseguia se lembrar de como costumava cumprimentar Jo de manhã.

Quando ouviu os passos dela no corredor, Emma se levantou e ficou ao lado da mesa. Ela segurou o latte de Jo e sorriu espontaneamente, embora estivesse ansiosa.

Vinte e dois

Jo

Jo não olhou para Emma quando pegou o café. Ela não aguentaria ver seu sorriso se desfazer, a expectativa se esvair de seus olhos, então foi direto para sua sala e fechou a porta.

Não tinha ideia do que ia fazer. Ela passara o dia anterior escrevendo 47 mensagens diferentes que nunca enviou. Digitara desde declarações de amor até despedidas definitivas. Quando pensou em ligar para Evelyn, recebeu um e-mail de um fotógrafo com fotos anexadas.

Algum comentário?

Eram fotos de Emma, curvada na calçada em frente ao prédio onde morava. Do rosto de Jo na janela aberta do carro, de suas bocas se tocando. Jo ficou com vontade de vomitar. Ainda estava. Ela tomou um gole de seu café e quase se engasgou com o sabor amargo. Teria jogado tudo fora se não precisasse da cafeína para sobreviver ao dia. Jo abriu o notebook e olhou as fotos novamente.

Isso era tudo o que ela tinha a oferecer para Emma: perseguição, invasão de privacidade, escândalo. Isso era tudo o que ela tinha dado a Emma nos últimos onze meses. Jo soltou um suspiro trêmulo.

Então decidiu ligar para Evelyn, que atendeu no segundo toque.

Jo mal deu a ela a chance de dizer alô.

— Preciso que você reaja como advogada agora, não como minha melhor amiga — disse ela.

Evelyn não hesitou.

— Ok. Desembucha.

— Emma e eu nos beijamos no sábado à noite — contou Jo, ignorando a reação de Evelyn do outro lado da linha. — Um fotógrafo viu, registrou e me enviou as fotos ontem, pedindo uma declaração. Preciso de um acordo de não divulgação.

Houve um instante de silêncio.

— Posso te mandar em uma hora — disse Evelyn.

Jo suspirou.

— Obrigada.

O único som na linha era o do teclado de Evelyn.

— Posso reagir como sua amiga agora? — perguntou ela.

— Evelyn...

— Quero saber como você está.

Jo passou a mão pelo cabelo. Ela não sabia como responder.

— Preciso resolver o assunto do fotógrafo.

— Ok — concordou Evelyn. — Falamos daqui a pouco.

Jo permaneceu na linha por alguns minutos, ouvindo Evelyn digitar. Depois encerrou a ligação.

Jo ficou de porta fechada e não pediu nada a Emma. Evelyn, sempre pontual, ligou de volta em uma hora.

— Mandei tudo para você por e-mail — avisou ela. — Quanto ele está pedindo?

— Não importa — disse Jo. Ela pagaria de qualquer forma. — O contrato garante que não haverá outras cópias? Que não vai haver nenhuma chance de isso ser divulgado?

— Sei que está ansiosa, mas não me subestime.

— Você tem razão. — Jo pressionou a palma da mão sobre a testa. — Meu Deus, Evelyn, que...

— Que merda? — completou Evelyn. — Realmente. Como Emma está com isso?

— Eu não contei.

— O quê?

— Não falei com ela hoje a não ser para agradecer o café.

— Aiyah. — Evelyn prolongou a última vogal. — O que você tem na cabeça?

— Ela não precisa lidar com isso, Evelyn. Com nada disso.

— Mas como ignorar Emma vai melhorar as coisas?

— Eu não estou ignorando a Emma — corrigiu Jo. — Estou a evitando. Mas não ignorando. Vou falar com ela assim que resolver isso.

Jo percebeu que Evelyn estava irritada pela forma como respirava do outro lado, mas sua exasperação não transpareceu em seu tom quando ela perguntou:

— E o que aconteceu?

— Ela me beijou. — A voz de Jo soava tão vulnerável que ela desejou que não fosse sua. — E isso já seria confuso o bastante sem que alguém tivesse fotografado a cena. — Ela suspirou e continuou antes que Evelyn pudesse interromper: — Só precisamos terminar a semana. Só isso. Então ela será produtora associada quando *Inocentes* retornar, e eu já estarei no projeto do Agente Silver em tempo integral. Nós duas vamos fazer outras coisas, vai ficar tudo bem. Ela nunca mais vai ter que lidar com esses paparazzi infernais.

— Pelo amor de Deus, converse com ela antes de decidir tudo sozinha — suplicou Evelyn. — Sei que não está acostumada a lidar com os próprios sentimentos e não faz ideia do que está fazendo, mas não tome a decisão por ela.

Jo não prometeu nada.

O fotógrafo apareceu na sala de Jo. Era melhor tratar aquilo como uma transação de negócios. Quando Jo encerrou uma reunião com Chantal e saiu da sala, se deparou com ele ao lado da mesa de Emma, com um sorriso de orelha a orelha.

— Entre, por favor — ordenou ela, com um sorriso que mais se parecia com um rosnado.

O homem cumprimentou Chantal e desejou um bom dia a Emma. Jo sentiu vontade de agredi-lo.

Ela entregou o documento do acordo para que ele assinasse e mostrou o envelope com o dinheiro, depois observou enquanto ele apagava as fotos antes de pagá-lo. Ele sorriu.

— Foi um prazer fazer negócios com você.

Jo realmente queria agredi-lo.

Ele não deveria estar na rua de Emma. Os boatos tinham cessado havia meses, ninguém deveria estar suspeitando de nada a ponto de vigiar o local onde ela morava. Alguém deve tê-lo avisado sobre algo. Chantal e Emma eram as únicas duas pessoas que sabiam detalhes suficientes sobre a viagem. Emma podia ter contado a alguém. Jo não queria sequer considerar a outra possibilidade. Chantal e ela trabalhavam juntas havia mais de uma década.

No almoço, eles compraram bolo para comemorar o aniversário de Emma e o encerramento do ano. Jo ficou no canto, observando. Ela prestou atenção em todos que desejaram feliz aniversário a Emma, analisou suas expressões faciais e a linguagem corporal. Chantal estava tranquila, Tate estava brincalhão como sempre. Nada fora do normal. O coração de Jo disparou ao ver o sorriso no rosto de Emma. Nada fora do normal.

Quando o intervalo estava acabando, Chantal fez um sinal com a cabeça para Jo, que a seguiu para um canto mais reservado. Ela imaginou que seria uma conversa sobre a série, mas então Chantal falou muito baixo:

— Não é da minha conta, mas vi uma conversa entre o homem que estava na sua sala hoje e um assistente.

Jo suspirou.

— Venha comigo — disse ela.

As duas foram depressa para a sala de Jo e fecharam a porta.

— Que tipo de conversa?

— Uma que envolvia um envelope pardo.

Jo desabou sobre o sofá, esfregando a mão no rosto.

— Esse vazamento foi tão extremo que cheguei a pensar que poderia ter sido você — confessou ela.

— Como se isso fosse remotamente possível.

Jo sabia que não era.

— Quem é o assistente?

Todo ano, Jo entregava cartões de Natal para todos os funcionários. Eram todos iguais e incluíam um vale-compras Visa e um agradecimento genérico. Quando Emma estava no departamento de cenografia, recebia o agradecimento padrão, "Obrigada por todo o empenho este ano", seguido da assinatura elaborada de Jo. Em seu primeiro ano como assistente, Jo escreveu alguma coisa sobre a rapidez e a destreza com que Emma aprendeu suas novas funções. Ela assinou como *chefe* e o vale-compras de Emma foi o dobro do valor dos demais.

Naquele ano, no entanto, Jo ainda não tinha escrito o dela.

Ela escrevera os cartões para todo o elenco e a equipe semanas antes, mas deixou o de Emma por último. O dela era branco com flocos de neve azuis na frente. O responsável pela correspondência interna do escritório passaria naquele dia, mas o cartão de Emma ainda estava na mesa de Jo. Ela o abriu e tentou não pensar demais.

> *Emma, você não só facilita o meu trabalho, você deixa minha vida melhor. Sou muito grata por ter você nela.*

Ela deveria ter pensado mais. Deveria ter escrito alguma coisa genérica. Jo imaginou a expressão de Emma se tivesse escrito apenas "obrigada" e se deu conta de que todas as opções eram ruins. Ela segurou a caneta por um momento, hesitando na assinatura. *Jo*. Não *Jo Jones*, o autógrafo arabesco que a maioria das pessoas recebia. Apenas Jo, em letra pequena e despretensiosa, com uma mancha de tinta no início do J.

Emma teve reuniões a tarde toda, coordenando o encerramento das filmagens para garantir que o set fosse desligado corretamente. Jo esperou até quase o fim do dia para deixar o cartão na mesa dela enquanto ela estivesse fora, depois entrou em sua sala e fechou a porta.

Cinco minutos depois, a porta se escancarou. Emma entrou pisando firme, e a porta quase bateu ao fechar, mas ela a segurou a tempo e a encostou com cuidado. Então Emma se aproximou de Jo, os olhos pegando fogo.

— Você não pode fazer isso. Não pode me evitar o *dia inteiro* e depois deixar *isso* em minha mesa quando saio para uma reunião — esbravejou Emma, balançando o envelope aberto com o cartão de Natal. — Nunca pensei que você fosse covarde, Jo.

Jo amava aquilo em Emma. Sua determinação, sua coragem. Jo amava Emma e queria estar com ela, mas sabia que ela merecia muito mais do que poderia oferecer. Por isso não cedeu.

— Eu estava ocupada.

— Você não fez nada além de ficar trancada aqui dentro o dia inteiro — disparou Emma.

— Bom, eu tive que fazer algumas ligações — contestou Jo. — Alguém tinha que cuidar do fotógrafo que estava de plantão na sua rua sábado.

Emma empalideceu.

— O quê?

— Ele pretendia fazer uma bolada divulgando as fotos de Jo Jones beijando a assistente à uma da manhã — contou Jo. — Já cuidei disso.

Ela fez um gesto no ar como se não fosse nada.

— O que você fez? — perguntou Emma, temerosa.

— Pelo amor de Deus, Emma, eu não matei o rapaz. — Jo revirou os olhos. — Eu comprei as fotos. E fiz ele assinar um acordo que diz que, se ele ainda tiver cópias e elas aparecerem em algum site, eu basicamente vou tomar tudo o que ele tem. Até o cachorro.

Jo não queria o cachorro do fotógrafo, mas Evelyn deu um toque de leveza ao acordo.

— Quanto você pagou? — perguntou Emma.

Mas isso era algo que Jo jamais diria a ela.

— Você está fazendo as perguntas erradas.

Emma franziu a testa. Demorou um pouco, mas ela perguntou:

— Por que um fotógrafo estava na rua do meu apartamento à uma da manhã?

— Agora, sim.

— Por quê?

— Eu demiti seu amigo Phil no início da tarde.

Jo manteve um tom sereno. Ela viu uma onda de emoções passar pelo semblante de Emma: confusão, compreensão, fúria.

— Mas por que isso importa agora? — perguntou ela, exasperada. — Não fez diferença quando as pessoas passaram *meses* pensando que estávamos transando, mas *uma* foto de nós duas nos beijando faz com que você me ignore o dia inteiro enquanto tenta resolver a situação sozinha?

Jo encarou Emma sem reação. Não era possível que ela não entendesse o que aquilo significava. Quão longe Jo iria por ela.

— Está falando sério? — disse Jo, pressionando a ponte do nariz.

Emma cruzou os braços de queixo erguido. Jo deveria ter aceitado a brecha para encerrar o assunto, deveria ter fingido que não se importava. Ela só queria proteger a reputação de Emma. Mas então ela explodiu:

— É claro que isso importa agora — disparou ela, mais emotiva do que gostaria. — Não importava quando era uma especulação idiota que não significava nada. Mas isso é importante para mim, consegue entender? Foi importante para mim. E não quero isso exposto para o mundo inteiro dessa forma.

A respiração de Jo era irregular.

Emma relaxou os braços.

— Foi importante? — repetiu ela, baixinho.

Jo respondeu no mesmo tom.

— É claro que foi.

Ela não deveria ter admitido isso. Deveria apenas mandar Emma para outro cargo sem que houvesse nada entre elas, um afastamento tranquilo.

Jo respirou fundo e continuou:

— Por isso ofereci uma indenização generosa para Phil com a condição de que ele também assinasse um acordo de confidencialidade.

— Certo — disse Emma, olhando para os pés.

Jo não tinha ideia do que ela estava pensando. Quando Emma voltou a olhar para cima, seus olhos estavam marejados de lágrimas. Jo comprimiu os lábios.

— Eu... — Jo não sabia o que dizer. Ela desejava com todas as forças que aquilo fosse mais fácil. — Por que...?

Em circunstâncias normais, Emma teria terminado a frase por ela. Teria respondido à pergunta antes mesmo que fosse feita. Mesmo agora, se aquilo tivesse a ver com trabalho, Emma já teria resolvido tudo. Mas Jo sabia que, daquela vez, não podia esperar que Emma encontrasse uma solução.

— Já passou das cinco — avisou Jo. — Está tudo em ordem por aqui. Pode ir para casa.

Emma deu meia-volta e foi embora. Não disse "tchau, chefe". Nem mesmo "boa noite, sra. Jones". A porta se fechou atrás dela, e Jo pousou a testa sobre a mesa.

Deixar Emma em paz era a decisão certa, Jo sabia. Era melhor que ela não soubesse o que o beijo tinha significado para Jo. Mas seu coração parecia querer sair pela boca, como se estivesse preso à mulher que tinha saído pela porta, afoito para ir atrás dela.

Jo apoiou o rosto na mesa e ligou para Evelyn.

— Oi, Jo. — Evelyn nunca tinha soado tão carinhosa antes.

— O que eu faço, Evelyn?

— O que você fez até agora?

Jo suspirou e se sentou direito na cadeira.

— Comprei as fotos e o silêncio do fotógrafo — começou ela. — Demiti o responsável pelo vazamento no set e o paguei também. E contei tudo a Emma. E então mandei ela para casa.

— Bom, você já se decidiu então — disse Evelyn, como se não soubesse que aquilo estava sendo uma tortura para Jo. — Para que precisa de ajuda?

— Porque quero ir atrás dela.

E Jo queria. Desesperadamente. Mas Emma merecia alguém melhor.

— Então vá — encorajou Evelyn.

Jo gemeu e voltou a deitar o rosto na mesa.

— Isso não resolveria nada. Não importa se quero estar com ela, se ela quer estar comigo. Só a possibilidade de algo entre nós fez com que ela fosse assediada.

Estar comigo de verdade atrapalharia todas as conquistas dela daqui para a frente. Todo mundo pensaria que ela só está onde está por minha causa. Não vale a pena.

— Fale com ela sobre isso, Jo, não comigo.

— *Não posso* — insistiu Jo.

Emma teria feito com que ela mudasse de ideia. Jo tinha de pensar com a cabeça, não com o coração.

— Pelo amor de Deus, Evelyn, eu nem saí do armário.

Ev soltou um riso irônico.

— Pode até ser, mas *fala sério*. A imprensa inteira já achava que vocês estavam juntas.

— Sim, achavam mesmo, e olha só no que deu. Barry Davis a assediou porque deduziu que ela estava trocando favores sexuais por um emprego.

— Barry Davis assediou Emma sexualmente porque ele é um verme nojento. Você não pode se culpar por isso.

Mas Jo nunca deixaria de se sentir culpada pelo que acontecera.

Ela mudou de argumento.

— E o que eu tenho a oferecer num relacionamento? Eu nem sei como é. Por que Emma iria querer namorar uma pessoa na casa dos quarenta que não tem experiência nisso? Eu *nunca* tive um relacionamento longo.

— Por que você não pergunta a Emma? Pergunte o que ela acha. — Evelyn suspirou. — Caramba, Jo, você acabou de admitir que quer algo sério com ela. Por que não dá uma chance?

Mas, se ela podasse as próprias expectativas, talvez pudesse se proteger de qualquer mágoa.

— Se queria que eu te convencesse a desistir, não deveria ter ligado para mim — continuou Evelyn. — Você sabia minha opinião antes mesmo de ligar. Sabia que não receberia nada de mim além de incentivo. Será mesmo que quer que alguém te impeça de ir atrás dela? Ou está só mentindo para si mesma?

Jo fechou os olhos e respirou fundo.

— Jo, você tem trinta anos de Hollywood e está há quarenta e dois anos nesta porcaria de mundo. Pessoas ruins vão encontrar um jeito de diminuir Emma da mesma forma que diminuem todas as mulheres. Você sabe disso.

Ela sabia.

— Isso é uma má ideia — disse Jo.

— Expor o racismo na série que te deixou famosa também era, mas, quando você era criança era corajosa o suficiente para fazer isso.

— Isso foi um golpe baixo.

Evelyn havia lido cada versão do texto de Jo para o décimo aniversário de *A dinastia Johnson*. Ela nunca deixaria que Jo desistisse de fazer aquilo.

— Do que você tem tanto medo?

De se magoar.

De magoar Emma. De prejudicar a carreira de Emma. Mas, acima de tudo, ela tinha medo de que Emma percebesse que ela não valia a pena. Tinha medo de ter seu coração partido.

Ela não disse nada, mas Evelyn sabia.

— Pare de arranjar desculpas — aconselhou ela.

— Tenho que desligar — disse Jo.

Vinte e três

Emma

Emma telefonou para Avery assim que chegou em casa.

— Era Phil — desabafou ela, sem nem sequer dizer oi. — Phil estava vazando aquelas coisas para a porra da imprensa. Ele aparentemente vazou as informações do nosso voo para um fotógrafo, que ficou esperando na frente do meu apartamento até chegarmos de madrugada. O que significa…

Avery respirou fundo do outro lado da linha.

— É — confirmou Emma. — Fizeram fotos da gente se beijando.

— E o que vocês vão fazer?

— Jo já comprou as fotos, então sei lá — respondeu Emma, andando de um lado para o outro.

— Comprou? — repetiu Avery. — E como ela está se sentindo depois do beijo?

Mesmo depois de um dia inteiro de trabalho, Emma ainda não sabia. Jo parecera abalada, mas talvez tivesse mais a ver com as fotos.

— Não importa — resmungou Emma. — Não quero falar sobre isso.

— Em.

Então alguém bateu à porta. Só podia ser Raegan, a vizinha de Emma que vivia esquecendo a chave de casa. Ela era a única pessoa que aparecia assim.

— Espere um pouco, minha vizinha está na porta — disse Emma, pegando no gancho a chave reserva que Raegan deixava com ela.

Mas não era Reagan. Era Jo.

— Oi.

Seus ombros estavam curvados, e ela tinha um café em cada mão.

— Avery, tenho que desligar — avisou Emma. Ela encerrou a ligação e engoliu em seco. — Oi.

— É chai — disse Jo, estendendo uma das bebidas para ela. — Se você aceitar.

Emma queria ficar brava. Queria fechar a porta na cara de Jo para dar o troco pela forma como fora ignorada o dia inteiro.

Mas ela aceitou o copo de papel.

— Você quer...

— Será que eu posso...

As duas falaram ao mesmo tempo e se calaram ao mesmo tempo. Jo riu, desconcertada, e Emma espiou o corredor como se temesse encontrar um paparazzi dentro do prédio.

— Quer entrar? — convidou ela, dando um passo atrás e abrindo mais a porta.

— Obrigada.

Jo deu um passo para dentro do apartamento apenas para que fosse possível fechar a porta. Emma não tinha ideia do que a chefe estava fazendo ali. Ela estava tão acostumada a facilitar as coisas para sua chefe que quase quis começar uma conversa e quebrar o gelo para que Jo não precisasse fazer isso, mas sabia que merecia mais. Mais do que passar o dia todo sendo ignorada para depois se deparar com Jo esperando à porta, ainda sem nada a dizer.

— Desde sábado... Eu só consigo... Eu não paro de pensar... — Jo começou a dizer três frases diferentes sem conseguir concluir nenhuma delas.

— Venha — convidou Emma. — Sente aqui.

Ela levou Jo até a ilha da cozinha, e elas se sentaram em banquetas uma ao lado da outra. Emma tomou um gole do chai e o colocou no balcão, girando o copo em vez de olhar para Jo.

— Isso é uma péssima ideia — disse Jo, finalmente.

O coração de Emma apertou. Ela pensou que, se Jo tinha se dado ao trabalho de ir até ali, só poderia querer dizer que...

Emma passara a manhã inteira triste. Ela tinha esperanças de que o fato de Jo ter aparecido em seu apartamento significasse alguma coisa.

— Fiquei esse tempo todo repetindo mentalmente todas as razões pelas quais isso era má ideia — continuou Jo. — Estou fazendo isso desde sábado. Desde aquele dia em que meu pai esteve no escritório. Você é muito jovem, eu sou muito mais velha. Eu não sei como é ter um relacionamento sério. E você trabalha para mim, e... e...

— Entendi — disse Emma.

Ela saltou da banqueta e ficou de pé. Precisava fazer Jo ir embora antes que começasse a chorar.

— Bom, obrigada pelo chai. É melhor...

— Emma.

Jo segurou Emma pelo pulso e se pôs de pé, de frente para ela.

— Posso beijar você de novo?

— O-o quê?

O olhar de Emma se intercalou entre os olhos de Jo e seus lábios e depois para seus olhos outra vez. Ela ficou ofegante e simplesmente não sabia o que dizer, mas assentiu, tão bruscamente que ficou com medo de ter distendido um músculo. E, então, Jo a beijou. Jo a beijou, e foi como da última vez, carinhoso e *perfeito*, mas também completamente diferente. Jo colocou as mãos na cintura de Emma, segurando-a quando seus joelhos bambearam.

Quando Jo se afastou, não foi muito longe. Elas ainda estavam tão próximas que respiravam o mesmo ar.

— Então você não me odeia por ter te beijado? — perguntou Emma.

Jo riu e encostou a testa na dela.

— Acho que estou um pouco longe de te odiar.

Ela a beijou outra vez. O segundo beijo foi mais longo, mais profundo. A língua de Jo tocou a de Emma, e ela pensou que a asma realmente era a melhor metáfora para o relacionamento das duas: era impossível saber se algum dia ela conseguiria voltar a respirar normalmente depois daquilo.

Emma envolveu os braços no pescoço de Jo, que, apesar de ainda estar com os saltos que usava no trabalho, continuava mais baixa que ela.

— Será que... O que acha de pedirmos algo para comer? Ou algo do tipo? — sugeriu Emma.

Jo estava prestes a aceitar. Ela queria dizer *sim* para o *algo do tipo* a julgar pela forma como não tirava os olhos da boca de Emma. Mas, em vez disso, disse:

— É melhor eu ir. *Continua* sendo uma má ideia, você sabe disso. Temos que tomar cuidado com a forma como vamos levar isso a público, ou vai ser um desastre. Provavelmente vai ser um desastre de qualquer maneira depois de tudo o que aconteceu.

— Ei — disse Emma, pegando uma das mãos de Jo. — Nós não vamos ser um desastre.

Jo sorriu para ela, um sorriso tranquilo e terno.

— Não... — falou Jo. — Não vamos.

Era surreal estar segurando a mão de Jo e falando com ela daquele jeito, como se as duas tivessem se tornado um "nós".

Jo ficou por mais um tempinho. Elas ficaram juntas no sofá, uma ao lado da outra, só conversando. Ela admitiu que se dera conta dos sentimentos por Emma depois da visita do pai, e Emma admitiu que estava confusa sobre o que sentia até a viagem para Calgary. Jo perguntou quatro vezes se Emma não estava mais confusa, se sabia que a promoção não tinha nada a ver com o que Jo sentia por ela, se ela realmente queria seguir em frente com tudo aquilo.

Emma respondeu apenas:

— Mais do que tudo.

Toda a tensão se esvaiu de Jo ao ouvir aquelas palavras.

As duas concordaram que ela deveria mesmo ir embora. Elas não queriam aparecer nos sites de fofoca outra vez, Jo tinha acabado de ser obrigada a pagar um fotógrafo. Emma beijou Jo uma última vez na privacidade do apartamento para se despedir.

Depois que Jo saiu, Emma saiu correndo pelo corredor e se jogou na cama. Ela se deitou de barriga para cima, olhando para o teto com um sorriso que não sairia tão cedo do rosto. Ela não queria que saísse. Ela podia sorrir o quanto quisesse porque *Jo gostava dela*. O corpo inteiro de Emma irradiava alegria.

Emma pensou em ligar de volta para Avery, mas não fez isso. Por enquanto, aquilo era só dela. Ela se perguntou se o coração de Jo estaria tão agitado quanto o seu naquele momento.

O problema de ter beijado Jo uma semana antes do recesso era que agora estavam no recesso. Agora elas passariam quatro semanas sem ir para o trabalho. Emma não tinha uma desculpa para ver Jo todos os dias.

Ela acordou cedo no sábado e foi à sinagoga. Depois, ligou para a mãe, tolerou algumas perguntas sobre Jo e conversou sobre os planos para a primeira noite de Chanucá. Seria na casa de Avery, como sempre, e Emma não via a hora do jantar. Às vezes ela se sentia mal por sua parte favorita da maioria das datas comemorativas ser a comida, mas sua irmã adorava cozinhar tanto quanto Emma adorava comer.

Emma aguentou até cerca de quatro da tarde antes de pegar o celular. Fazia menos de vinte e quatro horas que não via Jo e, ainda assim, sentia que *precisava* falar com ela, mandar uma mensagem, qualquer coisa.

> É meio cafona dizer que já estou com saudade?

Assim que Emma enviou a mensagem, percebeu que, sim, era muito cafona e que Jo provavelmente pensaria que ela era uma esquisitona. Em vez disso, seu celular tocou.

Ela se segurou para não atender no mesmo instante. Respirou fundo e alisou a blusa como se quisesse desamarrotá-la.

Depois atendeu.

— Alô.

— Não acho que é cafona.

— Não? — suspirou Emma, aliviada.

— Se for cafona, eu também sou, aparentemente.

Será que sorrir para o telefone em silêncio por cerca de dez segundos era cafona? Porque foi o que Emma fez.

— Como foi seu dia? — perguntou Jo.

— Bom — respondeu Emma. — Nada de mais aconteceu. E o seu?

— Nada de mais por aqui também — repetiu Jo. — Estou me sentindo meio boba de tanto que quero ver você.

Emma sentiu o peito escancarado.

— Não é nada bobo.

— É, sim. Hoje é sábado. A gente nem se vê aos sábados.

— Bom, a gente se viu no sábado passado.

Elas tinham estado em Calgary na semana anterior. Depois houve o voo e a viagem de volta e o beijo em frente ao apartamento de Emma. Emma se sentiu aquecer por dentro.

— Nós temos que conseguir ficar mais de um dia longe — disse Jo. — Precisamos aguentar o recesso inteiro.

Emma sabia que era verdade. Elas não deveriam se ver durante o recesso de *Inocentes*, não deveriam dar pistas de que estavam juntas. Emma tinha certeza de que conseguiriam fazer isso sem levantar suspeitas, mas Jo queria ter cuidado. Por mais que não tivesse se importado com o que as pessoas pensavam antes, se importava agora. Ela não queria problemas, não queria fazer nada que pudesse prejudicar o novo emprego de Emma. Era muito atencioso da parte de Jo, mas mesmo assim Emma queria estar com ela.

— E no Ano-Novo? — sugeriu.

— Não podemos sair no Ano-Novo, Emma — disse Jo. — Você tem noção de quantos fotógrafos ficam à espreita na véspera, esperando para pegar alguém em uma situação comprometedora?

— Eu não disse *sair*. Eu ia sugerir que viesse para cá, mas acho que é mais fácil pegarem você entrando no meu prédio do que o contrário.

Jo ficou em silêncio. Depois disse:

— Está se convidando para passar o réveillon aqui?

Emma deu graças a Deus por Jo não poder vê-la corar pelo telefone.

— Bom, sim… Mas só porque…

— Sim — disse Jo. — Acho que você deveria vir. Gostei da ideia.

— Certo.

— Certo.

Emma sorria sem parar.

Ainda faltavam duas semanas para o Ano-Novo, mas elas aguentariam.

Primeiro chegou o Chanucá.

Emma já estava na casa de Avery quando seus pais chegaram. Eles se cumprimentaram com muitos abraços, e, assim como no Pessach, quando seu pai a abraçou, perguntou sobre Jo.

— Ela não veio de novo? Quando vamos conhecê-la?

— Quando você parar de ser tão chato — brincou Emma. — Ou seja, provavelmente nunca.

Emma adorava o Chanucá porque adorava qualquer data comemorativa com a família. Sua mãe acendeu as velas como fazia todos os anos, todos cantaram juntos e Ezra foi extremamente cuidadoso ao carregar a menorá até a janela. Depois foram comer latkes e rosquinhas com geleia. Emma realmente adorava comer.

Eles estavam todos juntos na sala de estar de Avery, Emma sentada no chão com os cachorros e os gêmeos. A pilha de comida sobre a mesinha de centro era tão grande que não parecia que já estavam fartos de tanto comer. O celular de Emma vibrou.

> Posso telefonar na primeira noite de Chanucá ou você está com a família?

Emma sorriu com a mensagem de Jo e se levantou, dizendo que precisava de um tempo porque tinha exagerado nos latkes.

— Não existe exagero quando se trata de latkes — disse Dani, mergulhando outro no molho de maçã e colocando-o na boca.

Emma sorriu para ela foi até a lavanderia para poder conversar com mais privacidade. Ela quase conseguiu ouvir o sorriso na voz de Jo ao atender.

— Oi.

— Oi — respondeu Emma, sorrindo também. — Você pode ligar no Chanucá.

— Que bom. Eu não queria interromper.

— A única coisa que está interrompendo é a tradição de comer latkes até passar mal. Ainda nem começamos o dreidel.

— Está se divertindo?

— Estou.

Muito mais agora. Emma se sentia quase como uma adolescente, fugindo por alguns minutos de um evento familiar para falar com uma garota ao telefone. As duas ficaram em silêncio. Emma pressionou o telefone contra o ouvido e tentou não sorrir tanto.

— Eu não tenho nada importante para dizer — admitiu Jo. — Só estava pensando em você e queria desejar feliz Chanucá.

— Estou feliz por ter ligado.

Tudo aquilo era tão novo. Não parecia tão volúvel, mas Emma sabia que as duas estavam sendo cuidadosas de qualquer forma, sem saber o que viria a seguir. Ela sabia que aquilo era importante demais para enfiar os pés pelas mãos e estragar tudo e esperava que Jo pensasse o mesmo. Ela ficava nervosa, mas não aflita; na expectativa, mas não apreensiva. Havia muito potencial entre as duas, e Emma não via a hora de ver o que ia acontecer.

— Acho melhor eu voltar lá para a sala — disse Emma.

— Claro — concordou Jo. — Avisa que eu mandei um oi, se não for estranho.

— Ah, não, meus pais vão *adorar*. Acho que vão agir de forma completamente insuportável quando conhecerem você.

— Quer dizer que já estamos falando em conhecer os pais?

Emma sabia que Jo estava brincando, mas ficou um pouco preocupada mesmo assim.

— É brincadeira — disse Jo, depressa. — Não vejo a hora de conhecer seus pais. Eu sou carismática e adoro pentelhar as duas filhas deles. Com certeza vão me amar.

Era verdade, eles com certeza iam amá-la. Emma desconfiava de que sentia a mesma coisa por ela. Não que pretendesse dizer isso em voz alta.

Jo preencheu o silêncio quando Emma não respondeu.

— E você já conheceu meu pai, de qualquer forma. Acho que conhecer seus pais vai ser um pouco mais divertido.

— Vai — concordou Emma. — Você tem razão.

Emma definitivamente se sentia como uma adolescente com aquele frio na barriga e o sorriso estampado no rosto.

— Bom, agora volte para lá — disse Jo. — Pode me ligar mais tarde, se quiser.

— Tá bom.

— Ande logo — repetiu Jo, rindo.

Emma finalmente desligou sentindo o corpo inteiro formigar depois de ouvi-la rir.

— Onde você estava? — perguntou a mãe de Emma assim que ela voltou para a sala.

Emma ainda não tinha guardado o celular, o que foi um erro. Quando percebeu, Avery já estava rindo.

— Você estava falando com a sua *namoradinha*? — provocou a irmã.

A família inteira se juntou ao coro.

Emma queria ficar irritada, mas era difícil. Todas as piadinhas acabavam sendo ofuscadas pelo fato de que todos chamavam Jo de sua namorada.

Na noite de Ano-Novo, Emma experimentou sete combinações de roupa diferentes. Ela fez uma chamada de vídeo com Avery e improvisou um desfile para que a irmã a ajudasse a escolher. Depois que Avery selecionou suas duas opções favoritas, Emma trocou de roupa mais três vezes antes de se decidir por uma delas.

Ela parou no caminho para comprar narcisos, torcendo para que não fosse muito clichê. A cor das flores a lembrava do vestido de Jo no SAG, e supôs que ela ficaria feliz.

Emma já tinha visto a casa de Jo antes, principalmente o acesso que dava para a entrada. O quarto também, já que uma vez precisou pegar uma muda de roupa quando Jo derramou café em si mesma antes de uma reunião com a emissora e a muda reserva do escritório estava na lavanderia. Emma se lembrava principalmente de que o *closet* era do tamanho de seu apartamento inteiro, embora isso provavelmente fosse exagero.

Era diferente entrar na casa pela primeira vez que não fosse apenas por razões de trabalho. Jo atendeu a porta descalça e com sua calça skinny preta de sempre. Ela era tão pequena que Emma imediatamente quis envolvê-la em um abraço. A camiseta que estava usando era fina e folgada, com uma gola ampla e baixa. O colo de Jo estava exposto e deixava sua clavícula à mostra. Emma corou.

— Entre — convidou Jo com um sorriso. — Posso pegar seu casaco?

— Sim, obrigada — disse Emma, tirando os sapatos.

Jo pendurou o casaco em um armário perto da porta e perguntou, fazendo um gesto para as flores:

— São para mim?

— Aham — respondeu Emma. — São.

Emma as estendeu para Jo em um movimento desajeitado. Seu nervosismo estava falando mais alto, mas ela não conseguia evitar. Ela estava na casa de Jo *para um encontro*, e Jo não parava de sorrir para ela. Então ela tocou o pulso de Emma, que de repente se lembrou com uma clareza desconcertante do momento no tapete vermelho quase um ano atrás, quando Jo a fez rir e ela se esqueceu de quanto estava ansiosa.

— Emma — disse Jo, seu sorriso ainda inabalável. — Acho que isso vai funcionar melhor se estivermos as duas *um pouco* nervosas, e não *extremamente* nervosas como você está.

Emma se apressou em contestar:

— Eu não estou *extremamente* nervosa. — Mas Jo inclinou a cabeça e arqueou as duas sobrancelhas em resposta. — Tá bom. Talvez eu esteja.

— Eu sei — disse Jo. — E é muito bonitinho, mas não precisa ficar assim.

Uma onda de calor desabrochou no peito de Emma, e ela não conseguiu conter o sorriso.

— Venha me ajudar a colocar estas flores em um vaso — comentou Jo, puxando-a pelo pulso.

Ela escorregou a mão para baixo, entrelaçando os dedos das duas para conduzi-la para dentro da casa. O nervosismo de Emma começava a dar uma trégua.

A cozinha de Jo era enorme e dava para uma sala de estar igualmente ampla. Em suas visitas anteriores, Emma sempre virara no corredor antes daquele, que levava ao quarto de Jo, então ainda não conhecia aquela parte da casa. Havia uma geladeira gigante, dois fornos e uma cuba grande embutida em um longo balcão.

— Caramba, Avery *mataria alguém* por esta cozinha! — exclamou Emma, de olhos arregalados. — De onde você tira tempo para cozinhar?

— Não tiro, no caso. Não com frequência.

Jo soltou a mão de Emma para pegar uma tábua de corte atrás de potes de cerâmica onde se lia *farinha* e *açúcar*, depois apoiou as flores e puxou uma faca de um bloco de madeira.

— Pode cortá-las enquanto procuro um vaso?

Emma ficou feliz por ter algo para fazer.

— Costumo cozinhar nos fins de semana — continuou Jo. — Já cansei de pedir a receita da babka de Avery para tentar fazer.

Ela colocou um vaso ao lado da tábua de corte.

— Bom, boa sorte — disse Emma. — Ela fez uma alteração na receita que era da nossa mãe e manteve em segredo *até dela* por, tipo, uns três anos. Avery guarda essas receitas com a própria vida.

— Talvez eu possa usar meu charme para influenciar a mãe de vocês a me dar a receita.

Emma se deteve por um instante enquanto cortava o caule dos narcisos, depois respirou fundo e sorriu. Elas de fato tinham falado sobre apresentar Jo para os pais de Emma durante o Chanucá, mas era difícil assimilar que ela estava na cozinha de Jo enquanto ela falava sobre conquistar sua mãe para conseguir receitas de família.

Jo se aproximou e ficou ao lado de Emma, apoiando-se no balcão.

— Ou talvez eu possa usar meu charme com você para conseguir a receita.

— Sinto dizer, mas eu não sei qual é.

Jo riu.

— Como é que você não tem uma receita de família?

— Porque eu não sei fazer direito, aparentemente — contou Emma. — Por mais que eu sempre siga as receitas à risca, o resultado nunca fica bom. Avery diz que eu não levo jeito.

— Seguir receitas à risca é um grande erro — disse Jo. — Todo mundo sabe que a receita é uma mera uma sugestão.

— Não é, não! — Emma bufou. — Fazer um livro de receitas dá um trabalhão! Existe uma equipe por trás que testa cada uma delas. Receitas existem literalmente para que você possa recriar o que já deu certo. Como você diz que é uma mera sugestão?

Jo mergulhou uma colher no molho que estava borbulhando em uma das bocas do fogão e levou até os lábios de Emma.

— A receita original levava um dente de alho, o que é um absurdo — disse Jo. — Eu usei três.

Emma experimentou e deixou escapar um som de satisfação ao sentir a explosão de sabor na boca.

— Acha que eu deveria ter seguido a receita?

— De jeito nenhum, chefe — respondeu Emma.

E imediatamente ficou imóvel.

Jo ergueu as sobrancelhas para ela, parecendo achar graça.

— Bom, agora vou procurar um buraco para me enterrar — ironizou Emma, escondendo as mãos no rosto.

Jo deu risada.

— Foi engraçadinho! — disse ela, tentando afastar as mãos de Emma do rosto.

Emma resistiu um pouco, mas cedeu.

— Não foi *engraçadinho*. Você não é mais minha chefe. Você é minha... minha...

Então ela entrou em pânico, sem saber como deveria chamar Jo. Sua família se referia a ela como namorada de Emma, é claro, mas elas não tinham usado aquele termo ainda.

Jo parecia estar se divertindo, e Emma ficou ainda mais vermelha. Ela terminou de cortar os narcisos e os colocou no vaso.

— Você pode me chamar de namorada — disse Jo, calmamente. — Se quiser.

— Eu quero — respondeu Emma, talvez rápido demais. Ela tentou moderar a ansiedade. — Sim, acho que seria legal.

Jo sorriu, e Emma teve certeza de que aquilo era exatamente o que ela queria fazer.

Para o jantar, Jo tinha preparado salmão na manteiga com raspas de limão acompanhado de purê de abóbora. Estava delicioso, e Emma fez questão de informá-la ao menos três vezes durante a refeição. As duas já estavam mais à vontade, e a conversa começou a fluir com mais facilidade.

Emma insistiu em ajudar na limpeza depois do jantar e ficou responsável por colocar as coisas na lava-louça enquanto Jo lavava as panelas. Aquilo se parecia, de forma um tanto quanto constrangedora, com os dias de trabalho no verão, em que eram apenas as duas fazendo as coisas juntas, de vez em quando fazendo uma à outra rir. Emma começou a entender por que Avery tinha apostado em sua vida amorosa. Aquela pareceu ser uma conclusão inevitável para aquele ano, mesmo que também fosse o início de algo completamente novo.

As duas foram para o sofá quando terminaram de lavar a louça. Ainda faltavam quase duas horas para a meia-noite, mas Jo colocou em um programa de Ano-Novo mesmo assim. Ela se sentou ao lado de Emma no sofá, a lateral de seus corpos se tocando, e, mesmo depois de terem passado boa parte da noite juntas, era surreal estar próxima de Jo daquela forma. Emma mal registrou o que estava passando na TV. Não conseguia tirar os olhos do rosto de Jo.

Jo sorriu quando percebeu e revirou os olhos ligeiramente, mas retribuiu o olhar. Emma se inclinou. Suas bocas se encontraram em um beijo lento, suave, como se nenhuma das duas conseguisse acreditar que podiam mesmo fazer aquilo. Era como Emma se sentia, pelo menos. Parecia proibido. Foi a mesma sensação de quando Avery a ensinara a dirigir no estacionamento vazio de um supermercado quando ela tinha catorze anos. Ela nem sequer tinha passado de quinze quilômetros por hora, mas ainda assim sentiu que estava voando. O sentimento era o mesmo ao beijar Jo: instigante, assustador e arriscado.

Jo nunca avançava primeiro. Ela beijava Emma com muita ternura, mas não dava o passo seguinte. Emma foi a primeira a abrir os lábios, foi a primeira a emaranhar os dedos nos cabelos de Jo, a segurá-la pela cintura para puxá-la para mais perto. Jo retribuía, mas não ia além.

— Posso? — perguntaram as duas ao mesmo tempo quando Emma se afastou para morder o queixo de Jo.

Elas ficaram imóveis por um segundo, depois começaram a rir juntas. Jo soltou o peso do corpo sobre o de Emma, não exatamente em seu colo, mas quase, e Emma afundou o rosto no pescoço dela.

— Sim, pode — respondeu Jo, acariciando os cabelos de Emma.

Emma a segurou pela cintura e a puxou para cima, fazendo com que ficasse sentada em seu colo.

— E agora?

Jo sorriu.

— Mais ainda.

Elas se beijaram com a avidez de duas adolescentes. Emma não precisava de mais nada agora que tinha Jo em cima dela, e a própria Jo parecia satisfeita em atender às vontades de Emma. E a vontade de Emma era exatamente aquela: Jo em seu colo, uma mergulhando no beijo da outra. Emma levantou delicadamente a camiseta de Jo e tocou sua pele, descansando a mão em suas costas.

Realmente era como aprender a dirigir. Era algo que Emma sabia que as pessoas faziam todos os dias, mas seu coração quase saía pela boca mesmo assim. Ela sabia que era só um beijo, mas parecia mais do que isso. Parecia a coisa mais importante do mundo.

— Jo... Na verdade... — disse Emma, afastando-se um pouco. — Podemos fazer uma pausa?

— Claro que sim — concordou ela.

Jo afastou o corpo como se fosse voltar para o sofá, mas as mãos de Emma seguraram sua cintura com firmeza.

— Não. Fique aqui — disse. — É que beijar você... Assim... Meu coração está acelerado.

O semblante de preocupação de Jo deu lugar a um sorriso radiante.

— Acelerado de um jeito bom? — perguntou.

— Até demais.

— Você está meio ofegante, mesmo — observou Jo em tom de provocação. — Por favor, não vá ter uma crise de asma.

Emma cutucou Jo na barriga.

— Seja boazinha.

— Sempre — devolveu Jo.

E Emma se rendeu ao desejo de beijá-la outra vez. Jo riu em meio ao beijo.

— Pensei que estávamos dando uma pausa.

— Chega de pausa.

Dessa vez, Emma foi um pouco mais longe. Ela segurou a barra da blusa de Jo com as duas mãos antes de se inclinar para trás para olhar para ela. Quando a permissão foi dada, Emma tirou a blusa dela. E então Jo estava em seu colo, de jeans e sutiã. Um sutiã preto de renda. Ela teve de fazer outra pausa para se controlar, e Jo aproveitou o momento para tirar a camiseta de Emma também.

— Como você é linda — suspirou Jo, retomando o beijo.

Havia tanta pele a ser explorada. Emma subiu as mãos pelas costas nuas de Jo, e as duas se arrepiaram juntas. Ela segurou Jo pela cintura e correu a mão por sua barriga, roçando seu peito, até que as mãos estivessem uma de cada lado do pescoço de Jo, segurando-a com delicadeza. Jo desceu a mão para arranhar levemente a barriga de Emma, que passava os lábios pelas clavículas que a tinham feito corar quando ela chegou. Primeiro beijou a pele de Jo, depois a mordeu de leve.

— Quer ir para o quarto? — ofegou Jo.

— Mas aí não vamos ver o momento da virada — observou Emma, sentindo dificuldade para raciocinar.

— Acho que vamos superar.

Jo se levantou, puxou Emma do sofá e a conduziu pelo corredor. A verdade era que Emma não poderia se importar menos com a virada do ano.

— Espere — disse Jo quando pararam em frente ao quarto.

Lá fora o mundo poderia muito bem estar acabando em meteoros ou bombas atômicas e mesmo assim Emma não teria tirado os olhos de Jo, movendo-se com leveza pelo quarto escuro para acender o abajur ao lado da cama, que emanava uma luz suave e quente. Então Jo voltou para Emma. O quarto era como um casulo: calmo, protegido do mundo exterior, uma bolha onde não existia nada além das duas, nada além do toque, da descoberta...

E dos beijos. Elas se beijavam como se tentassem compensar todo o tempo perdido, como se o mundo de fato estivesse acabando e elas tivessem decidido passar os últimos momentos de existência em uma deliciosa confusão de peles e bocas e ternura.

Jo, que havia seguido a deixa de Emma até então, caminhou de costas para a cama puxando-a para que viesse junto. Sentou-se na beirada e envolveu a cintura de Emma com as pernas, e Emma se inclinou sobre Jo para deixar um chupão na pele macia de seu pescoço. Ela tentou manter a voz firme ao dizer:

— Por favor... diga que eu posso tirar toda a sua roupa...

— É a ideia — sussurrou Jo, parecendo muito mais calma.

As mãos de Emma praticamente voaram para o botão da calça de Jo. Como era uma peça justa, a calcinha de Jo saiu junto ao puxá-la. Emma parou. Engoliu em seco, olhando para ela como se estivesse hipnotizada.

Jo sorriu e esticou os braços para trás para abrir o sutiã.

Emma continuou olhando.

Ela usava óculos escuros em público. Abaixava a cabeça para fugir dos flashes das câmeras dos paparazzi. Em entrevistas, quando perguntavam sobre seu sucesso, Jo sempre mudava o foco para as pessoas que a tinham ajudado a chegar até lá. Mas ali, na frente de Emma, ela tinha a postura ereta, os ombros largos e o queixo erguido, colocando-se à disposição do olhar atento de Emma. Ela jamais imaginou que veria Jo tão satisfeita em ser o centro das atenções.

Mas não poderia ser diferente. Dos pés à cabeça, ela era pele macia e perfeição. As curvas de suas clavículas fariam qualquer um perder a cabeça, e Emma pensou que ia entrar em combustão.

Ela se aproximou da cama, mas, antes que pudesse tocar Jo, se viu deitada de costas, olhando para o teto. Jo veio por cima e a tocou sob a calça jeans, fazendo com que seus quadris se arqueassem em uma resposta involuntária.

— Eu quero…

— Eu sei. — Jo a interrompeu, abrindo o zíper de Emma e puxando sua calça pelas pernas. — E você vai.

Emma usava o conjunto de sutiã e a calcinha mais sexy que tinha. Os dedos de Jo tocaram a renda logo abaixo do umbigo, concentrada como se também não desse a mínima para os meteoros em potencial lá fora.

— Primeiro é minha vez — disse Jo.

Foi completamente intencional quando Emma disse:

— O que você quiser, chefe.

Os olhos de Jo arderam em resposta. Emma se lembraria disso mais tarde.

Isso porque ela poderia fazer aquilo de novo, mais e mais vezes, embora mal conseguisse acreditar que fosse possível. Era inacreditável que em breve ela teria a chance de se aproveitar do fato de que Jo gostava de ser chamada de *chefe* na cama.

Jo tirou o que restava das roupas dela com eficiência impressionante. Em um momento, estava traçando a renda da roupa íntima de Emma, que, no seguinte, tinha um travesseiro debaixo de sua cabeça. Emma estava nua. Jo afastou as pernas dela sobre a cama e encaixou uma coxa macia entre elas.

Emma tentou se concentrar. Queria se lembrar de tudo, não queria perder nada, mas mal conseguia raciocinar. Jo a beijava de forma intensa e profunda e ela tentou memorizar a sensação de sua língua. E não faltou tempo para isso, porque Jo a beijava de um jeito quase incansável. O que era bom. E enlouquecedor. Mas, quando Jo disse ser a vez dela, Emma esperou um pouco mais do que um beijo.

Como Emma estava segurando-a pela cintura, não foi preciso muito esforço para deslizar as duas mãos e apertar a bunda de Jo. A respiração de Jo pareceu falhar por um instante, e ela interrompeu o beijo, afastando o rosto só o suficiente para perguntar:

— Eu não disse que era minha vez?

Mesmo sem vê-la, Emma sentiu que Jo arqueava a sobrancelha só pelo tom de voz.

— Mas você não está *me tocando* — choramingou ela, fazendo beicinho.

— Estamos nuas e estou cobrindo seu corpo inteiro com o meu.

— Primeiro, não é meu corpo inteiro. Você é muito pequena. — Jo revirou os olhos para a provocação de Emma. — E você está me tocando, tipo… *onde eu quero?*

Jo pressionou a coxa entre as pernas de Emma, que deixou escapar um arfar sufocado.

— Vou te mostrar o que você quer.

Jo se acomodou de joelhos entre as pernas dela, que a recebeu abrindo-as o máximo que pode, entregue demais para sentir vergonha. Mas Jo ignorou o movimento. Em vez disso, ela passou a ponta do dedo pelo nariz de Emma, arrancando uma risadinha, depois percorreu seus braços com os dedos, fazendo pressão suficiente para que não causasse cócegas. Ela entrelaçou os dedos das duas por um momento, depois voltou roçando os dedos pelos braços de Emma. Quando as palmas das mãos de Jo cobriram seus seios, Emma ofegou e suas costas se arquearam involuntariamente. Mas Jo não se demorava em lugar nenhum.

Não era o que Emma esperava, não era o que ela achava que queria, mas era infinitas vezes melhor.

As mãos de Jo ali, tocando-a daquela forma, pareciam carregar a eletricidade acumulada de todas as outras situações em que tinham se tocado antes, por vezes despretensiosamente: uma mão em seu cotovelo, o polegar contra as costas de Emma no SAG, o canto da boca de Jo na festa da equipe, assustada e resistente, mas quente e macia contra os lábios de Emma mesmo assim. O aperto de mão no primeiro dia em que se conheceram quando Emma era só uma assistente nervosa e tímida, deslumbrada ao cumprimentar a chefe. Pensando bem, aquilo parecia estar fadado a acontecer, o encontro das mãos de Jo e a pele de Emma parecia inevitável. Não como se fosse destino, não como se não tivessem escolha, mas justamente como se, em milhares de universos diferentes, as duas tivessem sempre feito as escolhas exatas que as levariam até aquele momento.

Quando Jo desceu pela cama, Emma já se sentia como se estivesse em transe.

— Tem algum tempo que não faço isso. — A voz de Jo soava grave. — Espero que entenda se eu estiver enferrujada.

Emma estava acostumada a apoiar Jo quando ela se sentia vulnerável e poderia ter feito isso naquele momento, poderia ter dito que estava tudo bem, que tudo continuaria bem. Poderia ter admitido que, na verdade, também não fazia aquilo havia um tempo e que a primeira vez das duas não precisava ser perfeita porque teriam muitas chances de explorar o corpo uma da outra. Em vez disso, ela arqueou os quadris em direção ao rosto de Jo e se agarrou aos lençóis.

— Não me importo. Só me toque. *Por favor.*

Jo obedeceu.

Porra, ela fez com vontade.

Depois de tanta provocação, não houve desvios, apenas a boca de Jo devorando-a, sua língua percorrendo-a de cima a baixo e depois massageando seu clitóris. Era como se todo o corpo de Emma se erguesse para buscar os lábios de Jo.

Todo o resto foi muito nebuloso. Emma queria fechar os olhos e mergulhar no próprio prazer e ao mesmo tempo queria mantê-los abertos para sempre, queria *ver*, queria a prova visual de que Jo a estava tocando daquela forma, naquele lugar. Mas olhar parecia potencializar tudo, fazia parecer que ela explodiria a qualquer momento. E, embora ela fosse chegar lá de qualquer forma, Emma tinha certeza, não queria que isso acontecesse tão depressa, não queria que Jo parasse tão cedo. Não queria que ela parasse nunca mais.

Mas Jo parecia determinada a fazê-la perder a cabeça. Ela era incansável e muito, muito habilidosa. Os quadris de Emma tremiam e se erguiam contra a boca de Jo sem que ela sequer percebesse, completamente fora de controle. Emma puxou um travesseiro e o colocou sobre o rosto para abafar seus gemidos, mas, assim que o fez, Jo parou e virou o rosto para morder a coxa de Emma.

— Eu quero ver — disse ela. — Por favor.

Emma atirou o travesseiro no chão e ergueu a cabeça para olhar para Jo, que imediatamente deslizou um dedo para penetrá-la como se por recompensa antes de encaixar o rosto entre as pernas dela outra vez.

Porra.

Elas jamais poderiam transar no apartamento de Emma se Jo não a deixasse abafar o orgasmo com o travesseiro. As paredes eram finais demais. Mas ali, na casa de Jo, onde o vizinho mais próximo ficava a 800 metros em qualquer direção, não foi um problema quando Jo a fez gritar.

Quando acordou na cama de Jo, Emma não abriu os olhos imediatamente. Os lençóis tinham um toque fresco e cheirinho de roupa limpa, e o travesseiro era fofo como uma nuvem.

E lá estava Jo.

Jo estava com parte do corpo sobre o de Emma, que percebeu que estava com o braço dormente embaixo do pescoço de Jo, mas não se importou nem um pouco. A palma da mão de Jo descansava entre os seios de Emma, e uma das pernas dela estava jogada por cima de seu corpo. Sentindo a respiração quente de Jo em seu peito, ela finalmente abriu os olhos.

Mesmo sabendo que era muito cedo e que Avery a atormentaria pelo resto da vida quando contasse, Emma teve certeza de que amava aquela mulher.

Por saber como Jo gostava de tomar café todas as manhãs, Emma decidiu acordá-la com uma xícara, mas, quando tentou sair da cama com cuidado, Jo a prendeu contra o colchão com a perna e deslizou a mão até suas costelas para segurá-la.

— Não — protestou ela, com a voz embargada de sono.

— Eu ia fazer café para você — murmurou Emma.

— Isso está mais gostoso do que café.

— Ah, é? Está gostando muito, então. — Emma sorriu para Jo ainda que ela ainda estivesse de olhos fechados e não pudesse ver.

— Sim. Eu estou amando.

Emma sentiu que derretia por completo.

Quando elas finalmente saíram da cama, Jo preparou o próprio café e a bebida de Emma também. Emma sorriu, mas não fez nenhum comentário quando Jo tirou uma caixa fechada de concentrado de chai da geladeira.

— O que a Evelyn acha de tudo isso? — perguntou Emma, levando a caneca de chai à boca. — De nós?

Jo riu.

— Acho que as palavras exatas dela foram: "Graças a Deus você resolveu suas merdas."

— Pelo menos nós duas não viramos uma aposta para ela — comentou Emma, rindo também. — Dylan está devendo cem dólares para Avery porque não nos beijamos durante o recesso de verão.

— A festa de trabalho não contou? — perguntou Jo.

— Não. — Emma ruborizou. — Se não conta para nós, não conta para a aposta.

— Faz sentido. Eu diria que nosso primeiro beijo de verdade foi muito melhor do que aquele.

Emma ficou mais vermelha ainda.

— Não acredito que apostaram no nosso beijo. Que constrangedor.

Mas ela não se sentia mais vergonha de nada. Quem se importava se o mundo enxergara os sentimentos das duas antes mesmo delas? Agora todos estavam na mesma página.

— Eles fizeram a aposta no dia seguinte ao SAG Awards.

Os olhos de Jo se iluminaram.

— Falando nisso, deveria ir comigo este ano de novo. Se quiser — convidou ela. — Mas agora de verdade. Como meu par.

Emma sorriu e aceitou, dessa vez nem um pouco nervosa com o tapete vermelho.

Epílogo

Elas se arrumaram para a cerimônia juntas. Kelli olhava para as duas com um sorrisinho sugestivo, Jaden falava demais e havia enroladinhos para o almoço. Emma passou o dia inteiro sem conseguir parar de sorrir.

Jo comprou outro vestido para ela, dessa vez vermelho e de um ombro só. Emma adorou. Jo se negou a contar o que ela mesma ia vestir, e Emma quase desmaiou quando a viu pela primeira vez de terno preto, com o primeiro botão da camisa branca aberto e a gravata borboleta pendurada no pescoço.

— Quer me matar do coração? — questionou Emma quando já estavam no carro, gesticulando para a roupa de Jo.

Jo sorriu.

— Olha só quem fala.

As duas estavam sentadas no banco de trás, e Emma se manteve o mais longe possível de Jo. Ela temia não poder responder por seus atos se ficassem mais perto. Enquanto se arrumavam, Kelli teve de arrumar o batom das duas.

Elas saíram do carro, e, como no ano anterior, Emma se sentiu atordoada com todas aquelas pessoas, todas aquelas câmeras e toda a atenção que recebiam. Sua adrenalina disparou, induzida pela ansiedade do mecanismo de luta e fuga.

Então Jo pegou sua mão, entrelaçou os dedos nos dela e sorriu.

— Está pronta? — perguntou Jo.

Emma estava.

Agradecimentos

Dizem que a escrita é uma atividade solitária. E é mesmo, de certa forma, mas este livro não existiria se não fosse pela ajuda de muita gente.

Antes de qualquer coisa, queria agradecer à razão da minha existência: Bonnie Raitt. Minha mãe adorava contar a história de como eu fui concebida depois de um show da Bonnie Raitt. Eu só consegui fazê-la parar quando comecei a dizer para as pessoas que ela me concebeu durante um show da Bonnie Raitt. Quando nasci, Bonnie estava levando quatro Grammys para casa, e, trinta anos depois, cá estamos nós: escrevi meu primeiro livro e dei o nome de uma música dela. É claro que Bonnie não podia ficar de fora dos agradecimentos.

Kristine Swartz, minha editora: agradeço por você ter facilitado esse processo e por postar fotos do seu gato no Twitter de vez em quando. Agradeço a todos em Berkley, em especial a minhas Jessicas (Brock e Plummer), Megha Jain e a Angelina Krahn, revisora. Agradeço também a Vi-An Nguyen e a Christopher Lin pela capa mais linda que já vi na vida (e não, não sou suspeita para falar).

Não há palavras suficientes para falar de minha agente, Devin Ross. Ela é perspicaz e superinteligente e alguém que, de alguma forma, sempre sabe quando eu preciso de um ombro amigo ou de um empurrãozinho. Tenho muita sorte e sinto muita gratidão por tê-la conhecido e toda a equipe da New Leaf.

Jasmyne Hammonds me convenceu a me inscrever no Pitch Wars com o argumento de que a pior coisa que poderia acontecer seria ouvir um não. Mas nós ouvimos um sim. Não vejo a hora de ter uma prateleira exclusiva para seus livros, J.

A todos os responsáveis pelo Pitch Wars: vocês criaram algo que muda vidas e transforma sonhos em realidade. Mesmo hoje, depois de tudo o que aconteceu, ainda não consigo acreditar que Farah Heron me escolheu para me mentorar. Sem sua visão e orientação, este livro não seria nem metade do que é hoje.

Rosie e Ruby. Eu não sabia com qual dos nomes começar, mas aí decidi que posso colocar Ruby em primeiro no próximo livro. Não vejo a hora de alternar a ordem dos nomes de vocês nos agradecimentos de cada livro que eu escrever pelo resto da vida. #TeamAllIn

Outras pessoas que preciso citar: os Slacker sempre me fizeram rolar de rir em momentos inoportunos. Jen Deluca me ajudou a enfrentar uma crise de pânico durante as edições com muita destreza. Zabe Doyle é a minha pessoa favorita para brainstormings. Minha professora da terceira série, a sra. McBeath, aconselhou meus pais a me ensinarem a digitar para que eu pudesse editar meus textos com facilidade em vez de apagar uma página inteira de trabalho para acrescentar uma frase, como eu fazia antes. Uma das minhas professoras da sétima série, a sra. Dolinski, me deu espaço para escrever sobre assuntos importantes para mim. Várias pessoas, inclusive estranhos na internet, me ajudaram a tornar autênticos o judaísmo de Emma e a vivência sino-americana de Jo. Obrigada a Lauren, que aceitou tomar um café comigo e responder a minhas perguntas sobre as tradições de Chanucá de sua família. Agradeço também a Addie, Julia e Andi pela ajuda com os aspectos hollywoodianos do livro.

Também agradeço a meus pais, que me deram um notebook tijolão quando eu era criança. O único programa instalado era o Microsoft Word. Nele eu escrevi fanfictions questionáveis de milhares de palavras e alguns poemas ruins também. Sinto muita gratidão por terem me oferecido a oportunidade de melhorar minhas habilidades. E agradeço antecipadamente minha mãe, pelo cachorro que prometeu me dar e pela tatuagem que prometeu pagar quando eu publicasse meu primeiro livro.

Não sei se Tash McAdam percebeu no que estava se metendo quando me mostrou fanfictions pela primeira vez, mas sinto muita gratidão por isso. Elu me ajudou a lidar com o primeiro rascunho deste livro e, mais importante ainda, com o Episódio Depressivo de 2017.

Christina Cheung me deixou roubar seu sobrenome e foi a pessoa que mais leu este livro depois de mim. Ela lê cada palavra que escrevo e as lê de novo, independentemente de quão mínimas sejam as alterações que faço entre os rascunhos. Ela faz perguntas sobre personagens e enredos muito antes de eu ter respostas. Minha escrita é melhor por causa dela.

E, claro, a melhor ficou para o final: minha esposa, Brooke. Toda vez que eu perguntava: "Dá pra acreditar que isso está acontecendo?", ela respondia que dava, sim. Obrigada por me ouvir em toda caminhada, todo trajeto de carro e todo tempinho de espera em restaurantes enquanto eu esmiuçava questões do livro. Obrigada por todas as vezes em que você cozinhou e limpou a casa e me lembrou de fazer intervalos. Acima de tudo, obrigada por me amar — principalmente em épocas de revisão.

Impressão e Acabamento:
GRÁFICA GRAFILAR